実朝の首

葉室 麟

角川文庫
16278

目次

第一章　雪の日の惨劇

雪は夜に入って霏々《ひひ》と降り出した。

鎌倉、鶴岡八幡宮《つるがおかはちまんぐう》も降り積もる雪に覆われていた。

鶴岡八幡宮は康平《こうへい》六年（一〇六三）源頼義《みなもとのよりよし》が奥州を平定して鎌倉に帰り、源氏の氏神《うじがみ》とし加護を祈願した京の石清水《いわしみず》八幡宮を由比ヶ浜辺《ゆいがはまべ》に勧請《かんじょう》して祀《まつ》ったのが始まりである。

源氏を再興した源頼朝《よりとも》が治承《じしょう》四年（一一八〇）に鎌倉に入ると大倉《おおくら》御所を設け、西側に由比ヶ浜辺の八幡宮を遷宮した。八幡宮本宮への石段はおよそ六十段ある。両脇に雪がかき寄せられ、中央に、雪よりもわずかに黒みをおびた石段がのぞいているだけだ。石段の傍らには大銀杏《おおいちょう》がある。その下に男がひそんでいた。

僧形で法師頭巾《ずきん》をかぶっている。異様なことに女衣装の唐衣《からぎぬ》を肩から羽織っていた。切れ長の目で、鼻がとがった若い横顔が闇の中に浮かび上がった。白い息がもれる。若い男は一人ではない。まわりに数人、やはり僧形の男たちがいて、獣のように闇の中で目を光らせていた。

建保《けんぽう》七年（一二一九）正月二十七日、鎌倉に京から権大納言坊門忠信《ぼうもんただのぶ》、権中納言西園寺実氏《さいおんじさねうじ》、参議藤原国通《ふじわらのくにみち》、散位 平 光盛《たいらのみつもり》、刑部卿難波宗長《ぎょうぶきょうなんばむねなが》の五人の使者が来ていた。

源実朝《さねとも》の右大臣拝賀の式典を行うためだ。実朝は昨年、権大納言、左近衛大将、内大臣と累進し、十二月に右大臣任官が決まったのだ。

この日は昼過ぎまで晴れていたが、夕刻から雪が降り出していた。

今宵《こよい》、鶴岡八幡宮で行われる式典は大饗《おおあえ》だった。大饗とは、正月や大臣任官の際に、内裏《だいり》や大臣家で行う大宴会のことだ。拝礼の儀、宴座（正宴）があって盃《さかずき》が交わされ楽や舞が催される。さらに部屋を替えて宴が続くのである。

本宮前には篝火《かがりび》が焚《た》かれ、石段の下には実朝に供奉《ぐぶ》する一千の兵が松明《たいまつ》をかかげて待機していた。降りしきる雪の中、松明の火の粉が飛び、木立の闇は濃く夢幻的だった。

夕方からの雪は二尺の高さにまで積もっていた。

酉《とり》ノ刻（午後六時）、実朝は鶴岡八幡宮に到着し、楼門をくぐった。この時、「御《ぎょ》剣役《けんやく》」を務める、鎌倉第一の実力者、執権北条義時《ほうじようよしとき》は突然青い顔をして、

「気分が悪くなり申した」

と言うと実朝側近の源仲章《なかあきら》に役を譲って退去した。実朝は去っていく義時の後ろ姿をひややかに見たが、何も言わなかった。儀式が終わり、実朝が退出したころには夜は更けていた。仲章が松明を持ち、先導する。

衣冠束帯姿の実朝は手に笏《しゃく》を持ち、ゆっくりと石段を降りていった。

この時、人影が木立の間から走り出た。松明の明かりに、華やかな緋《ひ》の唐衣が浮かび上がった。石段を降りようとした実朝の下襲《したがさね》を何者かが踏んだ。思わず実朝が倒れかかったところに、唐衣を脱ぎ捨てた若い法師がいた。

疾風のように襲いかかった法師は悲鳴に似た声をあげつつ、刀を振りかぶると実朝の首に打ち下ろした。鮮血が雪を染めた。実朝は一言も発しないまま、どうと倒れた。法師は倒れた実朝を見下ろして、

「親の仇《かたき》は、かく討つぞ」

と叫んだ。その間に法師とともに木立から出てきた男たちが周りの者に斬ってかかった。いずれも屈強そうな僧たちだった。墨染めの衣を着て五条袈裟《けさ》を裹頭《かとう》包みにして目だけをのぞかせている。僧たちは刀をきらめかせて松明を持った仲章を狙い、袈裟掛けに斬りつけた。悲鳴をあげて倒れた仲章の顔を松明であらためた僧の一人が、

「しもうた、義時ではない」

とうめいた。法師はその声に構わず、かがみこんで実朝の首を小刀でかき切った。

色白の顔に返り血がかかり、凄《すさ》まじかった。実朝を見送りに出ていた者たちは、おびえて逃げ惑ったが、篝火に浮かび上がった若い男の顔を見て、

「別当阿闍梨《あじゃり》の公暁《くぎょう》じゃ」

と誰かが恐ろしげに叫んだ。雪と血に汚れた法師がにやりと笑った。この時、殺された実朝二十八歳、殺した公暁二十歳。二人は叔父《おじ》と甥《おい》の間柄である。

公暁は前《さきの》将軍で実朝の兄、頼家《よりいえ》の子だった。頼家は十五年前、幽閉されていた伊《い》豆《ず》修禅寺《しゅぜんじ》で暗殺されている。暗殺を指示したのは北条時政《ときまさ》だったという。しかし公暁が、

——親の仇
と叫んだところを見ると、公暁は実朝こそが頼家を殺した仇だと思っていたのだろうか。

公暁は実朝の首を抱えると一味の僧たちとともに闇の中へ疾駆して消えた。

実朝の首の無い遺骸《いがい》とともに残された者たちは呆然《ぼうぜん》とし、やがてうろたえ騒いだ。

実朝の随兵は一千騎だった。一千の兵は石段下に待機していたが、実朝の身近には数十人の供奉がいた。ところが、本宮を出て石段を降りるという、信じられないほどのわずかな空白を狙って殺されたのである。

騒動を聞いて石段を馳《は》せ登ったのは、黒糸縅《おどし》の甲冑《かっちゅう》を着た武田《たけだ》信光《のぶみつ》だったが、すでに暗殺者の姿は無かった。それでも実朝を殺した男が、

——公暁

だったと聞くと、追手を公暁の住む雪ノ下二十五坊に向けた。武者たちは雪を蹴《け》立《た》てて僧房へ走った。追手が僧房に迫ると弓、薙刀《なぎなた》を構えた僧たちが待ち構えていた。

公暁の門弟の僧たちである。僧たちは追手に容赦無く矢を射掛けた。追手の郎党たちが射られて悲鳴とともに倒れた。

「おのれ、悪僧ども」

と叫んで僧房に斬り込んだのは、鎌倉御家人《ごけにん》の長尾《ながお》新六定景《さだかげ》と子息の太郎景茂《かげしげ》、次郎胤景《たねかげ》だった。僧房からは僧たちが盛んに弓を射た。定景は少しも怯《ひる》む色を見せず僧房の階段を駆け上がり、板戸を蹴破って踏み込むと、薙刀を振るう僧を斬って捨てた。

景茂と胤景も、わめきながら父に続いた。僧たちは三人に斬ってかかった。刀が撃ち合い、青い火花が散った。僧たちはそろって強力で勇猛だったが、定景はかまわず突進して僧たちをしだいに押しつめていった。

僧たちの弓勢《ゆんぜい》の強さにたじろいでいた追手の面々も、定景たちに引きずられるよ

うに僧房に白刃を連ねて斬り込んだ。金属音、怒鳴り声が響き合ううち、僧たちがうめき声をあげて斬られた。僧たちが死体となった時、定景は太いため息をもらし、刀を下ろすと、

「終わったか」

とつぶやいた。そばにやって来た景茂が、

「父上、これで御館《おやかた》様の命《めい》を――」

とほっとしたように言いかけると、定景は目を鋭くして、

――叱《しっ》

黙っておれ、と言葉には出さず、抑えつけた。定景は僧たちを一人残さず殺すよう、ひそかに命じられていたのである。定景は額の汗をぬぐいつつ、屍骸《しがい》がならんだ酸鼻《さんび》な光景から思わず目をそらすのだった。

「悪僧」たちが討ち取られた時、公暁はこの屈強な門弟たちと一緒にはいなかった。なぜか単独行動をとっていたのである。公暁がいたのは鶴岡八幡宮で後見役となっていた備中《びっちゅう》阿闍梨の雪ノ下、北谷の宅だった。

公暁は素絹《そけん》の衣を着て腹巻を着していた。空腹だったのか、家人《けにん》に湯漬《ゆづ》けを用意させて、うまそうにかきこんだ。その間も傍らに実朝の首を置いたままである。

公暁の母は賀茂《かもの》六郎《ろくろう》重長《しげなが》の娘で、保元《ほうげん》の乱で活躍した源家一の勇者、鎮西《ちんぜい》八郎為《ため》朝《とも》の孫だという。

　公暁は五歳の時に父を失い、翌年北条政子《まさこ》の計らいで鶴岡八幡宮の別当尊暁《そんぎょう》の弟子となった。さらにその翌年には政子邸で袴着《はかまぎ》の儀式を行い、実朝の猶子《ゆうし》となった。十二歳の時に落飾し、法名を公暁として登壇受戒のため近江国《おうみのくに》へ行った。鎌倉に戻ったのは一昨年六月のことである。

　公暁が湯漬けを食う様子は地獄の悪鬼のような凄まじさだった。公暁はおびえている家人にかまわず、

「弥源太《やげんた》、弥源太——」

　と声を高くした。邸《やしき》の玄関で追手が来るのを警戒していた弥源太はすぐに公暁の前に出た。十五、六歳の少年である。烏帽子《えぼし》、萌黄《もえぎ》の水干《すいかん》姿で色が抜けるように白く、目が涼やかで女のように美しかった。

　鎌倉の有力豪族、三浦義村《よしむら》の一族で公暁の乳母子《めのとご》である。公暁の乳母は義村の妻だったが、乳母は養育係ともいうべき存在で実際に乳を与える乳母は別にいた。

　弥源太の母は三浦一族の中でも身分が低かったが、選ばれて実際の乳母となったのだ。公暁は弥源太が顔を見せると手招きしてそばに寄せ、

「よいか、三浦義村の館《やかた》に参り、わしはかくいたした。将軍になるゆえ迎えを寄越

せ、と伝えよ」

とささやいた。話す時、公暁は血走った目で、ちらりと傍らの実朝の首を見た。そしてなんぞ包むものを、とつけ加えた。さすがに首を剥《む》き出しのまま持ち運ぶことに気がさしたのだろう。

公暁は義村からの返事が来しだい、実朝の首を持っていくつもりなのだ。公暁はこの時、将軍となることを疑いもなく信じていた。すでに実朝が死んだ以上、将軍となる資格があるのは頼家の子だけだ。義村は公暁の乳人《めのと》だけに後ろ盾になってくれるはずだった。

弥源太はうなずいて、まず邸の奥から袈裟《けさ》を持ってくると実朝の首を手早く包んだ。

公暁は呆《ほう》けたように弥源太のすることを見ていたが、ふと、

「わしもいずれ、そのような首になることがあろうか」

とつぶやいた。この時、公暁を一瞥《いちべつ》した弥源太の目はつめたかった。弥源太は公暁も実朝と同じように殺されればよい、と思っていたのである。それよりも弥源太の目は袈裟に包まれた実朝の首に注がれた。

(将軍の御首を義村には渡したくない。なんとか、わしの手柄にできぬか)

と思っていた。源氏の棟梁《とうりょう》、征夷《せいい》大将軍実朝の首である。公暁から奪って御所に

持っていけば恩賞がもらえるだろう。

弥源太がこのことを思いついたのは、三月前の夜、公暁の閨《ねや》でのことだった。

この夜、公暁は弥源太に、あることを強要した。弥源太が拒むと公暁は刀を持ち出してきた。公暁が蔀戸《しとみど》を開け、すらり刀を抜くと刃が月光に白々と耀《かがや》いた。

公暁は刃を弥源太の頬にあてた。ひやりとした感触が弥源太をぞっとさせた。公暁は笑いながら、

「三浦は和田合戦のおりに盟友の和田義盛《よしもり》を裏切って以来、三浦の犬は友を食らうなどと御家人の間で悪口されておるそうだな。されば――」

――犬になれ
というのである。公暁は僧として頭を丸めていたが、武術で鍛え筋骨隆々としていた。その公暁が偏執的な目を光らせ、刀を突きつけて迫った。

弥源太は恐怖のあまり公暁の言うことを聞いた。それが今も弥源太の中で疼痛《とうつう》をともなった憎悪として残っていた。だから公暁に逆らうことをしたかったのだ。

弥源太には三浦義村への反感もあった。六年前の建保元年五月に起きた和田義盛の乱にからんでのことである。

和田義盛は源頼朝の創業以来の功臣だったが、北条義時を討とうと鎌倉で兵を挙げた。義盛の挙兵は二月に発覚した信濃国《しなののくに》小泉荘の領主、泉親衡《いずみちかひら》の謀反《むほん》がきっかけ

だった。

親衡は頼朝の家系の叔父《おじ》方にあたる源満快《みつよし》の子孫で源氏の一族だった。その親衡が北条に謀殺された頼家の遺児の一人、千寿丸《せんじゅまる》を擁して、

――将軍となし奉らん
と企てたのだ。泉一族は親衡の意向を受けて、各地の豪族をひそかに説得してまわった。この中で下総《しもうさ》の千葉成胤《なりたね》に接触したことが計画の破綻《はたん》となった。

親衡の謀議に加わった者の中に和田義盛の子、義直《よしなお》、義重《よししげ》、甥《おい》の胤長《たねなが》の名があったのだ。

千葉成胤はかねてから義盛と確執があったから、これを好機と見て謀反をつぶす側にまわった。泉党は討伐され、親衡はいずこかへ落ちのびた。

事態に驚いた義盛はこの年三月になって一族とともに鎌倉に出てくると実朝に必死で陳情した。この結果、義直、義重は許されたが胤長だけは赦免されなかった。

しかも北条義時は胤長を後ろ手に縛りあげ、和田一族が嘆願のために控える大倉御所南庭《なんてい》を引き回すという屈辱を与えたうえで流罪とした。

この仕打ちに対する憤激が義盛を反乱へと駆り立てたのである。

実朝は義盛に好意的で、特に義盛の嫡孫、朝盛《とももり》とは和歌を通じて親しかった。義盛の反乱は実朝に敵対するものではなく、あくまで北条を討つためだった。

義盛はこの企てに三浦一族が加わるものと思っていた。

義盛は三浦郡和田に領地があることから和田姓を称していたが、三浦一族である。義盛の父、義宗《よしむね》は三浦一族の嫡男だったが、早世したため義村の父、義澄《よしずみ》が三浦の家督を継いだのだ。この経過から言えば、元々義盛は三浦の嫡流だった。

このため義盛は決起の起請文《きしょうもん》を義村と交わしていた。ところが、義村は土壇場で北条方に寝返り、和田党は壊滅したのである。

この時、逃げ遅れた笙子《しょうこ》という一族の姫がいた。笙子は由比ヶ浜を乳母とともに彷徨《さまよ》って三浦党の兵に捕まり、二日にわたって続いた和田合戦で血がすさんでいた兵たちによって乱暴され、殺されたのである。

十三歳だった笙子の無惨な死体は由比ヶ浜の波打ち際に放置されていた。弥源太は、三つ年上の笙子を幼いころから知っており、許婚《いいなずけ》となっていた。

義村の裏切りがなければ、笙子とどこかで暮らすという未来があったはずである。それを思うと公暁に蹂躙《じゅうりん》されて以来、乾ききった心に怨念《おんねん》が湧き出るのだった。

だからこそ義村の思惑を阻んでやりたいと思っていた。

義村は実朝の首を公暁から取り戻し、御所に差し出すつもりだろう。そうさせないためには、どうすればいいのか。その考えを吟味する暇も無く、弥源太は公暁に急き立てられて目と鼻の先の三浦館に向かった。

三浦館は鶴岡八幡宮に接した東南にある。さらに東側が大倉御所であり、二階堂大路をはさんだ南側が北条館である。

義村は夜とはいっても憔悴《しょうすい》した表情で何事かを待っていた。弥源太が門をくぐって駆け込むと、義村はすぐに式台まで出て来た。

義村は五十過ぎ、白髪まじりの髪で日に焼けて赤銅色の顔をしている。ふさふさとした眉《まゆ》の下の目は細く獅子鼻《ししばな》であごがはっていた。あごを突き出し、薄目で話すのが特徴の傲岸《ごうがん》で気短な男だ。

「何、右大臣が殺されたと——」

義村は初めて聞いたことのように絶句して、膝《ひざ》をつき涙を落とした。弥源太は、

(嘘のうまい人だ)

とひそかに冷笑した。実朝が狙われていることを義村は知っていたからだ。その癖、あたかも実朝の死を心底悼むかのように涙を流すのである。義村だけではなく、鎌倉に実朝の横死を悲しむ者がどれほどいるだろうか、と弥源太は思った。

実朝は孤独な男だった。

実朝は八歳の時に父頼朝を失った。頼朝の死後、将軍となった頼家が北条氏と対立して失脚すると、新将軍に十二歳だった実朝が立てられた。

頼家は実朝が将軍となった翌年の元久《げんきゅう》元年(一二〇四)七月に幽閉先の伊豆国修

禅寺で時政が放った刺客によって討たれた。二十三歳という短い生涯だった。

刺客は頼家を討ちあぐねて首に紐《ひも》をまき、陰嚢《いんのう》を取って殺したと伝えられる。首を紐で絞め、ふぐりを握りつぶすという無惨な殺し方だった。

頼家は武勇に優れていたから、そうでもしなければ殺せなかったのだろう。

しかも京へは頼家が幽閉されて間も無く死んだと伝えられていたから、頼家は北条氏によって生きながら葬られていたことになる。

実朝はそんな殺され方をすることを怖れていた。

位階の昇進を望んだのも高貴な身分になることによって、北条に手を出し難《にく》くさせたいという思いもあったかもしれない。

それでも実朝は殺された。その場所が右大臣となった祝賀が行われた鶴岡八幡宮であったことは、実朝の心をわずかに慰めただろうか。

実朝は鎌倉の文官長老とも言うべき大江広元《おおえのひろもと》から官位昇進を望むことは朝廷の「官打ち」にあうことだと諫言《かんげん》された時に、

「それでも構わない。わたしが子孫に残せるのは官位ぐらいだろうから」

と、ひどく老成したことを言ったという。少なくとも実朝は頼家のように陰惨にではなく官位の栄誉を受け、雪景色に彩られて死んだのである。

義村はひとしきり悲嘆した後、弥源太に、

「すぐにお迎えいたすによって、お待ちあるように伝えよ」

と言い捨てると、そのまま奥に入った。三浦党の武士たちが次々に駆けつけてきていた。義村は親戚《しんせき》の豪族たちと、対応を協議するのだろう。

弥源太が三浦館を出ようとした時、腹巻をつけた郎党たちがあわただしく戻ってきた。戦闘をしたばかりの殺気が男たちに漂っていた。

先頭の男は弥源太も顔を知っている長尾定景である。定景は猜疑《さいぎ》深い目で弥源太を見たが、何も言わなかった。義村が策謀の多い主人であることを知っているだけに、余計なことは言わない習い性となっていたからだ。

(三浦の犬は命じられたことだけをやっておれ)

弥源太は胸中で嘲《あざけ》りながら三浦館を出た。二階堂大路に出ると風に潮の匂いを感じた。鎌倉は周囲を山に囲まれ南側だけが海に面している。竈《かまど》に似た地形で竈谷の地名から鎌倉と呼ばれるようになったのだ。その竈の中に寺社、武家邸《やしき》、町家が密集していた。鶴岡八幡宮から由比ヶ浜まで、まっすぐに若宮《わかみや》大路が走り潮風が通る。

夏など町には海風の匂いがして肌にねっとりと潮がつく気がした。

(今夜の雪も潮の味がするのではないだろうか)

弥源太はそんなことを思いながら、公暁が待つ雪ノ下の僧房に急いだ。

公暁は戻ってきた弥源太に苛立《いらだ》ちを隠さず、

「何をしておった。遅かったではないか、三浦の迎えと一緒ではなかったのか」

と甲高い声で怒鳴った。弥源太は両手を床について、

「間も無くお迎えに上がるので、お待ちくださいとのことでした」

と報告した。公暁の顔は一瞬赤みがさしたが、しだいに不機嫌な表情へと変わっていった。

「なぜ、すぐに迎えを寄越さぬのだ」

公暁は独り言を言った。公暁の胸に猜疑が湧くのが、弥源太には手に取るようにわかった。今頃、義村は一族と対策を協議し、そのあげく公暁への討手をさしむけてくるだろう、と弥源太は察していた。

（しかし、そうなればあの首は義村の郎党に奪われてしまう）

そう思った弥源太は膝を乗り出した。

「迎えが来るのをお待ちにならず、今すぐに出向かれた方がよいのではありませんか。時がたてば執権から三浦に手が伸びてまいりましょう」

弥源太の言葉を聞いて公暁はぎょっとした。

実朝を討つことができて昂揚《こうよう》していた気持に、いきなり影がさした気がしたのである。実朝を斬って、この僧房に駆け込むまで、どこか夢の中にいるような気がし

ていた。しかし、今は傍らの袈裟《けさ》に包まれた実朝の首がひどく現実的で重いものに感じられた。

（もはや、取り返しはつかないのだ）

そんなことを初めて思った。公暁は立ち上がると、

「三浦館に行く。弥源太、供をせい」

と言った。実朝の首は弥源太に持たせるつもりだった。公暁は実朝を斬れば、鎌倉の御家人《ごけにん》たちは一も二も無く公暁の前にひれ伏すと思っていた。もし、そうでなかったら、と考えると暗黒の淵《ふち》をのぞいたような気がした。

公暁は「悪僧」たちが北条義時を討ちもらしたことを思い出した。公暁は、最初から実朝だけを狙っていた。義時を殺すのは「悪僧」たちのはずだった。

（ひょっとしたら奴らがしくじったことで、何かが狂い始めたのかもしれぬ）

公暁は腹立たしくなった。実朝を討つと同時に「悪僧」たちと離れ、一人で実朝の首を抱えてきたことが無駄になるかもしれないではないか。ともあれ急ごうと、公暁は式台に向かった。弥源太が袈裟に包んだ実朝の首を抱えてついてくる。

公暁が僧房を出た時、すでに雪はやんでいた。

月明かりの雪景色を見た公暁の胸に、不意に七歳のころ初めて会った実朝の顔が浮かんだ。公暁は当時、善哉《ぜんざい》という名だった。

大倉御所で対面した時、実朝は幼い善哉にやさしかった。実朝は、

「これからは、まことの父と思うてくれよ」

という言葉も遠慮がちだった。善哉は実朝に手をとられ御所から由比ヶ浜に出て、浜辺をしばらく歩いた。あの時は尼御台《あまみだい》、政子も一緒だったな、と思い出す。よく晴れた日だったが遠い海は白く霞《かす》んで見えた。

あの日の実朝が、今は首になって弥源太に抱えられているのだ。

（父の仇《かたき》ではないか、やむを得なかった）

と公暁は思う。それだけではない。実朝を殺さなければ公暁が殺されると、ある人物からささやかれていたのだ。

殺さなければ殺される、そう思って公暁は武術を鍛錬してきた。その成果が今夜、表れたではないか。公暁は再び昂揚した気持になりながら夜道を急いだ。大路を通るのは避けて山伝いに行くつもりである。

弥源太は雪に何度も足をとられそうになりながら公暁の背を見てついていった。公暁は先を急ぐばかりで、後ろの弥源太を振り向こうともしない。まるで、実朝の首を恐れ、見ないようにしているようだ、と弥源太は思った。

義村は北条館《やかた》に使いを出した。公暁をどうするかを問い合わせるためであり、同

時に鶴岡八幡宮で斬られたのが義時ではなかったことを確かめるためだった。

（もし、義時が斬られていたら、その時はどうするか）

義村の脳裏には、そんな考えも浮かんでいた。そうなれば義時の執権職にとって代わるのは自分しかいない。三浦党は頼朝の父、義朝《よしとも》のころからの源氏の郎党だった。頼朝が決起した時、頼みとしたのも三浦党である。

頼朝が石橋山《いしばしやま》の戦いで敗れた後、海路房総《ぼうそう》半島に渡って再起できたのも、房総に勢力を持つ三浦一族の力があったからだ。

頼朝の正室、政子の実家とはいえ伊豆の小豪族だった北条に遠慮する謂《いわ》れはなかった。

義時が死んでいたら、公暁を生かしておく必要があるかもしれない。すでに公暁とともに動いた「悪僧」たちは三浦の郎党たちが殺していたが、公暁には使い道があった。

どんなことが起きるかわからないのだから、と義村は自分に言い聞かせていた。

しかし、北条館から戻ってきた使者の報告は失望させるものだった。義時は自ら式台まで出てきて、使者に元気な姿を見せた上で、

「謀反人《むほんにん》の公暁をただちに討て」

と、はっきり言ったというのだ。義村は義時の顔に浮かんだ表情までわかるよう

な気がした。義時は今年、五十七歳になるが、髪は黒々として、色白のととのった顔は若々しく怜悧《れいり》だった。

江間《えま》小四郎と呼ばれていた若いころから頼朝に仕えてきた義時は、顔立ちまで頼朝に似てきたようだ。義時が生きていた以上、その指示にはおとなしく従わなければならない。

（なにせ、相手は執権なのだからな）

義村は苦い顔をしながらも、使者の報告を集まっていた親戚たちの前で言い切った。

「長尾定景を討手とする」

庭先で待機していた定景は思わず眉《まゆ》をひそめた。公暁の一味の「悪僧」たちを斬り殺すことにためらいはなかったが、前将軍《さきの》頼家の遺児である公暁を殺せば、悪名が残るのではないかと危惧《きぐ》したのだ。しかし、階《きざはし》まで出てきた義村から、

「疾《と》く、いたせ」

と命じられると逃れる術《すべ》はなかった。大きくため息をつき、腹巻をゆすって立ち上がった。定景はそのまま郎党に荒々しく声をかけると門外へ出た。

そのころ鶴岡八幡宮の本殿では、権大納言坊門忠信、権中納言西園寺実氏、参議

藤原国通、散位平光盛、刑部卿《ぎょうぶきょう》難波宗長の五人がひそひそと話していた。

五人の相手として一座に加わっているのは源頼茂《よりもち》だった。

頼茂は摂津《せっつ》源氏で、平家に抗した以仁王《もちひとおう》の乱で討ち死にした源三位《げんざんみ》頼政《よりまさ》の孫である。頼朝が鎌倉に政権を樹立すると頼茂は父、頼兼《よりかね》とともに京、鎌倉を往復して仕えるようになった。

摂津源氏は代々、朝廷の大内《おおうち》守護を務めており、頼茂は右馬権頭《うまのごんのかみ》だったが、鎌倉でも要職についたのである。実朝が建保四年に政所《まんどころ》を増員したおりには頼茂も政所に名を連ねた。

頼茂は実朝の拝賀式には殿上人《てんじょうびと》の一人として出席していた。実朝が討たれた時も身近にいたのである。公家《くげ》たちは顔を見合わせて、

「怖いことや」

「実朝は首を取られたそうどすな」

「それは気味が悪い」

「わしらが狙われることはないやろか」

「そら、わからん。言うたら狼の群れの中におるみたいなものやからなあ」

「ああ、このようなお役目引き受けるのではなかったよ」

と愚痴を言い、わが身を危惧するばかりだった。頼茂はなだめるように、

「間も無く実朝様を討った公暁は捕らえられましょう。案じなさいますな」

と言った。すると西園寺実氏が、

「それにしても右大臣になったばかりで早死にするとは、あわれやな」

と言った。坊門忠信がゆるゆると長烏帽子《ながえぼし》をかぶった頭を振った。

「官打ちやな、実朝は昇進が速すぎた」

朝廷では身にそぐわない昇進をすると若死にすることを「官打ち」と言い習わしていた。源平の武家が成り上がってきた時、「官打ち」にかけると皆、高転びに転んだのである。

木曾《きそ》義仲《よしなか》、源義経《よしつね》、皆そうだったと公家たちは思っている。四人の公家たちも忠信の言葉に恐ろしげにうなずいた。

「そやけど、坊門様にとっても実朝に死なれては痛いのやおへんか」

西園寺実氏が少し意地の悪い口調で言った。

忠信は妹が実朝の正室となっているから、実朝の義兄ということになる。もう一人の妹は、後鳥羽《ごとば》上皇に寵愛《ちょうあい》を受ける西御方《にしのおんかた》だ。また、忠信の伯母《おば》が後鳥羽上皇の母だから、上皇とは従兄弟《いとこ》の間柄でもあった。

「そらそうやなあ、御台所《みだいどころ》はさぞ嘆いてることやろう。それにしても誰か公暁を止めることができんかったんやろうか」

忠信の言葉にはさすがに悲嘆がこもっていた。

「そうや、なんで公暁が隠れていることに誰も気づかなかったんやろう」

他の公家たちも首をひねった。考えてみれば一千騎の随兵がいながら隠れていた公暁を見逃すとは不思議である。忠信が源頼茂に向かって、

「頼茂殿、なんやおかしいとは思わんか」

と訊《き》いた。源頼茂はうなずいて、

「わたしはかような凶事があるのではないかと思って執権殿に申し上げました。だがお取り上げにはならなかったのが残念です」

五人の公家は、ぎょっとした表情になった。頼茂は平然として話を続けた。

「わたしは二日前に鶴岡八幡宮で不思議な夢を見たのです」

「夢を？」

「はい、神殿にて額《ぬか》ずいておりますと、目の前に子供が出てまいりました。その隣には鳩がおりまして、子供は杖《つえ》で鳩を打ち殺したのです。不思議な夢を見たものだと思って外に出ますと、庭に鳩の死骸《しがい》がありました。怪しげな気がしたので、陰陽師《おんみょうじ》に占わせてはいかがかと申しましたが、執権殿がお許しになりませんでした」

「そうか、執権殿がな――」

忠信がつぶやき、公家たちは顔を見合わせたが、それ以上のことは言わなかった。

誰もが実朝を殺させたのは北条義時ではないか、と疑っていたのだ。

頼茂はそんな公家たちの様子を見ながら、なぜか微笑を浮かべていた。

頼茂は同じ源氏といっても鎌倉の源家を尊ぶ気持はなかった。元々、清和《せいわ》源氏としては藤原道長《みちなが》に仕えた源頼光《よりみつ》を祖とする摂津源氏の方が嫡流なのである。

武門源氏を確立したのは源満仲《みつなか》だと言われるが、頼光は満仲の嫡男だった。一方、頼朝の系譜は頼光の弟、頼信《よりのぶ》を祖とする。頼信は河内《かわち》を地盤としたため、

――河内源氏
と呼ばれた。頼信は平忠常《ただつね》の乱を平定して東国に勢力をのばし、鎌倉を拠点とした。その後、頼義、義家が続いて奥羽の戦役で活躍し武門の棟梁《とうりょう》として大を成した。

この間、大内守護として朝廷警護の任にあった摂津源氏の影は薄くなった。しかし、河内源氏は平治《へいじ》の乱で没落した。

その後、頼朝が平家を打倒して鎌倉に政権を築くことができたのは、摂津源氏の源頼政が以仁王を擁立して決起したからではないか、と頼茂は思っている。

この決起によって頼政始め一族の男たちが討ち死にしたが、以仁王が発した令旨《りょうじ》によって諸国の源氏が決起することができたのである。

言わば頼政は源氏再興の「捨て石」になったのだ。

頼茂の父、頼兼は鎌倉に下り、平家が壇ノ浦で敗れた後、平重衡《しげひら》を奈良へ護送す

る任務を務めたりしたが、頼朝は摂津源氏を源氏嫡流として遇したとは言えない。

頼茂は、

——摂津源氏は河内源氏の犠牲になった
と思っていた。頼茂の言葉にはそんなひややかさが漂っていた。

忠信はため息をついた。

忠信は他の者には言っていないが、京を出る時からこのようなことがあるのではないか、と予感していたのである。実朝が殺される巻き添えは食いたくなかった。だから実朝が本宮を出たところで殺されたと聞いた時は、むしろほっとした。

忠信は実朝を討つ者が、鎌倉で合戦を起こすのではないかと怖れていたのだ。

（実朝と源仲章が殺されただけですむのなら重畳《ちょうじょう》——）

そう思った忠信は心のつぶやきを誰かに聞かれたような気がして皆の顔を見た。

この時になって忠信は誰の顔にも悲嘆の色が無いのに気づいて、急に悲しくなってきた。

忠信は夢想家でいつも自信無げな顔をしていた義弟が好きだったのである。

第二章　首の行方

北条義時は館《やかた》を出て大倉御所に上がった。

大倉御所は東西南北の四方に門がある。中央の建物は寝殿、大御所、小御所、北対屋《きたのたいのや》、渡殿《わたどの》、さらに寝殿に通じる西対屋、北面御所だった。南側には池、東側に馬場、池の傍《そば》には釣殿と持仏堂（法華堂）がある。

義時は御座所《おましどころ》で姉の政子と協議するつもりだった。

すでに公暁のことは三浦義村に命じていた。よもや義村が公暁を討ちもらすような失態を犯すことはあるまい。義時は、

（なぜこのようなことになったのか）

と考えていた。義時には実朝が殺されることはわかっていた。公暁に実朝を殺したら将軍にしてやると示唆したのは三浦義村であり、義村がそう言うように仕向けたのは、義時だったからだ。

公暁を操り、実朝を殺したのは義時だった。しかし、何かが食い違っていた。

義時の思惑では実朝は今夜、鶴岡八幡宮で殺されるはずではなかった。もっと違

う時に、しかるべき場所が選ばれるはずだった。ところが公暁は実朝の右大臣叙任という公《おおやけ》の席を狙い、公暁の門弟は実朝だけでなく義時まで殺そうとした。

このことを義村から報《しら》された義時は気分が悪いと称して、御剣役《ぎょけんやく》を源仲章に代わって退出したのである。しかし、これは義時の失策だったかもしれない。

（わしだけ助かったと人が聞けば、誰でもわしが実朝を殺させたと疑うだろう）

何より政子がそう思うのではないか、と恐ろしかった。政子は息子の頼家を暗殺した父、時政を許さなかったからだ。

北条時政が失脚したのは、十四年前の元久二年（一二〇五）閏《うるう》七月のことである。

このころ時政は後妻の牧《まき》の方と謀って、女婿で京都守護の平賀朝雅《ともまさ》を将軍にしようとしているという噂があった。そのために実朝を殺すというのだ。

かつて修禅寺で頼家を暗殺したことから思えば、満更《まんざら》、噂と聞き捨てにできなかった。この時期、実朝は北条館にいたから、殺そうと思えば、その日にできたのである。

政子はこの話を聞くと時政の真意を確かめるような手間はかけなかった。

閏七月十九日、政子は義時、大江広元と打ち合わせ、突如実朝を時政の館から引き取った。北条の兵は政子の指示にただちに服した。

時政はその夜のうちに出家させられた。翌二十日には牧の方とともに伊豆へ下向し、以後、時政は死ぬまでの十年を伊豆で蟄居《ちっきょ》して暮らしたのである。

（尼御台《あまみだい》はやるとなったら、ためらうことのないお人だ）

義時は政子の胆力を畏怖《いふ》していた。今、鎌倉を動かしているのは義時だが、要所での決断は政子が下してきた。御家人《ごけにん》たちもそのことはよく知っている。政子が、

――義時を追放せよ
と命じたら迷う者はいないだろう。だからこそ一刻も早く政子に今回の事件に関わりがないと説明しておかねばならない、と思っていた。

（後はすべてのことを公暁一人に背負わせて始末をつけるしかない）

義時は苦々しく思っていた。公暁を殺させるのが残念なのではない、自分ともあろう者が無様なやり方になったことが悔しいのだ。

（もはや、公暁の首を取った頃合だろうか）

義時は御所の門をくぐりつつ、ちらりと夜空を見上げた。月の傾きを見れば、亥《い》ノ刻（午後十時）ではないだろうか。すでに実朝の死から一刻《いっとき》（二時間）が経過していた。

この時、公暁は山道を下ろうとして、一団の武者たちと出会っていた。松明《たいまつ》をかかげた武士の一人が公暁の顔を見て大声で叫んだ。

「別当阿闍梨《あじゃり》、ここにおわす」

後ろがざわつき、一際屈強な騎乗の武士が前に出てきた。

「右大臣を討った謀反人《むほんにん》を討ち取れ」

その声に応じて武者たちが薙刀《なぎなた》を構え、刀を抜いた。

「馬鹿な、わしは将軍となる身ぞ」

公暁はうろたえて叫んだ。

男たちの敵意のこもった目が怖かった。おびえが反射的に腰の刀を抜かせていた。それを見た兵の一人が、わっ、とわめきながら薙刀を振るった。

公暁の体が雪道を転がり、相手の懐に飛び込むと、のど元を突き刺していた。鮮血がほとばしって公暁の顔を染めた。血が公暁の狂気を呼び起こした。公暁はそのまま武者の群れに斬り込んだ。同時に公暁は叫んだ。

「弥源太、弥源太、先に行け」

弥源太はその声に背中を押されるようにして、あわてて走り出した。袈裟《けさ》で包んだ実朝の首の重みに耐えながら走った。武者たちは荒れ狂う公暁に気をとられ、弥源太を追おうともしなかった。

怒号と悲鳴が飛び交い松明がゆれた。弥源太には公暁の働きは見えなかったが、闇の中で一頭の獣が跳梁《ちょうりょう》している気配があった。

三浦館の門前に出たが、そのまま通り過ぎて実朝の首を抱えたまま若宮大路を走った。どこもかしこも雪である。その雪が途切れたと思ったら、由比ヶ浜に出ていた。

弥源太は浜辺に穴を掘った。冷たい砂で手がしびれると、流木で砂を掘り起こした。やがて、できた穴に実朝の首を入れた。

（まだ、公暁がどうなったか、わからぬ。しばらく様子を見てから掘り起こそう）と思った。砂に埋めれば、せっかくの御首が傷むとも思ったが、それよりも、とりあえずこの場を去りたかった。公暁の悪鬼のような姿が瞼《まぶた》の裏にこびりついていた。ここにいれば、血まみれの公暁が襲ってくる気がしたのだ。

そのころ公暁は武者たちを斬り破って三浦館の塀までたどりついていた。

公暁はこの時まで三浦館に入りさえすれば救われると思っていた。すでに何人の兵を斬ったか数えてもいなかった。ただ、人を殺すことは、これほど心地良いことなのか、と酔うような気持だった。公暁は自分が源氏の棟梁《とうりょう》の血を引いているのだ、と実感した。

公暁は刀の刃をくわえ両手で塀につかまると、じりじりと体を持ち上げた。

先ほどからの激闘でも筋肉は力を失わず、斬られた傷も少しも痛まなかった。湯につかっているように、とくとくと体中の血が駆け巡っているのを感じるばかりだ。公暁が塀の上に乗り上がり、館の敷地に飛び込もうとした時、空を切る鋭い音が響いた。

ひゅっ、ひゅっ、という音とともに二本の矢が公暁の背中に突き立った。

あっ、と公暁は悲鳴をあげた。そのまま背をそらして月を見上げると月が激しく回転した。公暁の体は塀の外側へ仰向けに転落して雪に埋まった。そこへ駆けつけた兵たちが公暁に刀を突き立てた。公暁の体は激しく震えた。

すでに、何も見えなかった。ただ、実朝の首はどうしたのだろう、と思った。間も無く、わしも首になるのだ、と思うと、それが、ひどく理屈にあわないことのように思えた。

定景が腰刀を抜いて、公暁の首に押し当てた。その瞬間、月光に照らされた公暁の顔が微笑を浮かべたようだ。気味の悪さに腰刀を持つ定景の手が震えた。

大倉御所に着いた義時は御座所でひどく待たされた。しかも政子が出てきた時には実朝の御台所《みだいどころ》と一緒だったことが義時を驚かせた。

御台所は十三歳の時に京から鎌倉に来た。御台所が京を出発する行列ははなやかで後鳥羽上皇までもが大路に桟敷《さじき》を作らせて見物したという。以来、十五年の結婚生活である。実朝との仲は睦《むつ》まじかったが、政子とは親昵《しんじつ》していないと義時は聞いていた。

さすがに実朝の死の報《しら》せが二人を寄り添わせたのだろうか。御台所がいるのであれば、政子が実朝暗殺の背景などという秘事の話はするまい、と義時はほっとした。

御台所はすでに泣きはらして瞼を赤くし憔悴《しょうすい》していた。一方、政子は実朝が殺されたと聞いても毅然《きぜん》としていた。すでに六十三になり尼姿だが、今も凜《りん》とした美しさをたたえている。政子は義時を大きな目で見つめると、

「さ、御台所の前ではっきりと言うのです。右大臣を殺《あや》めたのは、そなたの指図なのか」

「まさか、そのようなことがあるわけはございません」

義時が迷惑そうに言っても、政子は眉《まゆ》一つ動かさなかった。

「そのことがはっきりせねば、実朝の葬儀一つ行うことはできません。鎌倉も今後が立ちゆかぬゆえ、御台所の前で訊《き》いているのです。ここで言うことは天下に知れると思って答えなさい。実朝を討ったのは公暁らしいが、世間の者は義時殿が公暁を操ったと疑うのは目に見えています。もし、そうなら、この場で言うのです。この尼も共に罪をかぶってあげましょう」

ここまで聞いて義時にも政子が世間の疑いを避けるため、このようなことを言っ

ているのだ、とわかった。義時は顔を引き締めた。

「まことに意外な仰せです。わたしは右大臣家が亡くなられたと聞き、世を捨てようかと思うほどに悲しんでおります。このこと断じて嘘偽りではございません」

政子はしばらく黙っていたが、やおら御台所の方を振り向くと、

「義時はこのように申しています。とりあえずの疑いは晴らしてもよいと尼は思いますが」

御台所は泣きはらした目で政子を見てうなずいた。すると政子は侍女を呼び、御台所を奥にて休ませるように、と命じた。御台所は侍女たちに抱えられるようにして御座所から出ていった。それを見届けた政子は厳しい顔を義時に向けた。

「で、まことはどうなのですか」

義時の今の言葉などまともには信じていなかったのだ。政子が実朝の死を知って、すぐに考えたのは京への聞こえをどうするか、ということだった。そのために、まず御台所に北条は実朝暗殺に関わっていないと弁明して見せたのだ。さらに義時が、

「今、申し上げたのはまことのことです」

と言っても訊き返しもしなかった。政子はつめたい目で義時を見るだけだ。

「では、京から来た殿上人《てんじょうびと》たちに手厚くしておきなさい。あの公家《くげ》たちが京に戻って、どのようなことをもらすか、わかりませんから」

さすがに冷徹な義時も思わず、

「姉上はわが子が死んでお悲しみではないのか」

と口にした。政子は怖い目でじろりと義時を睨《にら》んだ。そして不意に、

——馬鹿な
と罵《ののし》った。

「子が死んで悲しくない母がこの世にあると思うのですか。まして、実朝を殺したのは孫の公暁。これほどの辛《つら》い目に遭った女が他にいると思いますか」

政子は感情が激して思わず声をつまらせた。法衣《ほうえ》の襟をつかんだ手が震えていた。いましがたまでの烈女ぶりが嘘のように母親としての表情を見せていた。

政子が蛭ヶ小島《ひるがこじま》の流人《るにん》だった頼朝と通じたのは二十一の時である。これを知って狼狽《ろうばい》した時政は伊豆目代《もくだい》山木兼隆《かねたか》との縁組を進めようとした。このため政子は夜中、雨の降る中を身一つで頼朝のもとに走った。頼朝が決起して石橋山で敗北しても挫《くじ》けることなく頼朝を支えつづけ、その創業を助けてきた。

気丈であることは誰もが知っていた。それだけに母としての情愛はさほど無いのかと義時でさえ思ったのだ。

しかし、政子は、

——この弟は何もわかっていない

と義時の鈍感さが疎ましかった。冷静を装ってもわが子の実朝を孫の公暁が討った、血で血を洗うおぞましさが政子の心に衝撃を与えていた。

頼家の後の将軍に実朝を据えたのは政子である。頼家の遺児、公暁を園城寺《おんじょうじ》の僧とし、一昨年になって鎌倉に呼び戻したのも政子である。

（すべてはわたしがしたことだ。わたしが実朝を公暁に殺させたのだ）

政子は唇を噛《か》んでいた。権力闘争にどっぷりとつかった義時の方こそ血が冷えているのだと思った。政子は目を閉じて、

「このようなことになったのも、すべては北条の家を守ろうとしたためではありませんか。そうである以上、いまさら人並みに泣くことなど許されませぬ。北条の家は情と引き換えに力を得ました。失う情が大きいほど得る力も大きくなるのです」

と言った。政子に言われて義時はうなだれた。政子はやはり自分を疑っているのだ。しかし、決定的な証拠さえなければ公暁だけの罪を問えばよいというつもりなのだろう。

政子は侍女に、

――茶をもて
と声をかけた。侍女が碗《わん》に入れて持ってきた茶は禅僧、栄西《えいさい》が近頃、宋《そう》から鎌倉に伝えた。飲むと香ばしい香りがして気持がやすらぐ。栄西が伝えたのは言わば薬

として効用である。政子は用意された茶を一口飲むと、つめたい目で義時を見た。

「実朝の遺骸《いがい》は首を取られているそうですね」

「これはしたり、聞いておりませんでした」

義時は面目なさそうに答えた。やはり動転していたのだろう、実朝の首が奪われたことは、この時まで頭になかった。

「武門が首を取られては戦に負けたのと同じことです。成仏もかないますまい。まして右大臣の首を辱められるようなことあれば、京にまで恥をさらすことになりますぞ」

政子は嘆いたが、間も無く公暁が捕らえられ実朝の首は取り戻せるだろうと思っていた。義時もそれは同じである。まさか実朝の首が忽然《こつぜん》と鎌倉から消え去るなどということは二人には想像できなかったのだ。

そのころ、義村は館《やかた》で定景が持ってきた公暁の首を検分していた。血と泥に汚れて顔がわかりにくかった。

「洗うてまいりましょうか」

定景が言ったが、義村は、いやこのままでよかろうと言った。実朝を殺した謀反《むほん》人《にん》の首なのだ、戦での検分のように首をきれいにする必要はないだろうと思った。

（うっかりしたことをすると公暁に情をかけたと勘ぐられよう）

義村はそう思ったが、家臣の一人が紙燭《しそく》で公暁の首を照らし、

「わたしどもは誰も公暁に会ったことがございませんが、これはまことに公暁でございましょうか」

と不用意なことを言った。

「何、貴様、今何と言った。わしが偽首を取ってきたというのか」

定景が怒鳴り出した。当然のことであろう。義村は手を上げて定景を制して、なだめる言葉を言おうとしたが、ふと、どきりとした。

公暁の首が本物かどうか疑う者がいたことで、

——実朝の首はどこだ

と思い出したのである。公暁が実朝の首を取って逃げたことはわかっていた。公暁を討ち取った時には実朝の首も取り戻せるはずだと思っていた。しかし、定景が持ってきたのは公暁の首だけなのである。義村は定景を睨んだ。

「右大臣の御首はどこにある。公暁めが持ち去ったとすれば手放すはずはないぞ」

「それは——」

定景は狼狽した。公暁を討ち取ることだけを考えていたのである。言われてみれば、三浦館に入るつもりだった公暁は実朝の首を持参していたに違いない。

公暁にとっては実朝の首こそが将軍となる証《あかし》なのだ。

(どこだ、どこにやったのだ、首は――)

額に汗を浮かべて、定景は公暁に出会って追いつめるまでのことを思い出そうとした。

戦う間に公暁はどこかで首を投げ捨てたのか。いや、公暁は刀を抜いた時にはすでに首を持っていなかった、と情景を思い浮かべた。すると公暁が、

――弥源太、先に行け
と叫んだことを思い出した。あれに違いないと定景は膝《ひざ》を打った。

「御館《おやかた》様、弥源太殿じゃ。弥源太殿が御首を持って御館に駆け込んだはずでござる」

定景が必死に言うと、義村は意地の悪い目で定景を見て、ゆっくりと頭《かぶり》を振った。

「来てはおらんぞ、弥源太はあれから影も形も見せておらん」

弥源太は首とともに消えたのである。

翌日の早暁、鎌倉から京へ加藤次郎が使節として派遣された。実朝の遭難を報《しら》せるためだ。加藤次郎は五日で京に着くはずだった。

辰《たつ》ノ刻(午前八時)――

御台所《みだいどころ》が寿福寺《じゅふくじ》で行勇《ぎょうゆう》御戒師によって落飾した。今後、御台所は本覚尼、あるいは京に戻り西八条に居したことから西八条禅尼と呼ばれることになる。これとともに大江親広《ちかひろ》、右衛門大夫時広《ときひろ》、安達景盛《あだちかげもり》以下、御家人《ごけにん》百余人が髪を下ろした。実朝の葬儀はこの日の夜、勝長寿院《しょうちょうじゅいん》で行われる予定だった。しかし、大倉御所の人々は焦慮していた。実朝の首が見つからないのである。

「雪に埋もれておるのであろう、捜せ——」

義時の命で雪ノ下の僧房から三浦館までの道が、くまなく捜されたが、実朝の首は見つからない。このころ義村によって公暁の首が義時の館に届けられていたが、

「右大臣の御首が無く、謀反人の公暁の首だけを持ってくるとはどういうことだ」

義時は日ごろの温容をかなぐり捨てて激怒した。

義村はこれほど義時に面罵《めんば》されたことはなかったが、返す言葉も無かった。すでに定景、郎党の雑賀《さいか》次郎らに弥源太を捜させている。弥源太が実朝の首を持ち去ったことを義時に言うわけにはいかなかった。弥源太が三浦一族である以上、義村の失態ということになるからだ。

(弥源太め、見つけたら、ただではおかぬぞ)

義村は歯ぎしりした。そのころ、山道を雪にまみれながら実朝の首を捜す定景も同じ思いだった。どこまで雪を掘り返しても実朝の首は出てこず、僧房をくまなく

捜しても弥源太はいなかった。すでに昼過ぎとなっていた。

政子も苛立《いらだ》っていた。このまま実朝の首が見つからなければ、首の無い遺骸で葬儀を行わなければならない。右大臣源実朝の葬儀として、これほどの恥辱はなかった。

それだけではなく、政子の胸には疑念がわいていた。

（これほど捜させて実朝の首が見つからないということは、何者かに奪われたということではないのか）

もし、そうだとすると、実朝の首を奪った者は鎌倉に遺恨がある者に違いない。実朝の首を奪って何か企《たくら》んでいる可能性がある。政子は容易ならぬ事態だ、と慄然《りつぜん》とした。

政子は侍女に
「御使雑色《おんしぞうしき》を呼べ」

と命じた。やがて政子の前に平伏したのは五十過ぎの色黒で精悍《せいかん》な顔立ち、折烏《おりえ》帽子《ぼし》、水干袴《すいかんばかま》姿の男である。名を、

――安達新三郎《しんざぶろう》
という。雑色とは文字通り雑用をする下級の家臣である。鎌倉では御使雑色、朝《ちょう》夕《じゃく》雑色、国《くに》雑色があった。

このうち御使雑色は頼朝が特に密命を与えて使った雑色のことだ。頼朝は雑色に異能を持つ者を集め、連絡役や護衛、敵の偵察、合戦の検分など情報を集めるために使っていた。

言わば後世の細作《しのび》であり、それぞれ異能を持っていた。文治《ぶんじ》二年（一一八六）に頼朝が御使として京に派遣した鶴次郎《つるじろう》という雑色は、通常の半分以下の三日という驚異的な速さで上洛《じょうらく》したという。

安達新三郎は頼朝が伊豆に流された時から付き添った家人、安達盛長《もりなが》の孫にあたる。

頼朝が義経の監視役としていた御使雑色で、義経を暗殺しようとした土佐坊昌俊《とさのぼうしょうしゅん》が失敗した時、ただちに鎌倉へ走って報《しら》せた。

義経の愛妾《あいしょう》、静御前《しずかごぜん》が産んだ義経の子を奪い取って由比ヶ浜に捨てたのも新三郎である。所領を持つ武士たちにできぬ陰の仕事をしたのだ。頼朝が使った御使雑色は新三郎の他におよそ三十人いたという。

政子にはこんな話が伝わっている。

頼家が乳母《めのと》の一族の比企能員《ひきよしかず》と謀って政子の父、北条時政を討とうと密議した時、政子が障子《しょうじ》を隔《へだ》て、潜《ひそ》かにこの密事を窺い聞いて時政に報せたというのだ。

しかし、政子が障子を隔てて密談を盗み聞くなどという軽々しい振る舞いをしただろうか。この話は政子の目となり耳となる者がいたことを示しているのではないか。

政子は頼朝の死後、鎌倉の諜報《ちょうほう》機関を握っていたのである。政子は新三郎に、

「右大臣の御首がいまだに見つからぬ。あるいは御首を奪った者がおるのかもしれぬ。もしそうだとすれば、その者の正体を探れ」

と命じた。新三郎はちらりと政子の顔を見上げて、すぐには答えなかった。

(公暁に右大臣の首を取らせた者を探れば、執権に行き着いてしまうのではないか)

と思ったのである。執権の秘密を暴けば御使雑色も首が飛ぶだろう。政子は新三郎の危惧《きぐ》を察した。

「わたしにありのままを告げなさい。たとえ執権に悪しきことを調べたからといって、その方たちに手は出させぬ」

新三郎はそれだけ聞けば十分だった。頭を下げると足音もなく御座所《おましどころ》から出ていった。

政子は一人になると雪が積もった庭を見ながらため息をついた。

(思えば何人身内が死んできたことか、それでも首の行方さえわからぬということは、今までなかった)

たのである。
実朝の首が今も彷徨《さまよ》っているのだということが、悲しみとなって政子を襲ってきたのである。

政子にとって悲嘆は頼朝との間に最初に生まれた大姫《おおひめ》の死から始まっている。大姫は六歳の時、当時、頼朝の競争相手だった木曾義仲の嫡男義高《よしたか》と婚約させられた。ところが義高は頼朝と義仲が対立すると殺され、大姫は幼くして婚約者を失った。

それでも頼朝は大姫を政治的な道具として使うことをやめず、平家を倒して後、京に上った頼朝は大姫を天皇の側にあげようと盛んに運動した。

この時は政子も頼朝とともに大姫を連れて京に上り、公家《くげ》たちとの慣れぬ交際をして懸命に働きかけた。だが、朝廷の老獪《ろうかい》さに翻弄《ほんろう》されただけで終わった。間も無く大姫は病死し、さびしい生涯を閉じた。

(あの時からわたしは京を敵とするようになった)

と政子は思う。政子が敵としたのは京だけではなかった。

——なぜ、源氏の男は、あのように京に憧《あこが》れるのだろうか

そこに政子の憤りがあった。鎌倉に覇府を築いた頼朝ですら晩年には京とのつながりを深めたがった。頼朝の弟で軍神の如き武人だった義経も後白河《ごしらかわ》法皇に籠絡《ろうらく》さ

れ鎌倉に戻れず、奥州で果てた。さらに二代将軍になった嫡男頼家は、京から流れて来た公家を取り巻きにして蹴鞠《けまり》に耽溺《たんでき》した。

失望した政子が期待をかけたのは温和で誠実な実朝だった。

実朝は十三歳で京から坊門信清《のぶきよ》の娘を妻に迎え、政子に言われるまま生きてきた。

そんな実朝は十七歳の時、疱瘡《ほうそう》を病んだ。病の痕《あと》が顔に残り心が弱って、一時は人前に出られなかった。その実朝がすがったのは和歌だった。

このころ和歌は繚乱《りょうらん》の時を迎えていた。後鳥羽上皇は建仁《けんにん》元年（一二〇一）十一月、「新古今和歌集」編纂《へんさん》の院宣を下された。

藤原定家《さだいえ》、藤原有家《ありいえ》、源通具《みちとも》、藤原家隆《いえたか》、藤原雅経《まさつね》、寂蓮《じゃくれん》の六人による勅撰集《ちょくせんしゅう》の選考が始められたのである。「新古今和歌集」編纂にはおよそ十年の歳月がかけられたが、後鳥羽上皇は自ら藤原定家らを督励して編纂に携わられ、およそ二千の和歌をことごとく諳《そら》んじるほどの熱心さだった。

実朝は京の藤原定家に和歌三十首を送って撰を請うた。その後も実朝は京から下ってきた公家らと交遊し、定家から「万葉集」を贈られるなどして和歌の素養を磨いてきた。

そんな実朝を政子は不安な思いで見守っていた。

（実朝もまた京に心を奪われるのか）

と危惧したのである。実朝は武門の棟梁《とうりょう》でありながら、凡百の公家よりも和歌を理解し、歌才を持っていた。しかし、それは坂東《ばんどう》においては誰からも理解されないことだった。

実朝は御家人《ごけにん》から、

――当代は歌鞠《かきく》をもって業となす、武芸廃《すた》るるに似たり

と悪口を言われた。しかも京から見れば、あくまで東夷《あずまえびす》なのだ。それでも、実朝の和歌への熱心はとどまるところを知らず、和歌の自家集も作った。「金槐《きんかい》和歌集」である。「金」とは鎌の偏を表し、「槐」は槐門（大臣の別称）を表しており、鎌倉右大臣家集として後世、この名がつけられたのだともいう。この中に、

武者《もののふ》の矢並《やなみ》つくろふ籠手《こて》の上に霰《あられ》たばしる那須《なす》の篠原《しのはら》

という秀歌がある。東国風の詠みぶりは武人の血を示し、「新古今和歌集」にみられる技巧を尽くした京の歌壇に対して万葉ぶりの歌境を詠んでいた。一方、「新勅撰和歌集」での実朝の和歌は、

山はさけ海はあせなむ世なりとも君にふた心わがあらめやも

と朝廷への恭順を誓っていた。そのことも政子には物足りなかった。鎌倉は朝廷の支配に抗する武家の府なのだ。その鎌倉を率いるべき実朝がかくも朝廷に対して従順でよいものだろうか、と政子は思うのだ。

実朝は京の文化に憧れ、鶴岡八幡、勝長寿院、永福寺《えいふくじ》、同阿弥陀堂《あみだどう》などの寺社奉行を定め、御所には持仏堂を設けて文殊菩薩《もんじゅぼさつ》を安置し、聖徳太子《しょうとくたいし》の御影《みえい》を掲げて供養した。後鳥羽上皇の熊野詣にならって箱根・伊豆権現に参詣《さんけい》する二所詣《にしょもうで》も行うようになっていた。もはや武家の棟梁というよりも公家に似た男になっていた。

(実朝も鎌倉の将軍にはふさわしくないようだ)

政子は失望するしかなかった。そして実朝には奇行が目立ち始めた。

建保四年（一二一六）六月――

陳和卿《ちんなけい》という宋人が鎌倉に現れた。

陳和卿は、かつて東大寺大仏の再興にあたった工匠だった。

建久《けんきゅう》六（一一九五）年に上洛した頼朝が招いたことがあったが、頼朝が戦乱で人々の命を奪ったことを理由に参じなかったという。それから二十一年後、何の前ぶれもなく鎌倉を訪れた陳和卿は実朝に拝謁を求めた。

実朝が会ってみると陳和卿は涙を流して拝礼し、泣きながら奇怪なことを言上《ごんじょう》した。

「君は、かつて宋国の医王山《いおうざん》におわした高僧の後身でございます。わたしは、その門弟でございました」

陳和卿は「当将軍家ニ於テハ、権化《ごんげ》ノ再誕ナリ」と言うのだ。「権化」とは、神仏の化身のことである。この時、実朝は不思議なことを言った。

「そのことなら、わたしは六年前に夢で高僧から告げられていた」

実朝は陳和卿の異様な話を嬉《うれ》しそうに聞いた。

実朝がなぜ、このようなことを言ったのか誰にもわからない。本当に夢を見ていたのか、それとも陳和卿の話を奇貨《きか》として何かを考えたのだろうか。

いずれにしても実朝はこの年十一月になって前世の地、医王山へ行くと称して、宋へ渡るための大船の建造を陳和卿に命じた。

京にも上ったことのない実朝が突如、前世の因縁で海を越えて宋に渡るというのだ。

誰もが、その途方もない話に実朝の真意を測りかねた。

この大船は翌、建保五年四月十七日に竣工《しゅんこう》したが、多数の人夫を動員しても海まで引き出すことができなかった。大船は由比ヶ浜に放置され、その巨体を虚しく朽ちさせたのである。

竣工した唐船《からふね》が海に浮かばなかったのは、政子が御使雑色《おんしぞうしき》に命じて工作したからだった。

実朝が陳和卿に唐船を造らせたのは苦悩から逃れ、宋へ亡命するためだったのかもしれない。しかし、政子には、実朝の悩みが理解できなかった。実朝が唐船を造らせた時、政子はさんざんに実朝を叱ったのである。実朝は政子がしたことに気づいたが、何も言わなかった。ただ、目の前で夢が朽ちていく様を呆然《ぼうぜん》と見ているだけだった。

（そういえば、いつだったろうか、実朝が不思議なことを言い出したのは）

政子は実朝と由比ヶ浜で話したことがあったのを思い出した。

夏の夕方だった。すでに唐船が朽ちた時ではなかったか。政子とともに散策していた実朝はふと振り向いた。珍しく笑顔を見せていた。

「母上は『新古今和歌集』の序文を読まれたことがおありでしょうか」

「序文ですか？」

政子も「新古今和歌集」は読んでいたが、序文までは記憶していない。実朝は「新古今和歌集」に興味を持ち、できたばかりの一冊を京から取り寄せて熟読していた。

「そうです。真名《まな》（漢文）序文では、和歌は理世撫民《りせいぶみん》であるとされています。これが仮名序文では、代をさめ、民をやはらぐる道とせり、と書かれています」

「それは――」

「世を治め、民を慈しむのが和歌の道だということです。和歌とは人が神と和し、さらに人がおたがいに和するためのものでございます。和歌で世を治めるとは、和することによって天下を治め、民を慈しむことです。だとすれば政事《まつりごと》とは人が和することではありますまいか」

「和することが政事？」

実朝が政子に政事のことを話すなど初めてだった。実朝の言葉は続いた。

「さようです。戦は政事の道ではございません」

実朝はそう言って波打ち際まで歩くと、夕日に赤く染まった海を見ながら、

「雪が降る日ですよ、母上――」

と明るい声で言った。

「雪が降ると、どうなるというのですか」

政子は胸騒ぎがした。実朝が何か不吉なことを言おうとしている、という気がしたのである。

「雪の日にわたしは死ぬのです」

実朝は海を見つめて、身じろぎもしなかった。

このころ、実朝は不思議な予言を口にすることが多くなっていた。

実朝が御所で女房衆を集め酒宴を開いていたところ、山内左衛門尉《やまのうちさえもんのじょう》、筑後四郎兵衛尉《ちくごのしろうひょうえのじょう》という二人の御家人が門のあたりをうろついていた。これを見咎《みとが》められ、実朝の前に二人は引き出された。すると実朝は、

「二人とも近々、命を落とすであろう。一人はわたしの敵として、一人は味方としてだ」

と言った。二人は怖気《おじけ》を震って退出したが、数日後に起きた合戦で実朝が言った通り二人は敵味方に分かれ、討ち死にしたという。

政子が無気味なものを感じた時、実朝は、

「わたしはよい跡継ぎではありませんでした。母上が父上亡き後、必死の思いで天下を支えてこられたのに、何のお力にもなれませんでした」

と静かに言うのだった。実朝は政子の心を知っていた。そのうえで懸命に生き、そしていま力尽きようとしているのではないか。

「わたしもそなたにとってよい母ではなかった」

政子の目に涙が浮かぶと実朝は微笑して首を振った。実朝はどこか、遠いところ

にいるようだ、と政子は思った。

（武門に生まれるべき人ではなかった）

政子は夕日に染まった実朝の横顔を思い出すのだった。


そのころ、弥源太は由比ヶ浜に来ていた。実朝の首を掘り出すためである。弥源太は昨夜から鶴岡八幡宮本宮の階下にひそんで、定景らの目を逃れてきた。

実朝の首を掘り出せば、そのまま大倉御所に駆け込むつもりである。

恩賞がもらえるだけでなく義村が公暁と関わっていたことも明るみに出るだろう。そうなれば、いずれ義村は失脚するに違いない。そのことが弥源太に復讐《ふくしゅう》の快感をもたらすはずだった。弥源太はそう思いながら流木の先で穴を掘り続けたが、見つからない。

場所を間違えたかと思って汗だくになりながら近くを掘り返したが、湿った黒い砂がのぞくだけで、どこからも実朝の首は出てこなかった。

（無い――、どうしたことだ。首が消えた）

弥源太は絶望にとらわれた。定景たちは弥源太が首を持ち去ったことを知っている。首が見つからなければ弥源太は責任を問われて殺されるだろう。

そこまで考えて息苦しさを覚えた時――

「もういいかげんにしたらどうだ。そこには何も無いぞ」

弥源太の背後から声がした。飛び上がるほど驚いた弥源太が振り向くと、浜辺に烏帽子《えぼし》、狩衣《かりぎぬ》姿の若い武士が立っていた。

「誰じゃ、お前は」

弥源太は上ずった声で叫んだ。実朝の首を捜していたのを見られたのだ、と思った。しかし、武士が片手に持っているものを見て弥源太は再び驚愕《きょうがく》した。それは漆を重ね塗りした首桶《くびおけ》だった。若い武士は首桶を紐《ひも》で結んで片手にぶら下げていたのだ。

武士は二十五、六だろう。背が高く筋骨がたくましい。えらがはった顔だが、眉《まゆ》は太く目が澄んで精悍《せいかん》な感じがした。鼻筋がとおり、白い歯がのぞく口元が引き締まっている。

「首を盗んだな」

弥源太はわめいた。若い武士はにこりとして、

「人聞きの悪いことを言うな、元はと言えば公暁が取った首ではないか。それをお主が持って逃げたのであろう」

「わしは御所にお持ちするのだ」

「ならば、なぜ砂浜になど埋めた。砂浜に捨てたものを誰が拾おうと文句はあるま

い」

若い武士は面白そうに言った。聞いていて弥源太は穏やかに話した方が得策のようだと思った。この男にも手柄を分けるのは業腹《ごうはら》だが、首を取られている以上、仕方がない。

弥源太は砂浜に膝《ひざ》をつき、しおらしい声を出した。

「申し訳ございません。わたしは三浦の一族で弥源太と申します。昨夜は公暁に御首を運ぶよう命じられたのですが、御所にお返しすべきだと思い途中で逃げたのです。後から公暁が追ってくるのではないかと怖くなり、かようなところへ隠したというわけです。御首を見つけておいていただき、ありがたく存ずる。お助けいただいたことは早速御所にて申し上げましょう」

弥源太は肩を落とし、目を伏せて言った。弥源太がこのような風情をすると、たいがいの男どもは呼吸が荒くなってくるのだ。弥源太がちらりと微笑を浮かべて見上げると、あきれたことに若い武士は目を細めて遠くの海を見ていた。

弥源太の話は聞いていなかったように、

「わしは武常晴《たけつねはる》。これでも三浦の郎党だ。だから、お主が公暁の身近に仕えておったことは知っておる」

と言うと背を向けてすたすたと歩き出した。弥源太は呆気《あっけ》にとられた。

「もし、どこへ行かれる。大倉御所なら方角が違いますぞ」

しかし、常晴は背を向けたまま、

「御所には行かぬ。右大臣家の御首は、わしがもろうて参る」

「何を馬鹿なことを言うのだ。その首はわしが御所へ持っていくのだ」

弥源太は追いすがった。常晴は振り向いて笑った。

「ならば取り戻してみよ」

おのれ、と弥源太はつかみかかったが、かわされて砂浜に転がった。起き上がって何度か殴りかかり、蹴《け》りあげたが、その度に片手で摑《つか》まれ投げ飛ばされた。

弥源太は砂まみれになり、口を切って血が流れた。顔が口惜《くや》し涙で濡《ぬ》れた。ついに息を切らして起き上がれなくなった弥源太を常晴は見おろして、

「それほど口惜しければわしについて来い。わしは御首をある御方に届けるつもりじゃが、もし、その御方がいらぬと仰せになれば、お主に返してやろう」

「なんだと、三浦の郎党がそのようなことをしてもよいのか」

弥源太はあえぎながら言った。

「お主にしても三浦の一族でありながら、義村の思惑とは別のことをしているではないか」

常晴は再び背を向けて歩き出した。弥源太はついて行くしかないと思った。常晴

が首を届けようとしている相手が誰かは知らぬが、実朝の首だと知れば怖気づくだろう。そうなれば首を取り戻すことができるのではないか。

首を失ったままでは鎌倉にいることはできないのだから、と弥源太はよろよろと立ち上がって常晴の後を追った。幼いころから美貌《びぼう》だった弥源太は男からも女からも、ちやほやされてきた。これほど手荒くあつかわれたのは初めてだな、と思った。


この日の夜、実朝の葬儀は首が見つからないまま行われた。

首の代わりに実朝の髪を棺《ひつぎ》に入れたのである。この髪は、拝賀式の前に実朝に随身している秦公氏《はたきみうじ》が髪をととのえに伺候したところ、実朝が自ら一筋の髪を抜いて、記念だと言って公氏に渡していたものだった。あたかも実朝は首の代わりの髪を用意していたかのようだった。葬儀の間、政子の表情は屈辱にこわばっていた。

第三章　廃《すた》れ館《やかた》

弥源太は思いがけず、遠いところに連れていかれた。常晴は二頭の馬をつないでいた松林に行くと、

「馬に乗れるか」

とも訊《き》かずに弥源太に片方の馬の手綱を渡した。

「これは、わしの替え馬じゃ、いささか遠くなるゆえ、馬を疲れさせぬよう、ゆっくりと行くぞ」

常晴はそう言うと、首桶を鞍《くら》にくくりつけ騎乗した。弥源太は馬にあまり乗ったことがないと言うわけにもいかず、馬の背にしがみついた。

鎌倉は周囲を丘陵で囲まれているため、北条執権時代を通じて「七口」と呼ばれる七ヶ所の切通しが開かれる。極楽寺《ごくらくじ》坂口、大仏《だいぶつ》坂口、化粧《けわい》坂口、巨福呂《こぶくろ》坂口、朝比奈《あさひな》口、名越《なごえ》坂口、亀ヶ谷《かめがやつ》口である。

しかし、このころはまだ整備された切通しも少なかった。

常晴が向かったのは稲村ヶ崎《いなむらがさき》への道である。さらに腰越《こしごえ》、江ノ島、大磯《おおいそ》を過ぎて

酒匂《さかわ》から足柄道《あしがらどう》へと入った。古来、東海道は箱根を越える箱根道と足柄峠へとまわる足柄道に分かれていた。この年から四年後、貞応《じょうおう》二年（一二二三）、京から鎌倉まで旅した僧侶《そうりょ》が書き残した「海道記」では足柄峠越えの道をとったことが記されている。

京からの旅で足柄峠を越えたところは関本宿《せきもとじゅく》で、ここには遊女がいたという。冷《れい》泉《ぜい》家藤原為相《ためすけ》の母で、夫為家《ためいえ》の遺産相続争いの訴えのために京から鎌倉まで旅した阿仏尼《あぶつに》が書いた「十六夜日記《いざよいにっき》」では、

——足柄山は道とほし

と箱根路をとっている。

（どこまで行くのだ——）

弥源太は青くなった。途中で何度も落馬したが、常晴は何も言わずに待ってくれた。その癖、馬の乗り方を教えるわけではなく、弥源太が馬に乗るとすかさず鞭《むち》を入れて先を急いだ。夕刻になって日が傾き始めたが、常晴は止まろうとはしない。

弥源太は薄暗くなるにつれて、馬を駆けさせることが不安になってきた。

（常晴は山中で、わしを殺すつもりではないか）

と思ったが、それならば、いくらでも機会はあったはずだ。それに先を馬で行く常晴の背には、どことなく温かみがあった。

弥源太はその背に、どこまでもついて行きたいような気がしていた。月明かりの道を駆けた常晴が、ようやく、

「ここじゃ――」

と馬を止めたのは足柄山までは行かず、街道からそれた盆地の丘陵部にある武家館《やかた》の前だった。すでに鎌倉を発《た》って半日が過ぎていた。十里ほど走ったのではないだろうか。館は夜目にも、ひどく荒れているようだった。

「ここはどこなのです」

弥源太があたりを見回しながら言うと、

「この館は、もとは波多野忠綱《はたのただつな》の一族の館であったが、主《あるじ》が合戦で死に、残された者も相次いで病で亡くなってから打ち捨てられておる廃《すた》れ館だ」

波多野忠綱といえば波多野（現秦野《はだの》市）に居館を持ち、西相模に勢力を持つ豪族である。怪しげなところに連れて来られたわけではない、と弥源太はほっとした。

それにしても廏《うまや》に馬をつないでも誰も出てこない、無人なのではないか。常晴は式台で首桶《くびおけ》を抱えたまま声をかけた。

「ご免、武常晴でござる」

返事も待たずに常晴は中に上がった。弥源太も仕方なくついていくと、やがて奥に黄色い明かりがちらちらしているのが見えた。常晴はずかずかと入っていった。

床に置かれた、ひょうそく（油を燃やす照明器具）の傍らに首桶を置いた常晴は胡《あ》坐《ぐら》をかいて座った。

「ご所望のものを持って参った」

常晴の視線の先には仰向けになって寝ている、六尺を越える大男がいた。たくましい体をして、しかも髪とひげがのび放題にのびている。青い狩衣《かりぎぬ》を着ていたが、烏《え》帽《ぼ》子《し》はかぶっておらず髪を紐《ひも》でくくっていた。

傍らには瓶子《へいし》が転がっているところから見ると、酒を飲んで寝ているのだ。そのことは大男がいびきをかいていることからもわかった。ということは、常晴が言うことも大男の耳には入っていないのではないか。しかし、弥源太は、そんなことを口にする気にはなれなかった。

大男のそばに五尺はありそうな熊革鞘《ざや》の大太刀が無造作に転がっていたからだ。このころの太刀は鞘の足金物《あしかなもの》に帯執《おびとり》をつけ、帯執に佩緒《はきお》を通して左腰に吊《つ》り下げるのだが、これほどの太刀だと肩にかつぐか従者に持たせるしかないだろう。この太刀を、大男が振るえば、どれだけ離れていても刃風だけで首が飛ぶのではないかという気がした。

常晴は傍らの瓶子に手をのばすと、同じように床に転がっていた椀《わん》に酒をついだ。

「いただき申す」

常晴は一息に酒を飲んだ。すると、

「御首は酒に漬けてきたか」

眠っていると見えた大男がつぶやくように言った。いかにも、と常晴が答えると大男は身じろぎして起き上がった。そのまま首桶の前に座り、何事か考えていたようだったが、やおら合掌すると深々と頭を下げた。

「実朝様、ご無念でござったろう」

大男は沈痛な声で言った。大男は実朝への害意はないようだ、そう思った弥源太は床に膝《ひざ》をついた。

「なにゆえ、ここまで右大臣様の御首を運ばせたか存じませぬが、鎌倉では早、葬儀も行われておりましょう。御首は明日にもお届けせねばなりませぬ」

大男は頭を上げると、じろりと常晴を見た。ひげにおおわれた顔の目は意外なほどすずしく、顔立ちも端正なのではないかと見えた。常晴は面倒くさそうに、

「三浦の一族で弥源太と申す。公暁に仕えておったようですが、何を思ったのか義村に御首を渡さず、自らの手柄にしたようでござる」

大男はうなずいて弥源太を見た。

「なぜ、義村に逆らうようなことをする」

弥源太は思わず本当の気持を言ってしまった。

「御館様の裏切りによって和田合戦のおりに許婚《いいなずけ》であった和田一族の姫を失いました」

「その意趣返しか」

大男は興味深げに弥源太の顔をのぞき込んだ。弥源太は腹が立った。

「いかにも、女々しいと思われるなら、笑われるがよい。わたしにできることは、それしきのことなのだ」

公暁に弄《もてあそ》ばれた身なのだ、とまで言いそうになったが、さすがに口を閉ざした。

大男は、

「女々しいなどとは言わぬ。和田の姫のために仇《かたき》を討とうとしてくれたのであれば、わしは礼を言わねばならぬ」

弥源太には大男の言っている意味がわからず、常晴の顔を見た。常晴はうなずいて、

「すぐる和田合戦のおりに討ち死にされた和田義盛様のご三男、朝夷名《あさいな》三郎義秀《さぶろうよしひで》様じゃ」

と言った。弥源太は仰天した。武勇に優れた坂東武者の間でも、朝夷名三郎義秀の豪勇は伝説となっていた。

こんな話がある。将軍頼家が小坪《こつぼ》の海で遊び、船上で酒宴を開いた際、近臣の間

で朝夷名三郎義秀が水練の達人であるという話になった。

頼家が義秀に向かって戯れに、

——泳いでみよ
と命じると、義秀はすぐさま海に飛び込み、やがて波間に潜った。どうしたのかと、皆が思っていると義秀は三匹の鮫《さめ》を捕まえて浮かび上がってきて、頼家を感嘆させたという。

何より鎌倉の人々は六年前の和田合戦での、朝夷名三郎義秀の獅子《しし》奮迅の働きを語り伝えていた。

和田義盛が蜂起したのは建保元年五月二日申《さる》ノ刻（午後四時）だった。総勢百五十を三隊に分けて大倉御所、北条義時邸、大江広元邸を襲った。

和田党の襲撃で義時邸と広元邸はすぐさま潰滅《かいめつ》した。黒々とした軍勢は続々と御所につめかけ、北条方五百の兵と激しい戦闘になった。

酉《とり》ノ刻（午後六時）になって和田勢は弓を射掛けつつ、門を破り南庭《なんてい》へと乱入した。中でも朝夷名三郎義秀は御所に火を放たせて荒れ狂った。

このため実朝は義時と広元とともに持仏堂へと退避した。御所が燃え、炎が上がると各地から御家人《ごけにん》が駆けつけ和田勢との激闘が続いた。さすがに疲れの見えた和田勢が由比ヶ浜に退いたのは亥《い》ノ刻（午後十時）だった。

この時、和田勢は半数近くが討たれていた。

翌、三日には、武蔵七党の内、横山党三千が駆けつけて合流し、北条側には千葉成胤の大軍が援軍として到着した。すでに兵力では北条方が数倍になったが、義盛は名うての猛将だけに闘志を失わなかった。

実朝が持仏堂から鶴岡八幡宮に移ったという情報を得ると実朝の身を奪って一気に形勢を逆転しようと討って出た。

この日は朝からの雨で和田勢は雨しぶきをあげて鶴岡八幡宮に向かって猛攻を加えた。武蔵大路を和田勢の騎馬武者が泥をはねあげて疾駆し、足利義氏《あしかがよしうじ》、結城朝光《ゆうきともみつ》の軍勢と激突した。この時、馬上で長大な刀を振るう朝夷名三郎義秀の凄《すさ》まじさは阿修羅《あしゅら》のようだった。

しかし、酉ノ刻には和田義直が討たれ、落胆した義盛も討ち死にしてようやく終息した。

朝夷名三郎義秀は味方の敗北を知ると、六艘《そう》の船に一族を乗せて落ちのびたという。

今、目の前にいるのが名高い義秀だと知って弥源太は思わず震えた。

「どうした、取って食おうとは言わぬぞ」

義秀は大声で笑った。そして、

「実朝様を殺そうという企《たくら》みがあると聞いたゆえ、常晴に鎌倉に行ってもろうた。お助けできなんだが、首尾よく御首を持って来ることができるとは思わなんだ。これも和田の姫のことを思う、お主の気持があったればこそであろう。あらためて礼を言うぞ」

と頭を下げるのだった。弥源太は戸惑った。義秀が何を企んでいるのだか皆目わからなかった。弥源太は震える声で訊《き》いた。

「何が狙いなのですか」

義秀はじろりと凄《すご》い目で弥源太を見た。

「われら和田党は鎌倉で乱を起こしたが、実朝様には忠義を貫く所存であった。公暁を使って実朝様のお命を縮めたのは北条義時と三浦義村であろう。わしは実朝様の御首をいただき、かの謀反人《むほんにん》どもを懲らしめてやるのだ」

（義秀は何もかも知っている）

と思うと弥源太は目の前が暗くなる気がした。義秀があくまで義時たちに戦いを挑むつもりなら首を奪い返すことなど絶望的だった。

義秀は弥源太の気持など知らぬ顔で常晴に訊いた。

「どうじゃ、つけられてきたと思うか」

常晴は苦笑して、

「はっきりとは、わかりませなんだが、どこからか追ってくる者はいたような気がします。されど馬蹄《ばてい》の音は聞こえませんでした。人が馬を追えるものでしょうか」

「御使雑色《おんしぞうしき》なら、それぐらいのことはやるだろう。奴らは早駆けの術を心得ているからな。右大臣家が殺された後、鎌倉を出る者が御使雑色の目にとまらないはずはない」

「ここに来る前に斬るべきでしたか」

「いや、右大臣家の御首がここにあると知れた方がよい。三浦の犬め、居ても立ってもおられず動き出すであろう」

義秀は椀《わん》の酒をあおって、にやりと笑った。


翌朝、弥源太は廏《うまや》の藁《わら》の中で目を覚ました。館《やかた》の中にろくな夜具は無く、藁の方が暖かそうだったからである。昨夜、弥源太は常晴に注《つ》がれるままに酒を飲んだ。鎌倉から慣れない馬に乗ってきて、疲れ果てていた弥源太は数椀の酒でひどく酔ってしまった。そのあげく常晴たちに酔態を見せてしまったような気がする。常晴や義秀にしなだれかかっては悪罵《あくば》を吐き散らしたように思うのだが、二人とも別に怒らなかった。公暁のように酔った弥源太の体をまさぐることもなかった。そのことが弥源太にとって、ひどく気持のいいことではあった。

藁の中で起き上がると酔いが残っているのか頭が痛かった。厩には乗ってきた二頭の他に、義秀の乗馬らしい葦毛《あしげ》のたくましい馬がつながれていた。厩で一晩過ごすと体がひどく馬臭くなったようである。

弥源太が井戸の水でも飲もうと厩から出ると、朝の光がまぶしかった。どこから弓を引く音が聞こえてきた。館の裏手にまわると、常晴が広場で藁を束ねた的に向かって矢を射ていた。片肌を脱ぎ肩の肉が汗で光っていた。

常晴はかなりの強弓を引くようで矢音が朝の空気を震わせていた。弥源太が黙って見ていると、常晴は気になったのか弓を引くのをやめて振り向いた。

「どうした、まだおったのか。朝になったら、すぐに逃げ出すものと思っておったぞ」

「逃げても御首が無ければ行くところがない」

「それはそうだな、お主には気の毒なことをした」

常晴はからっと笑った。弥源太はむっとして、

「お前様はいったい何をされるつもりじゃ。和田の残党の朝夷名三郎様がここにおられると知れれば、すぐにも鎌倉から討手が参るのではないか」

と思わず詰問した。常晴はこの問いには答えずに弓を持ったまま、ついて参れ、と言って歩き出した。

昨夜の話では、常晴は和田合戦のころは房総にいたらしい。義秀が一族とともに房総に落ち延びて来た時、一族の女子供の落ち着き先を探すのを常晴が手伝ったのだという。その後、常晴は三浦半島の所領に帰っていたのだが、今年になって義秀から使いが来て呼び出され、

「実朝様が殺された時は御首を取ってきてもらえぬか」

と途方もない頼み事をされたのだ。弥源太は、そんな頼み事をした義秀も、引き受けた常晴も途方もない男たちだとあきれた。だからこそ常晴がどういうつもりなのかを知りたいのである。弥源太がしぶしぶついていくと、常晴は門の上にある櫓《やぐら》へと梯子《はしご》を上がった。弥源太もついて上がると館のまわりがよく見えた。

雪に覆われているが、まわりは広々とした田畑だった。

波多野は西相模の盆地である。東、北、西の三方を丹沢《たんざわ》山塊の大山《おおやま》、三ノ塔、塔《とう》ノ岳《だけ》、鍋割《なべわり》山など谷の深い山々に囲まれている。南は、なだらかな渋沢《しぶさわ》丘陵に遮られていた。

丹沢山塊に水源を持つ水無《みずなし》川、葛葉《くずは》川、金目《かなめ》川、四十八瀬《しじゅうはっせ》川が流れている。

館はやや小高い丘にあり背後には崖《がけ》がそびえていた。

館の周囲には柵《さく》が巡らされ、土塁が築かれている。さらに外側には丘を囲むように外堀が掘られていた。

「ひどく堅固な館ですね。戦でもあるのですか」

弥源太は冗談のつもりだったが、常晴は深くうなずいた。

「義秀様は実朝様の御首を取り戻そうとする鎌倉の討手と一戦交えるだろう」

「どうして、そのようなことをされるのです」

弥源太は信じられなかった。

義秀は鎌倉から見れば和田合戦を引き起こした謀反人として追われる身なのだ。それが、わざわざ討手を呼び寄せるとはどういうことなのだろう。それも見たところ常晴のほか一人の兵もいないではないか。

「実朝様の御首を失ったのは三浦義村の失態だ。義村は御首を取り戻そうとするだろう。義秀様は和田合戦のおりに裏切った義村をここで討とうというのではないか」

「しかし、お前様は三浦党であろう。なぜ義秀様を助けるのです」

「三浦も和田も元は同族だ。わしの家は祖父のころまでは和田様に仕えていたのだ。それよりも、わしは実朝様がお気の毒でなあ」

「実朝様が？」

「そうだ、将軍として崇《あが》め奉られても、鎌倉は実朝様のお命を狙う裏切り者ばかりであった。実朝様も心のこもらぬ弔いをされて、嬉《うれ》しくはなかろう」

常晴はそう言って東の空を眺めた。抜けるような青空に白い雲がたなびいていた。

(そう言えば鎌倉ではこのような空を見なかった気がする)

弥源太は常晴の言うことが正しいのかもしれない、と思った。


葬儀の後始末と京から来た殿上人《てんじょうびと》への対応に追われていた義時が、政子に呼ばれて持仏堂に行ったのは、この日の昼過ぎだった。

政子はいつも義時との密談には持仏堂を使っていた。この持仏堂には頼朝が信仰していた小さな観音像が安置されており、頼朝の死後は法華堂とも呼ばれている。

義時は忙しさのあまり、朝から何も食べる暇がなく、ひどく空腹だった。疲労の浮いた顔で座った義時に浴びせられたのは政子の厳しい言葉だった。

「実朝の首はまだ見つからないのですか、たいそうな懈怠《けたい》ではありませんか」

政子の目はつめたかった。義時は背に冷や汗をかきながら、

「はっ、今日も山狩りをさせておりますれば、いずれ――」

「そのようなことを続ければ実朝の首が失《う》せたことが世間に知られてしまいます。ただちにやめさせなさい」

「しかしながら――」

義時は驚いて政子の顔を見た。実朝の首を捜すことをやめるというのはどういう

ことなのだろう。政子は首が見つからなくてもいいというつもりなのだろうか。

「首のありかなら、すでにわかっています」

政子はひややかに言った。

「それはまことですか」

「波多野忠綱の所領だそうです。何者かが波多野まで首を持ち去ったのでしょう」

「波多野に？」

義時は意外だった。波多野氏は平治の乱では頼朝の父、源義朝についたが、頼朝が挙兵した時、波多野義常《よしつね》の一族は平氏についた。

頼朝は三万の兵を率いて平家の軍を富士《ふじ》川で迎え討とうとした時、その途中で波多野氏の館を攻めた。当主の波多野義常は自害し、所領を没収されたのである。

その後、波多野は三浦のような有力御家人《ごけにん》にはならなかったが、義常の弟忠綱に波多野の地の相続が許され、しだいに重んじられてきていた。波多野忠綱が実朝の首を奪うようなことをするとは思えなかった。ただ義時の頭を、

（ひょっとして、あのことと関わりがあるのか）

とかすめたことがある。和田合戦でのことだった。

和田合戦で波多野忠綱は北条方についた。

御所の西南、政所《まんどころ》での戦いでは、その先頭に立ち、三浦義村とともにめざましい

奮戦ぶりを示したのである。ところが合戦の論功行賞になると、波多野忠綱と三浦義村は政所前の合戦での先陣は自分であった、と主張して譲らなかった。

困った義時はひそかに忠綱を別室へ招いて、

「先陣は波多野殿であることは存じておる。されど和田合戦で勝てたのはひとえに三浦義村の寝返りによるものだ。それゆえ、先陣の功名は義村に譲ってやってくれぬか。その代わり後日、波多野殿にはそれなりに恩賞をとらせる」

と説得したが、忠綱は、

「武者は戦場において先駆けを心がけるのが本分でござる。それがしは弓馬に携わるかぎり一時の恩賞に目が眩《くら》んで、名を汚すことはできもうさぬ」

ときっぱり拒否した。結局、忠綱と義村は実朝の御前に出て武将たちの前で対決することになった。武将たちは先陣を切ったのは、赤革縅《おどし》の鎧《よろい》に葦毛の馬に乗った忠綱であったと口をそろえた。忠綱が先陣であったことは証明されたのである。

ところが義時は忠綱が対決の際に義村の悪口を並べ立てたことを咎《とが》めて賞を与えず、罪科に準ずべきだという処分にした。先陣の恩賞を与えないばかりか、罪に問わないだけありがたく思えといわんばかりの仕打ちだった。

(あの頑固者め、根に持っていたか)

と義時は思った。それでも実朝の首を奪うという大胆なことをするだろうか。

「さっそく、波多野忠綱めを糾問いたします」

義時が言うと政子は首を振った。

「やめておきなさい、波多野は知らぬことでしょう。これ以上、この話を広めたくありません。首のありかがわかれば、取り戻すのは三浦義村の役目です。失態をつくろわせるのです」

政子は眉《まゆ》をひそめて、

「それより、かようなことが京に知られれば、あの話も進まなくなります。そこに気をつけなければ」

とかねてから気になっていたことを言った。政子の不興はそこにあったのだ、と義時は悟った。「あの話」とは政子と義時が進めてきた秘事である。

この秘事のために政子は、ちょうど一年前の建保六年二月二十一日、上洛《じょうらく》し四月十五日まで二ヶ月近く京にとどまった。政子の上洛はこの時が二度目だった。一度目はその二十三年前の建久六年（一一九五）、夫の源頼朝、娘の大姫とともに上洛した。

頼朝は源平争乱の後、文治五年（一一八九）に奥州藤原氏を平定し、翌、建久元年に上洛、建久三年には征夷《せいい》大将軍に任ぜられた。政子と大姫を伴っての上洛は大姫入内《じゅだい》のことを進めるためだったが、この時、頼朝の望みは果たせず、虚《むな》しく鎌倉へと帰っている。

二十三年ぶりに上洛した政子は朝廷で権勢を持つ卿局《きようのつぼね》藤原兼子《けんし》にひそかに交渉し、後鳥羽上皇の内諾を得た。このころの政子と藤原兼子の権勢について、

——女人入眼《じゆげん》ノ日本国
と言われた。「入眼」は叙位や除目《じもく》の際に官位だけを記した文書に、氏名を書き入れて総仕上げすることだ。

「女人入眼ノ日本国」とは、このころ政子と兼子が東西の日本を左右する権勢家であった、ということである。政子が後鳥羽上皇の内諾を得たのは、

——親王を鎌倉の将軍に迎えたい
ということだった。源氏が将軍として君臨する東国に親王を支配者として迎えようというのである。独立王国になったとも言える東国が再び、朝廷の支配を受け入れようという申し出である。

朝廷にとっては喜ばしいことだったが、政子の腹はそれほど単純ではなかった。この時、政子は従三位《じゆさんみ》に叙せられ、後鳥羽上皇から拝謁を許されるという内々の達しがあったが、

「辺鄙《へんぴ》な田舎の老尼が竜顔《りゆうがん》にお目にかかっても、なんの利益もありません。その必要はございません」

と断り、鎌倉へそそくさと帰っている。政子は自らの栄誉には関心が無かった。親王を将軍に迎えるにしても形だけのことで実権は北条が握るのだ、という腹積もりを、ちらりと見せたのかもしれない。

政子は京から迎える親王は後鳥羽上皇の第四皇子、冷泉宮頼仁《れいぜいのみやよりひと》親王を念頭に置いていた。頼仁親王は実朝の御台所《みだいどころ》と姉妹の西御方が産んだ親王である。

政子は親王将軍であれば正室につながる外戚《がいせき》の台頭を心配することなく、北条の執権体制を持続できると考えたのだ。

しかし、義時の胸には違う思惑があった。源氏の血筋は常に誰かに擁立され乱の火種になる可能性があった。親王将軍を迎えて実朝が将軍職を辞すれば、禍根《かこん》を残さないためにも、実朝を、

——殺そう
と思っていたのである。それが政子に知られれば時政のように追放されるかもしれなかった。政子に気づかれずに実朝を殺す策を義村とひそかに練っていたのだ。

ところが事態は思わぬ方向へ動いた。公暁は義時の思惑よりも早く実朝を殺してしまったのだ。

「もし、京から将軍を迎えることができなければ鎌倉は亡びます」

政子は義時の目を見て念を押すように言った。義時はうなずいた。

（義村を呼びつけて、波多野にある実朝の首を取り戻すよう命じなければならん）

その時には政子に叱責《しっせき》された腹いせを、義村にぶつけてやろうと思っていた。

同じころ坊門忠信は御所の西対屋《にしのたいのや》で髪を切りそろえた御台所、本覚尼を前に涙していた。

「なんと、もったいないことやなあ。まだお若いというのに」

忠信は何度も繰り言を言うのだった。傍らにいた源頼茂もうなずいて、

「まことに、おいたわしきことでございます」

と同情の言葉を口にした。しかし、本覚尼は冷静だった。

「兄上様、そのようなことよりも、このことを早く上皇様へお伝えしなければなりません」

「実朝殿が亡くなったことなら、昨日、鎌倉から早馬が出たのではないか」

忠信は悲嘆していたわりには、のんびりとした顔で言った。本覚尼は苛立《いらだ》たしげに頭を振った。本覚尼は政子の前では凡庸を装っているが、本来は頭の鋭い女性だった。

本覚尼は後鳥羽上皇の寵妃《ちょうひ》である姉の西御方に文を出す形で、これまでも鎌倉の内情を京に伝えてきた。言わば京から鎌倉へ送り込まれた間者《かんじゃ》でもあった。

鎌倉の武士の前では取り繕うが、兄と後鳥羽上皇からも信任されている頼茂の前では装う必要もなかった。

「そのことではありません。実朝殿の御首がいまだに見つかっていないことです」

「ああ、そうやったな。棺《ひつぎ》には髪を入れたということやったな。しかし、今日も山狩りをしておるのや。間も無く雪の下からでも見つかるのやないか」

「昨日、あれだけ必死に捜したのにですか。実朝殿の御首は誰かに持ち去られたのです。尼御台の命によって御使雑色《おんしぞうしき》が探っておるようです。尼御台は実朝殿が亡くなったうえは、すぐにも親王を鎌倉にお迎えしたいと京に申し上げるでしょう。されど実朝殿の御首が見つからぬようであれば、これから何が起きるかわかりませんん」

本覚尼はちらりと頼茂を見た。頼茂はあたりをうかがってから、

「親王様を鎌倉に送ること、よく見極めてからの方がよいかと思います」

と声をひそめて言った。

「右馬権頭《うまのごんのかみ》殿もさように思われますか」

「はい、右大臣の首が無いなどということは、ただ事ではありません。首には人の怨念《おんねん》が宿ると申します。いま右大臣の怨念は鎌倉の空を彷徨《さまよ》っておりましょう」

頼茂が怜悧《れいり》な顔で言うと忠信も納得したようだった。

忠信が頼茂の言葉に信を置くのは摂津源氏が代々、宮中護衛を任務としてきたからである。

頼茂の祖父頼政は夜な夜な宮中を悩ませた怪鳥鵺《ぬえ》を退治したことで知られている。鵺は鵼とも書く。猿の頭《かしら》、狸の胴体、虎の手足を持ち、尾は蛇《くちなわ》という怪物である。「ヒョー、ヒョー」という気味の悪い声で鳴くとされる。

近衛《このえ》天皇の時、清涼殿《せいりようでん》に鵺が夜毎に出没し、天皇を悩ませた。これを源頼政が山鳥の尾で作った矢で射殺し、鵺退治の褒美として「獅子王《ししおう》」という刀を賜ったのである。

この時頼政は「蟇目の法《ひきめ》」を使ったと言われる。

「蟇目の法」は、鏑矢《かぶらや》を天地、四方の空間へ射て妖魔を退散させる呪法《じゆほう》である。鏑矢は、なすび形の木製の鏃《やじり》に穴が開けられており、射るとビュウッと凄《すさ》まじい音がするのだ。頼政は射落とした鵺をばらばらにしたうえで笹の葉に包み、川に流したという。摂津源氏には妖魔を祓《はら》う秘術が代々、伝えられていたのかもしれない。

いずれにしても摂津源氏は朝廷にとって頼もしい護衛者だった。忠信が、

「京に戻れば上皇様にそう申し上げよう」

と言うと、うなずいた本覚尼の目は、やはり泣き腫《は》らしたように赤かった。

(賢いことを言っても、やはり女や、実朝殿が亡くなったことを悲しんでいるのや

なあ)

と忠信は思った。しかし、この時、本覚尼の心の中では実朝の首を奪われたことへの怒りの方が強かったのである。

本覚尼は許されるものならば日ごろ、武張ったことばかりを口にしながら将軍の首を為《な》す術《すべ》もなく奪われた坂東の武家たちを罵倒《ばとう》してやりたかったが、温和なだけが取り柄の忠信にそんなことまで言うわけにはいかなかった。

本覚尼は幼いころから後鳥羽上皇に憧《あこが》れを抱いてきた。すこやかな肉体を持ち、「新古今和歌集」の編纂《へんさん》を領導するほど和歌の道にすぐれ、しかも武家に負けないほど弓馬にも長《た》けた後鳥羽上皇は完全無欠な理想の男であった。それに較べ実朝は疱瘡《ほうそう》の痕《あと》を顔に残した貧相で気弱な男にしか見えなかった。

しかし、実朝と暮らすうちに、何かが心にしみてきた。

(あれは何だったのだろうか)

と思うのだが、夕暮れに一人由比ヶ浜に佇《たたず》む実朝を見た時など胸がせつなくなった。ある時、たまりかねて鎌倉のことを細大もらさず伝えるように後鳥羽上皇に命じられているのだ、と実朝に打ち明けてわびたことがある。実朝は笑って、

「何を言っているのですか、それが尼御台もわたしも望んでいることなのですよ」

と言うのだった。実朝は後鳥羽上皇に対して隠すことは何も無い、と話した。本

覚尼はあの時、実朝の中に耀《かがや》くものを見たような気がした。それが何なのかは、わからなかったが、ひどく大切なものだと感じたのである。

その実朝が今、無惨にも首を切り離された遺骸《いがい》として葬られようとしているのだ。

(実朝殿の御首は取り戻さなければならない)

本覚尼が後鳥羽上皇に実朝の首が奪われたことを報《しら》せようとしているのは、そんな気持からでもあった。


義時から北条館《やかた》に呼び出された義村は自邸に戻った時には、怒りで顔を赤くしていた。

義時から面子《メンツ》を失うほど叱責されたのである。なにより実朝の首は波多野にあるらしい、と言われたことに腹が立った。おそらく政子が御使雑色を使って調べたことなのだろうが、波多野忠綱とは和田合戦の恩賞をめぐってもめた間柄である。

(弥源太め、よりによってなぜ波多野なぞへ首を持っていった)

あるいは波多野忠綱が和田合戦の際の意趣返しをするつもりなのかとも思った。だとすると、これは波多野との戦になるかもしれない。義村は定景を呼び、十五騎ほどで波多野へ行き、首を取り戻せと命じた。

「十五騎でござるか。もし波多野と悶着《もんちゃく》が起きた時にはいささか人数が足りませぬが」

定景は眉《まゆ》をひそめた。行く先は波多野の館に近いようだ。揉《も》め事があれば、波多野はすぐに五、六十騎は繰り出すだろう。

「何といっても波多野の領内だ。それ以上は出せぬ。波多野も、よもや正面切って実朝様の御首を持ち帰るのを邪魔はするまい」

義村はぐずぐずするな、と叱りつけるように言った。定景はあわてて郎党の雑賀次郎に声をかけた。さすがに甲冑《かっちゅう》をつけるわけにもいかず、腹巻だけをつけていくことにした。

義村は定景が出発した後、義時から言われて気になっていたことを考えた。義時は、まさか、公暁に右大臣を襲わせたのは、そこもとではあるまいな、と言ったのだ。

これは義村にとって心外な言葉だった。どうやら義時は実朝暗殺の責任を義村に押しつける腹になったようだ。

近江の園城寺で修行していた公暁が、政子の命によって鶴岡八幡宮の別当となるため鎌倉に戻ったのは一昨年六月のことだった。公暁はさっそく三浦館を訪ねてきて義村にあいさつした後、声をひそめて思いがけないことを言った。

「三浦殿はわたしの乳人《めのと》でござれば、もし将軍家に万が一のことあれば、わたしの後ろ盾となって将軍に推してくださいますか」

　義村はぎょっとしたが、動揺は顔に見せず、

「いかにも、いかにも」

　と安請け合いした。公暁が何を考えているかはわからなかったが、

（実朝が死ねば、そういうこともあろう）

　と思ったからだ。すると公暁はすかさず、

「ならば、御子息をわたしの門弟ということで身近に置いていただきたい。今後、何かのおりには御子息を通じて報せあうことにいたしましょう」

　まだ十八歳の公暁だが、不思議なほど落ち着き払って言うのだった。この時になって義村は公暁の胸が分厚く手足もしっかりとして、甲冑をつければ武者働きができそうな体つきをしているのを改めて感じた。目にも尋常でない光があるのが、義村ほどの武将でも無気味だった。

　この日、義村は息子の駒若丸《こまわかまる》と、やはり公暁にとって乳母子《めのとご》である弥源太を公暁の門弟とすることを約束した。しかし、公暁が何をするつもりなのかまではわからなかった。

　ところが、鶴岡八幡宮の僧房から時折帰ってくる駒若丸がある日、興奮した顔で、

「父上、公暁様は、まことに将軍にふさわしき方だと思います」

と言った。聞いてみると、公暁は僧房のそばの林で門弟の僧侶《そうりょ》たちとしばしば木刀で武術の稽古《けいこ》をしているのだという。

駒若丸が見ていると、公暁は身軽で俊敏に木刀を振るい、門弟たちは誰もかなわないらしい。駒若丸は繊弱な実朝よりも公暁の方が将軍にふさわしいと言いたそうだった。

義村は、たかが僧侶相手の稽古ではないかと言おうとしたが、僧の中にも元は武士だった者は多い、と思い直した。それに公暁が実朝を討つつもりだ、とわかってきたからである。

義村は駒若丸と弥源太に公暁の企てを助けるように命じた。しかし昨年九月、御所で明月の夜に和歌会が行われた時、鶴岡八幡宮を警備する宿直人《とのいびと》を駒若丸と公暁の門弟たちが打擲《ちょうちゃく》するという事件が起きた。このおかげで駒若丸は自邸に謹慎となり、公暁との連絡役は弥源太だけになったのである。

さらに十二月五日には、公暁が鶴岡八幡宮に参籠《さんろう》して退出せずに祈請《きしょう》を行ったことが人々に怪しまれた。今年になって、公暁が鶴岡八幡宮での右大臣拝賀式のおりに襲撃する計画だ、と弥源太から聞いた義村は、

——まずい

と舌打ちした。なにより京から来た殿上人《てんじょうびと》の前で実朝が斬られれば、鎌倉の面子

が立たない。実朝を斬った者はその場で討たれるだろう。さらに公暁がこの時、義時も同時に殺すつもりらしい、と聞いて義村は愕然《がくぜん》とした。

(小僧め、何もわかっておらんようだ)

実朝だけならともかく、義時も殺されれば北条一族が黙ってはいない。義時には泰時《やすとき》という立派な跡継ぎがいるのである。義村はあわてて公暁に思いとどまらせようとしたが、弥源太に伝えさせても無駄だった。公暁は自信ありげに、

「わしのすることを見ておれ」

と言うだけだった。ここにいたって義村は公暁の企てを義時に密告した。

義時はとっさに自らは逃げたが、実朝は殺されるままにしたのである。公暁が実朝を討ったと知った時、義村は討手として定景を向けた。

義村が公暁と関わっていることを疑われないためだ。このため定景は公暁の門弟で暗殺に加わった「悪僧」たちが籠《こ》もる僧房への先陣を切った。

三浦党が真っ先に公暁の討手となったことを人々に印象づけたのである。

ところが公暁は僧房におらず、実朝の首を持って三浦館に向かった。おかげで三浦館の塀を乗り越えようとしていた公暁を殺すという奇妙なことになってしまった。さらに実朝の首を持ち去られた失態は、人々の目を厳しくさせるだろう。ここまで考えた時、義村は、はっとした。

——弥源太がいる

公暁との連絡役に使っていた弥源太は何もかも知っているのだ。首とともに見つかった時、弥源太が何を言うかわからない。そう思うと義村は落ち着かない気持になった。

実朝の首とともに、弥源太が義時の前に引き出されたらどうなるか。義時は、かつて義村に実朝を暗殺する心積もりを話したことなど忘れたように口をぬぐって、義村を咎《とが》めるのではないだろうか。

（義時は実朝を討ったことに関わったことを尼御台《あまみだい》に知られることを怖れている。わし一人に罪をかぶせることもやりかねん）

そう思うと義村の額に汗が浮いてきた。実朝の首を取り戻せるかどうかは、思いがけないほどの切所ではないか。義村は、

（しもうた。やはり定景に百騎ほどもつけてやるのだったか）

と短慮を悔いるのだった。

第四章　秘　策

常晴はこの日、館《やかた》の柵《さく》の修繕をしていた。

縄や丸太を運ばされるのは弥源太である。ひ弱な弥源太は何度か丸太をかかえて運ぶと、ふらふらになったが、常晴は容赦無かった。

「どうした、それでは坂東の武者とは言えぬぞ」

それが口惜《くや》しくて弥源太は必死で丸太を運ぶのだが、汗を拭《ふ》きながら疑問を口にした。

「波多野殿は領内の廃《すた》れ館に朝夷名三郎が住みついておると知ったら驚くでしょうな」

「なに、波多野はとっくに知っておるさ」

常晴はこともなげに言い、作業の手を休めなかった。

「なんですと、和田の残党が領内にいるのを黙ってみておれば、波多野殿もただではすまぬではありませんか」

「義秀様がこの館に入られたのは去年の夏であった。それ以来、一人で土塁を築き、外堀を掘られた。さっそく波多野の郎党がやってきたが、義秀様は名のらずに一本の矢を郎党に渡して、波多野に害するつもりはないとだけ伝えられたのだ」

「一本の矢を？」

そうだ、この矢だ、と常晴は傍らに置いていた矢箱から矢を取り出して見せた。十二束《つか》（拳《こぶし》十二個の長さ）の矢である。見ると矢の柄に「夷」の文字が彫ってあった。

「これは――」

「坂東の者なら、その矢が朝夷名三郎のものだと知っておる。波多野は廃れ館に住みついたのが義秀様だと察しただろうが、その後、何も言ってこぬそうだ。その代わり、このあたりの者がひそかに米や野菜を届けてくれるようになったということだ」

「それはどういうことです」

「さて、波多野忠綱は和田合戦のおりに功をあげながら三浦義村と先陣の功を争って恩賞をもらえず腹にすえかねておる。義秀様が何をするにしろ、義時直々《じきじき》の下知《げち》があるまでは動かぬつもりだろう。それで、地元の者に食糧ぐらいは届けるように命じたのだろうな」

常晴はそれ以上、弥源太が何を訊《き》いても答えようとはせず、口よりも手を動かせ、と怒鳴るだけだった。

館に近づく馬蹄《ばてい》の音を二人が耳にしたのは柵の修繕を終わった夕刻ごろだった。すでに日が傾き、丹沢山系の峰々が夕日に赤く染まり始めていた。

「どうやら、来たようだ」

常晴はつぶやくと厨《くりや》に行き、竈《かまど》から燃えている薪《まき》を二本取り出して門前の篝《かがり》に火をつけた。やがて篝火が燃え、薄暗くなったあたりを赤く照らした時、門に向かって十数騎の騎馬武者が近づいてくるのが見えた。

先頭にいるのは長尾定景で、両脇に雑賀次郎と御使《おんし》雑色《ぞうしき》の安達新三郎がいた。新三郎は馬上で指差した。

「あの館でござる」

定景はうなずいたが、館のまわりに外堀や土塁が巡らされているのを見て眉《まゆ》をひそめた。門までの道は馬二、三頭がやっとの広さしかなかった。

(廃れ館のようだが、まるで砦《とりで》ではないか)

定景は不審に思ったが、それでもためらわずに門前まで馬を進めた。門前では篝火が焚《た》かれ、一人の男が立っていた。近づいてみれば弥源太である。

「弥源太殿、どういうことですかな、これは」

定景はわめくように言った。弥源太はうんざりとした顔で、

「どうもこうもない。実朝様の御首を奪われたゆえ、取り戻そうと、ここまで追ってきたのだ」

「ならば、なぜ御首とともに鎌倉へ戻られんのだ」

「相手が強すぎる」

「なんですと」

「だから、相手が強すぎて、わしの手には負えなんだ」

「ならば、そこを退《の》かれい。わしが御首を取り戻しますほどに」

定景は今にも馬をあおって門内に踏み込みそうにした。弥源太は、

「ならばそうせい——」

と言って、さっさと門内に入ったが、途中で振り向くと嘲《あざけ》るように言った。

「できるものならな」

定景が何をほざく、と馬をあおろうとした時、門内から見事な葦毛《あしげ》の馬に乗った巨漢が出てきた。赤地錦《あかじのにしき》の直垂《ひたたれ》に腹巻をつけ烏帽子《えぼし》をかぶっている、ひげを胸までたらした武者だった。

「何者だ」

定景はわめきながらも門の櫓《やぐら》で、もう一人の男が弓を構えているのを目ざとく見つけた。定景は男の顔に見覚えがあった。

――武常晴

ではないか。同じ三浦党の常晴がなぜこんなところに、と思った時、巨漢の騎馬武者が、

「長尾新六、ひさしいの。和田合戦以来じゃな」

と朗々とした声で言った。驚いた定景は危うく馬からずり落ちそうになった。ひげで顔はわからなかったが、その声と馬上のたくましい体つきは恐怖とともに覚えていた。

「朝夷名三郎様、どうしてここに」

定景が悲鳴のような声で言うと、後ろの騎馬武者たちがたじろいだ。朝夷名三郎義秀の豪勇は皆、知っていたからだ。義秀は、

「右大臣家の御首はわしが貰《もら》い受けた。ここにて弔う所存だが、もし御首を欲しければ義村が兵を引き連れて取り戻しに参れ。そうすれば義村の首と引き換えに右大臣家の御首を戻してやろう」

と大声で言い終わるや馬腹を蹴《け》った。葦毛の馬は躍り上がり、定景に向かってきた。馬上の義秀はすでに太刀を抜いていた。定景は、しまった、と思った。

義秀は定景に考える隙も与えず、すれ違いざまに凄《すさ》まじい力で太刀を定景の腹巻に叩《たた》きつけた。それだけで定景は馬上から吹っ飛び、地面に転がり落ちた。

義秀は続いて雑賀次郎と安達新三郎にも横殴りの太刀を見舞った。二人とも太刀で受けたものの崩れ落ちそうになり、馬にしがみつくのがやっとだった。新三郎は、あまりの凄まじさにすぐさま馬をあおって逃げ始めた。

義秀はそれに構わず、後ろの騎馬武者に向かって斬り込んでいった。たちまち混乱が起きた。馬同士がぶつかり落馬する者があいついだ。義秀はいったん走り抜けると再び引き返し、馬から落ちた武者たちを思うさま蹴散らしていった。

「離れよ。離れて、弓で射よ」

倒れた定景が必死で叫ぶと、何人かが弓に矢をつがえたが、その時、矢音が続けざまに響いて弓を構えた武者たちに矢が突き立った。櫓の上から常晴が射たのだ。

定景は歯噛《はが》みしたが、すでに七、八人は負傷している。この人数ではかなわぬ、と観念した。

「退《ひ》け、退けっ」

と叫ぶと、自分も馬に乗って逃げ出した。いったん背を向けると義秀が悪鬼の形相で追ってくる気がして、あわてて馬を急がせた。他の者たちも定景の後を追った。

誰もが和田合戦のおりに見せた義秀の凄まじさを脳裏に焼き付けていた。雨の大路《おおじ》で弓矢が使えぬ戦の時、義秀はあたるを幸いに数十騎を斬り捨てたのである。

定景が逃げ去るのを見て義秀は追おうとはしなかった。門内に戻ると馬を下り、常晴に笑いかけた。

「さて小手調べは終わったぞ。これで、三浦も本腰を入れて御首を取り戻しに参るであろう」

常晴は黙ってうなずいたが、弥源太は思わず、

「次にはどれほどの人数で参りましょうか」

と家臣のように訊《き》いた。

「わしが籠《こ》もっておると聞けば、二、三百の兵は遣わすであろう。できれば一千騎ほども来てくれればありがたいが」

弥源太は目を瞠《みは》った。

「お味方は常晴殿だけではありませんか。わずか二人で一千騎を迎え撃つというのですか」

義秀は弥源太の肩を叩いて笑った。

「いや、三人だ、お主も入れてな」

義秀はそのまま母屋へ入っていった。弥源太が戸惑った顔をすると常晴が、

「朝夷名三郎に右大臣家の御首を奪われたと知れば、義村はお主を許しはせんぞ。命が惜しければ、ここでともに戦うしかあるまいな」

と気の毒そうに言うのだった。

翌朝、まだ夜が白々と明けたばかりのころ、定景たちは鎌倉の三浦館《やかた》に戻ってきた。

定景から報告を聞いた義村はすぐに北条館へ義時に会いに行った。定景の失敗を叱責《しっせき》している暇もなかったのだ。

――朝夷名三郎

という名はそれだけ衝撃的だった。義村からこのことを聞いた義時は眉をひそめたが、さすがにそれほど狼狽《ろうばい》はしなかった。

「朝夷名三郎が実朝の首を奪ったのだとすれば、よほどに心しなければ取り戻せぬな」

「されば、それがしの弟胤義《たねよし》に三百騎ほどで波多野へ向かわせようと存ずるが、御許可を頂きたい」

義村は膝《ひざ》を乗り出して言った。

「弟御に？　三浦殿自らは参られぬのか」

義時は皮肉な目でじろりと義村を見た。義村は苦笑して、

「それがしが参れば朝夷名三郎は大喜びで暴れ狂いましょう。それは執権殿が行かれても同じこと。朝夷名三郎が狙うのは、われら二人のはずでござる」

義村はあくまで二人は一蓮托生《いちれんたくしょう》なのだと言いたげだった。義時は片方の眉を上げたが、そのことにはふれなかった。

「三百では少ないでしょう。まずは一千騎ほど率いるがよかろう」

「一千騎？」

義村は困惑した顔になった。一千騎となれば、義村の家だけとはいかない。三浦一族の他家からも動員しなければならない。そうなると実朝の首を失った失態がより広く世に伝わることになる。

「何の、いかに朝夷名三郎が猛勇であろうと手勢は数人しかおらぬ様子、わが家の郎党だけで十分でござる」

「お考えが甘い――」

義時はうすく笑った。

「甘いとは意外な仰せじゃ」

義村は憤然とした。しかし、義時は厳しい目で義村を見た。

「考えてもみられよ、なぜ朝夷名三郎が波多野などにおるのか。あるいは波多野と語らって謀反《むほん》の一味にしておるのかもしれぬ。そうでなくともわれらに宿意がある波多野の領内で騒ぎを起こし、もし逃げられたらどうなさる。実朝様の御首を奪われた醜態を天下にさらすことになりますぞ。されば、朝夷名三郎を討つだけでなく波多野めも一気に討ち滅ぼすつもりでなければならぬ。だとすると一千騎では少ないかもしれぬくらいだ」

義時に言われてみれば義村にも納得のいくことだった。

「しかし、それほどの兵を動かせば、それだけで世間の耳目を引きますぞ」

「さよう、そのことでござる、知恵が必要なのは」

義時は口辺に笑みを浮かべた。義村はこんな時の義時が陰険な策謀をめぐらしていることを知っていた。しかし、それから義時が話し出したのは、義村の予想を上回る悪辣《あくらつ》なものだった。

「三浦殿は阿野全成《あのぜんじょう》の乱を覚えておられるか」

義時は意外な名を持ち出した。義村はうなずくしかなかった。

阿野全成とは、源義経の同母兄だ。

かつて義経の母、常盤御前《ときわごぜん》は義朝が平治の乱に敗れて死んだ後、三人の幼児を連れて京から逃れ、彷徨《さまよ》った。三人の子とは今若《いまわか》、乙若《おとわか》、牛若《うしわか》である。このうち、末子の牛若は成長して義経と名のった。一方、今若、乙若の二人も頼朝が決起した時、成人していた。

乙若は寺に入れられ坊官となって円成《えんじょう》と名のっていたが、鎌倉に下ると義円《ぎえん》と名を変えた。義円は富士川の戦いの後、尾張《おわり》で新宮行家《しんぐうゆきいえ》が局地的な戦闘を行った時、鎌倉から援軍として送られ、討ち死にした。

また、三人の中で年長の今若は幼くして醍醐寺《だいごじ》に入れられ全成と名のったが、剛腹《ごうふく》な性格から悪禅師《あくぜんじ》と呼ばれた。全成は鎌倉に下ると、駿河国阿野庄を与えられた。

頼朝、義経が死んだ後も全成は鎌倉で生き残った。

しかも全成は時政の二女、保子を妻にしていた。保子は頼家の弟、千幡丸《せんまんまる》（実朝）の乳母《めのと》でもあったから、全成は鎌倉でひそかな勢力を持っていたことになる。

その全成が頼家の命によって召し捕られたのは、十六年前、建仁三年（一二〇三）五月のことだった。頼家は武田信光を阿野庄に派遣して全成を謀反の疑いで捕らえ、常陸国《ひたちのくに》に配流したうえで斬らせた。

「実は全成に謀反の疑いがあると頼家様に告げたのは父、時政でござった」

と義時はもっともらしい顔で言った。義村は馬鹿馬鹿しくなった。そんなことは鎌倉中の者が知っていたからだ。時政はいつもの謀略で頼家に北条の邪魔になりそうな全成を斬らせたのである。義時は、

「その全成の子、時元《ときもと》が今も阿野庄におります」

とさりげなく言った。義村は意味がわからずに義時の顔を見返していたが、あることに気づいて、どきりとした。

「まさか、その時元を――」

義村が言いかけると、義時はうなずいて、

「左様《さよう》、阿野時元は実朝様が亡くなられたことを聞くや、謀反を企てておるということでござる」

されば、と言って義時は漆塗りの手文庫から街道を記した地図を持ってきた。

義時が指差したのは足柄道である。

足柄道は奈良時代からの官道で東海道の間道でもある。酒匂で分岐して伊豆へと向かっている。波多野はその途中である。

「駿河の阿野に三千騎を向けましょう。そのうち千騎は途中から波多野に潜伏する時元の一味を誅伐《ちゅうばつ》いたす」

義時に言われて義村はなるほど、と思った。阿野庄は駿河国の東部、伊豆半島の根元のあたりだ。鎌倉を出た軍勢が足柄道をとれば波多野はその途中なのである。阿野庄への軍勢ということにすれば世間に言い訳が立つ。あくまで実朝の首のことは伏せて軍勢を動かすことができるのだ。

(この男は以前から阿野時元も殺すつもりだったのだ、源氏の血を根絶やしにする気でおるに違いない)

そう思うと義村には義時の冷酷さが、恐ろしいものに思えた。

阿野時元は全成の子とはいえ、義時にとっても甥《おい》なのだ。しかし、今の義時にとっては血族であっても邪魔者は殺すべき相手でしかないのだろう。

そのころ、政子は大倉御所の持仏堂で、新三郎から実朝の首を奪ったのは朝夷名三郎だったと聞かされていた。

「朝夷名三郎が生きておったのか」

「相変わらずの豪勇で、それがしは逃げるのが精一杯でございました」

新三郎は正直に言った。政子は眉《まゆ》をひそめた。

政子も義秀が大剛の者であることは知っている。その武勇は恐ろしいが、それよりも和田合戦の残党が今も蠢動《しゅんどう》していることが無気味だった。

「ただ、館《やかた》におるのは、朝夷名三郎のほかには武者一人と弥源太とか申す、公暁様に近侍していた者だけなのが解《げ》せませぬ」

「手勢が二人しかおらぬのですか？」

「さようで」

「その手勢で実朝の首を奪ったか。狙いは何であろう」

政子は宙を睨《にら》むようにして考え込んだ。

「和田合戦で裏切った三浦義村を討ちたいのかもしれませせぬ」

「ならば、義村を付け狙えばよいことでしょう。そのために鎌倉に乗り込むことを恐れる朝夷名三郎でもあるまい。なぜ波多野にまでおびきよせねばならぬのですか」

「あるいは、波多野忠綱が手を貸すことを約したのかもしれませぬが」

「波多野は剛直です。手のこんだ策を用いる武士《もののふ》ではありません」

政子が否定すると新三郎もうなずいた。やはり義秀が独自に動いているようにしか思えないのである。政子の目が光った。

（これは、なんぞ朝夷名三郎に企《たくら》みがあってのことかもしれぬ）

政子は立ち上がって、

「その方、朝夷名三郎の動きから目を離さず、逐次報《しら》せなさい」

と新三郎に命じると、そのまま持仏堂を出た。外に控えていた近侍に、

「覚阿《かくあ》殿の邸《やしき》に参る」

と告げて輿《こし》を用意させた。覚阿とは二年前に出家した
——大江広元
の法名である。広元は近頃、眼病で光を失いかけている。御所に呼びつけては気の毒だと思ったのだ。

大江広元は京の下級官僚だったが、鎌倉に下って頼朝の右腕とも言える文官となった。今年、七十二である。守護、地頭《じとう》を置くことや奥州藤原攻めなどは広元の献

策によるものだった。政所《まんどころ》別当を務め鎌倉の政事《まつりごと》を動かしてきた。

広元邸は六浦路沿い、滑川《なめりがわ》にかかる明石橋の南側にあった。政子が乗った輿が広元の邸の門をくぐったのは間も無くのことである。

広元は政子の突然の来訪にも驚かず、剃髪《ていはつ》した品のよい顔を傾けて政子の話を聞いた。

実朝の首が朝夷名三郎に奪われた、と聞くと、わずかに眉を動かしたが冷静な表情は変わらなかった。政子が話し終えて、

「覚阿殿、どう思われる?」

と訊《き》くと、広元はしばらく黙ってから、

「されば、朝夷名三郎の思惑がどのようなものかは、わかりませぬが、まずは京へのお手配りに遺漏なきようにすることが肝要かと」

といった。政子はうなずいた。

「やはり、その方が大事ですか」

「はい、お痛ましいことではございますが、実朝様が亡くなられた以上、親王様を京よりお迎えすることを急がねば、源氏の血筋を将軍に押し立てようとするものが相次ぎ、鎌倉は蜂の巣を突《つつ》いたような騒ぎとなることは必定《ひつじょう》でございます。一刻の猶予もございませぬ。あるいは朝夷名三郎めは、そのあたりのことを狙っておるの

うことですか」
「実朝の首を取り戻そうと躍起になっておる間に、御家人《ごけにん》の間に乱れが生じるとい
かもしれません」

政子は考え込んだ。広元は微笑している。広元の目には政子も、すでにぼんやり
とした影としてしか見えていなかった。目を病んでみると、すべては移ろいやすい
影のようにしか見えない。それでも広元にとって、鎌倉の政事の仕組みは心血を注
いで作り上げてきた作品である。
(誰にも壊させはせぬ)
という自信を持っていた。朝夷名三郎が何を企もうと蚊に食われたほどにも感じ
なかったのだ。
「それはそうと御台所様《みだいどころ》は、やはり京へお戻りになられますのでしょうか」
「実朝との間に子もおわさぬゆえ、やむを得ないでしょう」
「されば、京へお戻りになるのは、いつごろになりましょうか」
「さて、夏まではおられぬと思いますが」
政子は、それがどうしたのだ、という顔をした。
「されば、そのころまでに親王様をお迎えせねばなりませぬな」
広元はつぶやくように言った。

「なるほど、御台所も親王様も京からの人質であることに変わりはない。一人の人質が京に戻れば代わりを鎌倉に迎えておかねばならぬということですね」

政子は苦笑した。広元という老人の政略はしたたかで酷なものだ、とあらためて思った。

「これは畏《おそ》れ多いことを――」

広元は頭を下げて見せたが、それほど恐縮したようにも見えなかった。頼朝とは、このような京に対する策略に明け暮れていた時期があったからだ。

広元は政子には言わなかったが、近頃、後鳥羽上皇に不穏な動きがあると思っていた。

後鳥羽上皇は長講堂《ちょうこうどう》領を管領していたが、さらに八条院領が後鳥羽上皇の娘、春《しゅん》華《か》門院に継承された。

長講堂は後白河法皇が六条殿に建立した法華経を読むための御堂で、その維持のために寄進された所領が長講堂領である。その資産は荘園百十余ヶ所、砂金百両、米五千四百石、絹千二百疋《ひき》、綿二万両だったという。

また八条院領は鳥羽天皇と皇后美《び》福《ふく》門院の間に生まれた女院《にょういん》、八条院の所領で、資産は長講堂領に匹敵した。

後鳥羽上皇は二つの膨大な荘園領を懐に入れられたことになる。源平の台頭で衰微していた朝廷の力は後鳥羽上皇の代になって復活しようとしていた。

(後鳥羽上皇は恐ろしい力を持つようになられた)

広元はひそかに畏怖《いふ》していた。だからこそ、親王を将軍として迎えるという秘策を政子とともに練ったのだ。朝夷名三郎が実朝の首を奪ったことなど、それに比べれば些事《さじ》だ、と広元は思っていた。

(すでに葬儀を終えた以上、御首のことは騒ぎたてぬがよい)

だからこそ、政子にあまり御首のことに深入りさせたくはなかった。そこまで考えた時、広元は朝夷名三郎が足柄道の途中、波多野に潜伏していると聞かされたことに思い当たった。京への往還となる東海道の間道を朝夷名三郎に押さえられているのだ、と気づいた。朝夷名三郎め、嫌なところにおる、と広元は思った。

実朝が暗殺されたことを報せる、鎌倉からの急使が京に着いたのは二月一日だった。この時、後鳥羽上皇は水無瀬《みなせ》離宮におられた。

後鳥羽上皇は普請を好まれ、「移徙《いし》」(引越しの儀式)は十数回におよんだ。造営された御所離宮は水無瀬離宮を始め二条殿、京極殿、高陽院《かやのいん》、五辻殿《いつつじ》、白河泉殿《しらかわいずみ》、最勝四天王院《さいしょうしてんのういん》御所、鳥羽御所、宇治《うじ》御所など十八にのぼっている。

摂津国水無瀬は京の南、山崎《やまざき》と接するあたりで、水無瀬川と淀《よど》川が合流する景色

を、後鳥羽上皇はことのほか愛された。後鳥羽上皇の和歌に水無瀬の風景を詠《うた》った

見わたせば山もとかすむ水無瀬川夕べは秋となに思ひけん

がある。水無瀬離宮は桜、菊、山吹《やまぶき》の名所でもあった。

実朝急死の報せを聞かれた後鳥羽上皇は御所高陽院に戻ると僧を集め、国土安寧、玉体安穏の修法《しゅほう》を行わせた。さらに最勝四天王院で、かねてから右府将軍実朝のための祈禱《きとう》を行っていた陰陽師《おんみょうじ》全員を罷免した。陰陽師たちの祈禱に実効が無かったというのである。

これらの処置を終わり、後鳥羽上皇が水無瀬離宮に戻られたころ、坊門忠信から西御方への書状が届いた。後鳥羽上皇は釣殿で書状を御覧になって首をかしげられた。

後鳥羽上皇はこの年、四十歳になられる。色白で健やかな体軀《たいく》を持たれ、男盛りだった。

「実朝の首が見つからぬのだそうな」

傍らに控えた西御方は、

「鎌倉には将軍や執権に恨みを持つ者が多いのでしょう。それだけに早う親王様の

東下を待ち望んでおりましょう」

と申し上げると後鳥羽上皇は、うすく笑われた。

「さて、そのことはどうかな」

西御方は眉《まゆ》をひそめた。鎌倉の政子には、すでに親王が鎌倉に赴くという内意を伝えてあると聞いていた。気まぐれな後鳥羽上皇が心変わりしたのか、と危惧《きぐ》したのだ。後鳥羽上皇はしばし考えられた後、

「親王を鎌倉にやることも考え直さねばならぬかもしれぬな」

とつぶやかれた。親王を将軍として迎えるということは北条が鎌倉での権力を確かなものにしようとしているということでもある。

朝廷における藤原氏のように親王のもとで東国の実権を握る政事《まつりごと》を目指しているのだ。しかし、後鳥羽上皇が行っている院政は帝《みかど》が上皇となることで、藤原氏のような権力者を退け自ら政事を行うことだった。

(北条が藤原氏のごとくなろうなどと、思い上がりも甚だしい)

後鳥羽上皇の武家への嫌悪は深いものがあった。

後鳥羽上皇はわずか四歳の時に天皇の位につくことを定められた。平家が安徳《あんとく》天皇を擁し三種の神器《じんぎ》を持って都落ちした時、朝廷にとっては、都落ちした平家の動向よりも皇位の問題が最大の課題だった。

後白河法皇は安徳天皇を廃して新たな帝を高倉《たかくら》上皇の皇子の中から立てようとされた。二宮《にのみや》の守貞《もりさだ》親王は平氏と行を共にして西海にあったため、三宮惟明《これあきら》と四宮尊《たか》成《ひら》の二人の中から選ばれることになった。

三宮惟明は五歳、四宮尊成は四歳だった。

どちらとも選びようがないはずだが、後白河法皇の前に出た時、三宮惟明はむずかり、四宮尊成は機嫌よく笑いかけたという違いで四宮尊成にすることが決まったのである。

成長してこのことを知られた後鳥羽上皇は、武家の争乱によって帝位が左右されたことを不快に思われていた。

それだけに、またしても北条が僭越《せんえつ》な振る舞いをしていると思われたのかもしれない。西御方は鎌倉の申し出を拒絶される御意《ぎょい》かと緊張したが、

「まだ、鎌倉には何も言うてやらぬ。実朝の首がどうなったかを、じっくりと見定めてからのことじゃ」

後鳥羽上皇はこう言われると低い声で今様《いまよう》を歌われるのだった。

われを頼めて来ぬ男
角三つ生ひたる鬼になれ

さて人に疎まれよ
霜雪霰《あられ》降る水田の鳥となれ
さて足冷たかれ
池の浮草となりねかし
と揺りかう揺り揺られ歩け

わたしを頼みに思わせておきながら通ってこぬ憎い男よ、角が三本生えた鬼になれ、人に嫌がられよ、霜や雪、霰の降る水田に立つ鳥となり、足が冷たくなれ、池の浮草になって揺られ、揺られ歩け、というのである。

心変わりした男を恨む女の気持を歌っているのだが、後鳥羽上皇は鎌倉に対するひややかな気持を歌われたのだろう。

義時は、実朝の葬儀に参列したまま鎌倉の宿館にいた波多野忠綱を館《やかた》に呼び出した。

忠綱と話すのは和田合戦の論功行賞の時、以来である。忠綱は五十過ぎで、引き締まった顔をしている。

和田合戦での功に対して恩賞を与えなかったことから義時には含むところがある

はずだが、さすがに、そんな様子は見せなかった。義時はおだやかに葬儀後の始末など世間話をした後、さりげなく、

「時に波多野殿には、いましばらく鎌倉にいていただきたい」

と言い出した。忠綱が怪訝《けげん》な目を向けると、

「これは秘事ですが、阿野時元に謀反《むほん》の動きがあるようでござる。それゆえ、明日にも阿野庄に誅伐《ちゅうばつ》の兵を向けるつもりですが、その途中にて阿野時元の一味を討つことになりそうです。その謀反人どもが波多野殿の所領内に潜んでおるので、踏みつぶすためにご無礼ながら所領内に入ることになると思います。その際、波多野殿がおられると、なにかと軋轢《あつれき》のもとではないかと存ずる」

「阿野の一味が、わが所領に潜むなら、われらに討伐をお命じください」

忠綱は苦笑して言った。いや、いやと義時は手を振って、

「一味と申しても、わずか数人のことらしゅうござる。波多野殿の手を借りるまでもござらん。阿野に向かう兵が途中で所領内に入っても、手出しをされぬよう郎党に伝えておいていただくだけでよいのでござる」

「それしきのことでよろしければ」

忠綱はそれ以上訊《き》き返さずに頭を下げた。義時はそんな忠綱の様子を見て、

（こやつ、朝夷名三郎のことは知っておるな）

と思った。しかし、ことさら朝夷名三郎に手を貸そうとしているようにも見えなかった。

（まずは、われらがどうするかを見物しようというつもりであろう。それならば、それでもよい）

朝夷名三郎から実朝の首を取り戻した後で、あらためて咎《とが》めてやろう、と胸の中で考えた。義時はわずかでも逆らった者を生かしておくつもりはなかったのだ。忠綱は義時に頭を下げると、そのまま広間から出ていった。北条館を辞した忠綱は帰途の馬上で何かを考えていた。すでに夕暮れである。

赤く染まった空に蝙蝠《こうもり》が飛ぶのが見えた。忠綱はちらりと蝙蝠を見て、

（鳥無き里の蝙蝠というが、義時はまさに頼朝様という鳥がおらんようになった里の蝙蝠じゃな）

と思った。忠綱には義時の策謀の裏が見えていたのである。宿館に戻った忠綱は郎党にある男を呼ばせた。

しばらくして忠綱の前に現れたのは三十五、六の色黒の僧侶《そうりょ》だった。名を、安念坊《あんねんぼう》という。僧とは言っても右頬に大きな刀傷がある。元は武家だったのではないだろうか。忠綱は前に座った安念坊に、

「執権より話があったぞ」

と言った。安念坊はうなずいた。

「やはり討手のことでござったか」

「おそらく二、三日の内に兵が鎌倉を出る。阿野時元を討つという名目でな」

「阿野を？」

「そうだ、阿野時元に謀反の動きありということで兵を動かし、まことに阿野も討ち、同時に実朝様の御首も取り戻そうという一石二鳥の策であろう」

「なるほど考えたものでござるな」

「さて、どうするかな」

「さればさっそく、そのことを報《しら》せに駆け走りまする。それがし近ごろ御館に転がり込んでおりましたが、どうやらこれも天の為《な》せる業《わざ》だったようでございます」

忠綱はじろりと安念坊を見て、

「よいか、わしは何も知らぬことだぞ。そなたが何を伝えようとも、関わりはない」

「よう存じております」

「それにしても、朝夷名三郎め、何を企《たくら》んでおるのか」

「さて、われらなどにはわかりませぬわ」

安念坊が言うと、忠綱はひややかな口調で、

「わしは朝夷名三郎に加担する義理はない。ただ執権が三浦に厚く、軍功をあげたわしに報いぬゆえ、命じられたことしかせぬ、と心に定めておるだけのことだ。お前を匿《かくま》ってやったのもそれだけのことだ。もし、三浦が音を上げ、執権が頭を下げてわしに朝夷名討ちを頼むのであれば、その時は堂々と一戦交える。そのこと、忘れるな」

　安念坊は頭を下げて、

「しかとうけたまわりました」

と言うと、そのまま立ち上がった。安念坊が出ていくのを黙って見送った忠綱は胸中で、

（義時め、相手が朝夷名三郎ただ一騎だと思っていると、とんだことになるぞ）

　とつぶやいた。

　波多野に向かった三浦勢がしくじれば、その時には、わしに頼むしかあるまい、と思うのだった。

第五章　和田党

その日、弥源太は寝苦しい夜を過ごしていた。

定景が義秀にあしらわれて引き揚げてから、すでに七日がたっていた。すぐにも鎌倉から新たな討手が来るかと思ったが、姿を見せず館《やかた》のまわりは静まり返っているのである。寝つけない弥源太はたまりかねて廏《うまや》を出ると母屋に行った。

弥源太は広間で寝ている常晴のところに行くと声をかけた。

「もし、こちらで寝てもよろしいか」

夜着にくるまっていびきをかいていた常晴が、

「勝手にせい」

とすぐに返事をしたところを見ると弥源太が近づいたことに気づいて目を覚ましていたのだろう。常晴の夜着の端に潜り込んだ弥源太は、

「のう、常晴殿――」

と常晴に身を添わせた。なぜか弥源太は常晴に接すると、弟が兄を慕うような甘えた気持になるのである。

「なんだ、寝てもよいとは言ったが、話しかけてもよいとは言わぬぞ」

常晴は無愛想だった。弥源太は殿で寝ていたにしては、なぜか、かぐわしい匂いがするのである。公暁の寵童《ちょうどう》だった美少年に体を寄せられては迷惑だった。

「わたしには、わからぬことがあるのです。それを常晴殿に教えてもらいたい」

「わからぬこと？」

常晴は眠そうな声を出した。

「公暁に実朝様を殺すよう仕向けたのは、まことに北条義時と三浦義村であろうか」

「なんだと――」

「わたしは公暁のそばにおったから、義村が公暁を唆《そそのか》しておったことは知っております。しかし、義村は鶴岡八幡宮の拝賀式のおりに右大臣家を殺《あや》めることには反対で、何度もわたしを通じて、そのことを公暁に伝えました。それなのに、なぜか公暁は考えを変えなかった。あれが不思議なのじゃ」

「だからどうした、というのだ」

「公暁を操った者が別におるのではありますまいか」

弥源太は声をひそめて言った。弥源太の胸にあるのは僧房にいたころから浮かんでいた疑問だ。公暁の身近にいた弥源太だからこそ感じた疑いだと言えるかもしれない。

「別の者――」

「公暁とともに鶴岡八幡宮での襲撃に加わった者たちは、園城寺から公暁について参った僧であったことはご存じか」

常晴が、知らぬと言うと弥源太は、

「僧たちは初めから実朝様を討つためについてきたような気がするのです」

「初めから？」

「それゆえ、公暁に実朝様を討つように唆した者は京にいるのではないか、と思うのです。そして、その者は実朝様が討たれた時、鎌倉にいた。いや実朝様が殺された時、すぐそばにいたのではありますまいか」

「誰のことを言っておるのだ？」

「源頼茂――」

「摂津源氏が公暁を唆したというのか」

思いがけない名に常晴は首をひねった。摂津源氏は坂東武者にとってなじみが薄く、よくわからないのだ。

頼朝に従った鎌倉武士の八割は坂東平氏だったと言われる。桓武《かんむ》天皇の曾孫《そうそん》、平高望《たかもち》を祖として俗に「坂東八平氏」と呼ばれるのは中村、秩父《ちちぶ》、上総《かずさ》、千葉、三浦、梶原《かじわら》、大庭《おおば》、長尾の八氏である。

「坂東八平氏」は主に武蔵、相模から房総《ぼうそう》にかけて勢力を扶植した。これに対し北条は「坂東八平氏」には数えられない小豪族だったが、その祖先は高望の長男、国香《くにか》であり、桓武平氏嫡流の家系を称している。

同じように国香の子孫であるとしていたのが平清盛《きよもり》の伊勢《いせ》平氏だった。こうして見れば、伊勢平氏を倒したのは頼朝を擁した坂東平氏だと言えなくもないのである。

弥源太が源頼茂を見たのは実朝が殺される二日前のことだった。

その日、公暁は鶴岡八幡宮に参籠《さんろう》していた。

弥源太は昼過ぎになって、僧房の裏にある林の中に数人の男たちがいるのに気づいた。そこは公暁が弟子たちと剣の稽古《けいこ》をしている場所で、林の中にわずかばかり平地があった。その平地で僧たちが片膝《かたひざ》をついて一人の武士と何事か話していた。

弥源太には僧たちの様子が主人の話を聞く郎党の姿勢のように見えた。

弥源太が林に入ってうかがうと、僧たちの前に立っているのは長烏帽子《ながえぼし》をかぶり白の狩衣《かりぎぬ》姿の男だった。色白の細面は見るからに坂東武者ではなかった。

（何者だろう――）

弥源太が見ていると男は不意に空を指差した。何をしているのかわからなかったが、目を閉じて何事かを念じているようだった。やがて、男がゆっくりと指を下ろした時、空から鳩がぽとりと落ちてきた。男はその鳩を僧の一人に拾わせた。

「その鳩を持ってわしについて参れ」

男が静かに言うと僧はうやうやしく従った。弥源太は男の異様な振る舞いが気になって跡をつけた。男は大倉御所へと、そのまま入っていったのである。しかも大倉御所に入る直前に、ちらりと後ろを振り向いた。築地塀《ついじべい》に隠れるようにして跡をつけていた弥源太は、その瞬間、男の視線に射抜かれたような気がした。

——気づかれた
そう思うと弥源太は背中にべっとりと冷や汗をかいていた。男に顔を覚えられたに違いないという気がした。

「後から聞いたところでは男は源頼茂で、鳩を実朝様に見せて、不吉の兆しだから拝賀式に出られない方がいいと言ったそうです」

弥源太はその話を聞いて不審に思い、公暁の弟子の一人に、

——あれは不思議なことであった
と訊《き》いてみた。すると、その弟子は、

「迂闊《うかつ》なことを言うと命に関わるぞ」

と弥源太を凄《すご》い目で睨《にら》んで脅したのである。常晴は思わず、

「奇妙な話だな」

とつぶやいた。公暁を唆した者がいるのではないか、という弥源太の話にはうなずけるところがあった。しかし、それが摂津源氏の源頼茂かもしれない、というのは意外だった。だが、考えてみれば源氏は同族間での争いが宿命のごとく多い。常晴は、

（源氏の敵は源氏なのかもしれぬ）

と思いながら寝ようとした。その常晴の懐に弥源太のつめたい手が忍び込んできた。弥源太は、

――温めてくれぬか
とささやくのだった。常晴は弥源太の手をはらいのけるのに一晩中、苦労することになるのである。

翌朝、常晴は朝食の後、義秀と話した。義秀はこの朝、常晴に髪を切り、ひげを剃《そ》ってもらった。義秀は濃いひげを剃られながら、

――源頼茂が？

と考え込んだ。しかし、義秀にも頼茂の意図はわからない。二人の話が終わらぬうちに館の門に一人の武士が立った。

烏帽子をかぶっているものの埃《ほこり》に汚れた粗末な狩衣の男である。その癖、たくましい葦毛《あしげ》の馬に乗ってやってきたのだ。腰には黒漆革包《かわつつみ》拵《ごしら》えの太刀を吊《つ》っていた。年齢は四十ぐらい、痩《や》せぎすで背が高く鋭い目をしている。櫓門《やぐらもん》で見張っていた弥源太が声をかけた。

「お主、何者じゃ」

武士は弥源太の横柄な物言いに腹も立てず、ていねいに頭を下げた。

「青栗《あおぐり》七郎と申す。朝夷名三郎様にお目にかかりたい」

「鎌倉からの討手ではないのか」

弥源太が露骨に訊くと七郎は頭を振って、

「それがしも鎌倉からは追われる身、お伝えいただければわかり申す」

と落ち着いた声で答えた。弥源太は気圧《けお》されるものを感じて、あわてて母屋に報告に走った。ひげを剃り終わった義秀は青栗七郎という名を聞くと、

「奴も生きておったか」

とにっこり笑った。弥源太はひげを剃った義秀が意外に若々しい顔をしていることに驚いた。目鼻立ちの作りが大きく、精悍《せいかん》な顔である。ぽかんと見ていた弥源太を義秀は、

「何をしておる。青栗をすぐに上げぬか」

と叱りつけた。あわてて表に出ていった弥源太が招じ入れた七郎は義秀に頭を下げ、

「それがしも朝夷名三郎様のお手伝いをさせていただきます」

と言った。義秀は手を叩《たた》いて喜んだ。

「青栗七郎が馳走《ちそう》してくれるとはありがたい。これで鎌倉勢がどれほど押しかけようと木っ端微塵《こっぱみじん》にしてくれるわ」

弥源太は義秀がいかにも嬉《うれ》しそうにするのを見ながら、たしかに青栗七郎は強そうではあるが、それでも従者も連れていない一人武者が増えただけではないかと思った。

（これで、どうなるというのだろう）

と思わずにはいられなかった。

その夜、常晴が青栗七郎はかつての和田合戦の発端となった謀反《むほん》事件を起こした信濃源氏、泉親衡の郎党だと教えてくれた。泉親衡の謀反は建保元年二月に下総の千葉成胤を安念坊という僧が訪れ、謀反への加担を誘ったことから露見した。

安念坊は青栗七郎の弟だという。謀反が発覚し、泉党が壊滅した時、青栗七郎は捕縛の手を逃れ、その後も潜伏していたのだ。

「その青栗七郎殿が、なぜこの館《やかた》に来たのですか」

「泉親衡殿は陰謀が露見した時、討手を翻弄《ほんろう》したあげく逃げおおせたのだが、それだけに和田一族に迷惑をかけたと思っておられるであろう。義秀様が立たれるなら、泉党は駆けつけるであろう」

と言って常晴は笑った。

「ということは、他にも泉党の方々が駆けつけるということですか」

弥源太は思わず意気込んだ。手勢が増えれば鎌倉からの討手にもなんとか対抗できるかもしれない、と思ったのだ。

「それは、そうだな」

「それは、どれほどの人数になるのでしょう」

「まずは二人――」

「えっ、たった二人だけ」

人数の少なさに弥源太はがっかりした。しかも翌日になって館の前に現れた二人を見て、さらに落胆せざるを得なかった。

一人は頬に刀傷がある僧侶《そうりょ》、もう一人は小柄で四十五、六だろうが、すでに髪に白いものが混じる武士だった。弥源太が案内しようとする前に七郎が奥から出てきて、

「御館、お待ちしておりました」

と頭を下げた。年かさの武士は笑って、

「七郎、ひさしいの」

と声をかけて奥へ上がっていった。僧の方は七郎と顔を見合わせると、

「兄者《あにじゃ》――、遅くなった」

と頭を下げただけである。武士は泉親衡、僧は安念坊だった。奥の広間で義秀と対面した親衡はにこりとした。

「朝夷名三郎殿、今度はちと面白い戦ができそうじゃな」

義秀も頬をゆるめてうなずいた。

「間も無く、この戦の御《おん》大将が着くほどにお待ちあれ」

「ほう、御大将は朝夷名三郎殿ではないのか」

「なかなかに。われら和田の棟梁《とうりょう》が参ります」

義秀が目を光らせて言うと親衡は喜んだ。

「そうか、なれば和田合戦の仕返しができるわけだな。これは、やってきた甲斐《かい》があるというものだ」

安念坊も頭をかいた。

「拙僧が千葉成胤に捕らわれたしくじりから和田合戦は起きてしまいました。これでおわびができます」

弥源太は、御大将とは誰のことかわからず、隣に座っている常晴の顔を見た。常晴は、

「お見えになったら、わかることだ」

と言うだけだった。義秀は親衡たちを連れて館のまわりなどを歩きまわり、地形などを説明した。親衡はそれを聞いてしばらく考えていたが、やがて七郎と安念坊に何事かを命じた。二人は翌日、館を出ていき、戻ってきたのは三日後である。

そして、この日、館をもう一人の男が訪れた。墨染めの衣を着た旅の僧侶だった。年は二十五、六のようだ。

「実阿弥《さねあみ》でござる」

僧が門前で名のると、弥源太が報《しら》せる前に奥から義秀が出てきて、

「待っておったわ」

と大声で嬉しそうに言った。僧侶は式台まで来て頭を下げた。

「このたびは叔父上《おじうえ》に無理なことをお願いいたしました」

義秀は破顔した。

「なんの、常盛《つねもり》兄亡き今はそなたが和田の嫡々じゃ。一族の棟梁から頼まれて聞かぬわけにはいかぬわい」

「もはや和田党は壊滅しております。さように申されますな」

僧侶は苦笑しながら館に上がった。そして広間にいる男たちに、あいさつすると首桶《くびおけ》の前に座って合掌した。目を閉じたまま読経《どきょう》する僧侶の頰に涙が光った。常晴が弥源太にささやいた。

「和田義盛様の嫡孫、朝盛様じゃ」

弥源太はなるほど、とうなずいた。和田朝盛は実朝の寵臣《ちょうしん》だったと聞いたことがあったからだ。弥源太は読経する朝盛の背に、他の男たちよりも実朝への真摯《しんし》な気持があふれているような気がした。

(実朝様の御首もようやく出会いたかった相手に会ったのではないだろうか)

弥源太はそんなことを思ったのである。

朝盛は若年ながら弓の上手として知られ、学問にも優れていた。実朝が建保元年に「芸能の輩《やから》」を選び「学問所番」を作った時、朝盛は番衆十八人の一人に加えられている。朝盛は実朝の、

——御寵物《ちょうもつ》

と言われるほどのお気に入りだった。衆道《しゅどう》の相手ではないか、などとも言われたが、将軍が侍所《さむらいどころ》別当、和田義盛の嫡孫とそのような関係にはなれなかっただろう。

それでも実朝の朝盛への寵愛は深かった。

和田合戦が起きる年の四月、朝盛は御所の和歌会に出席し、和歌が秀逸だったと

して、実朝から数ヶ所の地頭《じとう》とするという下文《くだしぶみ》を与えられている。数ヶ所の地頭職《しき》とするという下文を一枚の紙に書くことや、その場で与えられることはいずれも異例だった。

ところが、朝盛はこの和歌会の帰途、知り合いの僧のもとを訪れ突然出家した。実朝の一字、実をつけ実阿弥陀仏と号して京へ向かったのだ。郎党二人、小舎人《こどねり》の童《わらわ》一人を供にしただけだった。

翌日、和田館で見つかった朝盛の置文《おきぶみ》には一族として謀反に加わることも、主君に従って父祖を敵にすることもできないから、出家すると書かれていた。

このころ和田義盛が謀反に立ち上がるのではないかと鎌倉中の噂になっていたのだ。

朝盛が出家して京へ向かったと聞いた実朝は、

——御恋慕他無し

の様子であったという。一方、義盛は朝盛の出奔に憤怒《ふんぬ》して、

「朝盛は精兵じゃ。軍勢の棟梁ではないか」

と、追いかけさせた。反乱に向けて朝盛の武勇に期待するところがあったのだろう。追手は駿河国手越《てごし》駅で追いつき、朝盛を鎌倉へと連れ戻した。

これが四月十八日のことだった。五月二日には和田合戦が起き、朝盛は法師姿の

まま奮戦し、和田勢が敗れると、いずこともなく落ち延びたのである。

読経を終えた朝盛に親衡があらためてあいさつした。

「和田合戦が起きたのは、われらのしくじりが元でござった。いまさらのことではあるが、許されよ」

と親衡が頭を下げた。しかし朝盛は微笑して、

「われらが合戦に負けねばよかっただけのことでござる。お気になされるな」

と言うだけだった。義秀もうなずいた。

「武門が一度、戦に踏み切ったのだ。そのことを後で悔やんでも始まらぬわ」

義秀はその話題を打ち切ると、一同を代表するかのようにして朝盛に向かい、

「さて、棟梁のご所存を承ろうか」

と訊《き》いた。朝盛は皆の顔を見渡した。

「それがし、実朝様の御首を擁して北条義時を討ちたく存ずる」

義秀がうなずき、親衡は膝《ひざ》を叩《たた》いて喜んだ。

「そのことよ、そのことよ」

それから朝盛が話したのは五年前、京で死んだ頼家の遺児、栄実《えいじつ》のことである。

栄実は幼名を千寿丸といった。かつて親衡は千寿丸を擁立して北条と戦おうとしたのだが、一味が捕縛され、和田合戦で和田党が亡ぶと、千寿丸は出家して京の建《けん》

仁寺《にんじ》に入った。名も栄実とあらためた。

「栄実様が京で六波羅探題《ろくはらたんだい》の手の者に捕らえられ、自害されたことは皆様、ご存じでしょうか」

「大江広元の子、時広が家人《けにん》を率いて一条北の邸《やしき》を襲い、栄実様を捕らえたと聞いておる」

義秀が痛ましそうに言った。朝盛はうなずいて、

「栄実様は取り調べられ、自決して果てられました。栄実様をわたしが擁立して六波羅を襲う陰謀があるという濡《ぬ》れ衣《ぎぬ》をかけられたのです。わたしは京に上って栄実様に会ったことはございませんでした。それなのに栄実様は自害された。おそらく北条は栄実様を捕らえ、自害するまで責め立てたのでしょう」

「北条め、非道なことをする」

親衡がうめいた。朝盛は静かな口調で言った。

「北条義時は源家の血を根絶やしにして、鎌倉を己がものにしようとしております。これに抗することこそ実朝様の御霊《みたま》をお慰めすることと存ずる」

坊門忠信らは京に戻り、後鳥羽上皇に委細を報告した。

さらに政子の使者として二階堂行光《にかいどうゆきみつ》が上洛《じょうらく》した。六条宮か冷泉宮を将軍として鎌

倉に下してほしいという宿老の連署を添えた奉状を持ってきたのである。

この時、後鳥羽上皇は水無瀬離宮にいて卿局の報告を聞くと、

「近々、弔問の使者を鎌倉に遣わすとだけ申しておけ」

と言われたが、親王東下についての是非にはふれられなかった。

この日、後鳥羽上皇は離宮の林泉《りんせん》の傍らにある小屋に行かれた。小屋の中では男たちが折烏帽子《おりえぼし》、白い水干《すいかん》姿で袖《そで》を紐《ひも》でくくり、汗みずくになって刀を打っていた。

炉で炎が赤々と燃え、向かいあった二人の男が鎚《つち》で真っ赤に焼けた延金を打っていく。火の粉が散り、打ち延べた真っ赤な鉄を傍らの盥《たらい》の水に浸けると、濛々《もうもう》と水蒸気があがった。

桜萌黄《さくらもえぎ》の御衣《おんぞ》を召された後鳥羽上皇は床几《しょうぎ》に座られて、その様子を御覧になった。男たちが振り向きもせず作業を続けるのは、そう命じられているからである。

後鳥羽上皇は御所に「御番鍛冶《ごばんかじ》」を置かれた。

番鍛冶は四十人で備前《びぜん》、備中《びっちゅう》、山城《やましろ》、美作《みまさか》、大和《やまと》、豊後《ぶんご》などから集まったという。代表的な刀工では、粟田口久国《あわたぐちひさくに》と一文字信房《いちもんじのぶふさ》がいた。

さらに後鳥羽上皇は自ら鎚を持ち太刀を打つことまでされた。後鳥羽上皇が打たれた太刀は「御所焼き」と称された。これらの太刀は銘に十六葉の菊の文様が毛彫りで彫られたことから「菊作りの太刀」として後世に伝えられるのである。

ちなみに後鳥羽上皇はことのほか菊を愛され、調度や衣類の文様としてもしばしば菊を使われた。古来、皇室の文様は日月だった。菊を文様にして使うようになったのは後鳥羽上皇以来である。

後鳥羽上皇が太刀にこだわりを持たれたのには理由があった。

かつて平家が木曾義仲に追われるようにして都落ちした時、幼帝の安徳天皇を擁しただけでなく天子の象徴である三種の神器《じんぎ》を持ち去った。このため義経に下された厳命は平家追討とともに、三種の神器を取り戻すことだった。

義経は天才的な戦術によって平家を壊滅させたものの、取り戻したのは、八咫《やた》鏡《かがみ》、八尺瓊勾玉《やさかにのまがたま》の二つの神器だけで天叢雲剣《あめのむらくものつるぎ》（草薙剣《くさなぎのつるぎ》）は平家の人々とともに海中に没した。

義経が後に失脚するのは神器を取り戻せなかったためだとも言われている。

神器を欠いた天子であったことは長らく後鳥羽上皇の胸に澱《おり》のように沈んでいた。

神器無き天子は正統性を欠くのではないか、と悩まれたのである。

「愚管抄《ぐかんしょう》」を書いた慈円《じえん》は宝剣が失われたことについて、武家が台頭して宝剣に代わって朝廷を守る世になったため、宝剣は無くなったのだという意味のことを言っている。

さらに、今は鎌倉の将軍が世の中を治めているから天皇と将軍が仲違《なかたが》いをすれば世が乱れる、京と鎌倉は融和すべきだとしている。

失われた宝剣にこだわれば京と鎌倉が対立しての乱が起きると警鐘を鳴らしたのだ。

しかし、後鳥羽上皇は、そうは思われなかった。

神器の宝剣はどうしても取り戻さなければならないものだった。このため太刀に執着されたのである。

後鳥羽上皇が鍛冶たちの仕事を御覧になっていると、小屋の入り口に一人の男が平伏した。烏帽子、直垂《ひたたれ》姿の武士だった。

色黒の小柄な男で才槌《さいづち》頭をしている。顎《あご》が引き締まった顔で切れ長の目が鋭く、どこか鷹《たか》を思わせた。ただ左目のまわりに赤い痣《あざ》があるのが異様な感じを与えた。

後鳥羽上皇はちらりと男を御覧になった。

──八郎か、近う
男は交野《かたの》八郎という。元は京の街を荒らす盗賊だった。その元盗賊がなぜ後鳥羽上皇に仕えているかというと、ある時、後鳥羽上皇御《おん》自ら八郎を捕らえたのである。

この話は「古今著聞集《ここんちよもんじゆう》」にある。

八郎はそれまで検非違使《けびいし》の手にかかることはなかった。ところが、ある夜、検非違使が八郎の隠れ家を突き止め、捕縛に出かけた時、後鳥羽上皇自ら乗り出された。

この時、後鳥羽上皇は八郎が潜む川辺に船で近づき、八郎を追う西面《さいめん》の武士たちを、片手に櫂《かい》を持って自ら指揮された。葦《あし》の生い茂った川辺を八郎が走ると、その行く先を後鳥羽上皇は櫂によって指し示し、

——はや、捕らえよ

と検非違使たちを励まされた。このためさすがの八郎も観念して捕らえられた。

八郎は後鳥羽上皇から、

「そなたほどの豪の者がなぜ捕まったのだ」

と訊かれると、畏《おそ》れいって、

「櫂を持って指図なされる上皇様のお姿を見て、もはや運もつきたと思い、捕まってございます」

と答えたという。後鳥羽上皇は八郎の返事が気に入ったらしく、からから、と笑われた。それ以降、八郎を武士に取り立て密命を与えていたのである。八郎がひざまずくと後鳥羽上皇は厳しい表情で、

「実朝が死んだ。鎌倉で何かが起きておるとみえる。そなた鎌倉に行き、鎌倉の者どもを探ってまいれ」

と言われた。後鳥羽上皇の命に八郎は承りました、と低い声で答えた。後鳥羽上皇はうなずかれると、

――鎌倉はわが毒虫に苦しむことになろうぞ
と笑われた。八郎には「毒虫」とは何のことかわからなかった。あるいは後鳥羽上皇は実朝を失って動揺している鎌倉の武家たちに、ゆさぶりをかけよう、とされているのかもしれない。そのために八郎を鎌倉に放つのだろう。
（だとすると、毒虫とはわしのことだ）
八郎は胸の中でつぶやくのだった。

鎌倉から三千の兵が出発したのは二月十九日のことだった。率いるのは、三浦胤義と金窪兵衛尉《かなくぼひょうえのじょう》行親《ゆきちか》だった。途中で金窪行親が二千騎を率いて阿野に向かい、三浦胤義は一千騎を率いて波多野をめざした。

二十一日昼過ぎ、波多野の館《やかた》では義秀たちが待ち構えていた。弥源太が不安だったのは、朝起きてみると青栗七郎と安念坊の姿がなかったからである。

「ただでさえ少ない七人の中から二人もいなくなってどうなるのだ」

弥源太がぶつぶつ言っている間に、義秀と朝盛、親衡の三人は館に用意されていた大鎧《おおよろい》を身につけた。討手が近づいていることが三人には見なくともわかるようだった。

やがて館に一千騎が近づいてくるのを、櫓門《やぐらもん》から見た弥源太は息を呑《の》んだ。騎馬武者に徒歩《かち》の郎党二、三人がついているから総勢は三、四千となる兵力である。

（ようも、これだけの人数で押し寄せる気になったものだ）

弥源太が感心していると、軍勢の中から黒糸縅《くろいとおどし》の鎧の騎馬武者が出てきた。長尾定景だった。

「朝夷名三郎殿、お出会いめされ。いつぞや不覚をとった長尾新六じゃ。今日は、三浦胤義様御大将にての多勢ゆえ、押し込めばそれまでのことなれど、それでは坂東武者の名聞も悪し、よって一騎討ちいたさん」

義秀は櫓門にあがってきて怒鳴り返した。

「その方では、わしに合わぬわ」

その声に向かって騎馬武者たちがいっせいに矢を射た。館のまわりは土塁と堀がめぐらされ、騎馬で近づけないため義秀を呼び出し、矢で射止めようとしたのである。

義秀は危うく盾に身を隠したが、櫓門には矢が数十本も突き立った。

同時に館の塀に組んだ足場から朝盛と親衡、常晴が身を乗り出して矢を射た。いずれも五人張りの強弓である。一本は狙いたがわず定景の頬に突き立った。

定景がうめいて落馬するのを見た胤義は、

「あれほどの小勢に矢合わせで手間取ることやある。いざ、門を破れ」

と馬を下りて突き進んだ。郎党たちが前に走り出て矢防ぎの盾を構える。郎党たちは大鉞《おおまさかり》を手にしており、このまま一気に門まで行き、打ち破るつもりだった。後続の武者たちも馬から下りて続いた。

喊声《かんせい》があがり、薙刀《なぎなた》を振るう郎党たちが門へと押し寄せた。これに朝盛たちが矢を射掛けた。矢に射られた者たちは倒れたが、それでも多勢だけに門にたどりつく者は多かった。

門を支えるように命じられていたのは弥源太だったが、郎党たちが門を大鉞で壊そうとする音が響き渡ると、

(これ以上は無理じゃ)

と思わずにはいられなかった。門の内では義秀が大鎧をゆすりたて、馬を輪乗りさせつつ笑って言った。

「もう少しじゃ、辛抱せい」

門の外に討って出るつもりなのだろうか。その時、今までとは違う馬蹄《ばてい》の響きが聞こえてきた。

「来おったぞ」

親衡が叫ぶと足場から敏捷《びんしょう》に飛び降りて廏《うまや》から引き出した馬に飛び乗った。この時、鎌倉勢の背後に砂塵《さじん》が上がっていた。後方で、この異変に気づいた者が叫んだ。

「伏兵じゃ、伏兵がおるぞ」

胤義はぎょっとして振り向いた。この館には朝夷名三郎と数人が籠《こ》もるだけだと聞いていたからだ。見ると土煙を上げて近づく騎馬隊は館の背後の丘陵から、東西二つに分かれて疾駆してきた。それぞれが三百騎ほどである。しかも皆、騎上で弓を構えていた。先頭を走るのは青栗七郎と安念坊だった。

（ぬかったわ——）

胤義は舌打ちした。多勢を頼みにして物見《ものみ》を出すことを怠っていたのだ。

「横矢《よこや》を入れるつもりだぞ」

誰かが叫んだ。「横矢」とは軍勢の横から矢を射掛けることである。この時、敵を、

——弓手《ゆんで》に取る

と称して、左側に置くことが重要だった。馬上での弓は右手《めて》で引くことから馬を走らせつつ左側に射るからだ。

騎馬隊は誰もが走りながら左腰を前にねじり、前方に向かって矢を射掛けた。さらに左へ射るとともに腰を大きくひねって後方へも矢を射る芸を見せた。

わずかの間に駆け抜ける騎馬隊から雨のように矢が注ぐのである。しかも、その狙いが恐ろしく正確だった。応戦しようとする鎌倉勢は陣形をとれず、ばらばらに

射掛けるだけで東西から交差するように襲う騎馬隊にとっては格好の餌食《えじき》となった。

胤義は郎党の足に突き立った矢を引き抜いて見た。十五束《つか》の太い矢である。鏃《やじり》も鑿《のみ》のように大きく、五、六人張りの弓で射れば鎧も射抜けるだろう。

矢の柄に「愛」の文字が彫られている。

（愛甲《あいこう》党か――）

胤義の顔が青ざめた。愛甲党は、武蔵七党の一つ横山党の流れをくみ、波多野からほど近い相模国愛甲庄を根拠地としていた。中でも愛甲三郎季隆《すえたか》は坂東随一の弓の名手として名高かったが、和田合戦では義盛方につき討ち死にした。

愛甲党もまた、この時、壊滅したはずである。和田合戦の後、横山党の所領は大江広元に与えられていた。

（朝夷名三郎め、愛甲党の残党をかきあつめたのか）

胤義はうなった。あるいは義秀が波多野に立て籠もったのも、愛甲庄に近いことが理由だったのかもしれない。坂東武者の強さは走る馬上から弓を射て外さない、その強さである。弓の名人と言われた愛甲三郎が鍛えた愛甲党は弓の精兵ぞろいだった。

――弓射騎兵
った。この時、館の門が開かれ葦毛の馬に乗り黒糸縅の鎧をつけ、竜頭《たつがしら》の兜《かぶと》で四尺三寸の大太刀を肩にかつぐようにした義秀が飛び出してきた。

「朝夷名三郎だ──」

鎌倉勢から畏怖《いふ》の声があがった。義秀は無人の野を行くように平然と馬を進めた。たまりかねた武者が、推参なり、と怒鳴って弓を射掛けた。

義秀は左腰をひねり大鎧の左肩にたれている「射向《いむ》けの袖《そで》」を前に傾けた。馬上の武者は「内甲《うちかぶと》」と言われる顔面に矢を射られるのを防ぐため、顔を伏せ、「射向けの袖」で矢を防ぎつつ進むのが常道である。

義秀はたちまち矢を射た武者に接近すると蛤刃《はまぐりは》の大太刀で兜の天辺《てっぺん》に斬りつけた。凄《すさ》まじい斬撃《ざんげき》に武者は馬上から転落した。馬も膝《ひざ》を折ってどうと倒れた。鎌倉勢がどよめいた時、再び館の門が開いて、

「泉の小次郎じゃ」

という名のりに続いて黒糸縅、黒革の大鎧の小柄な騎馬武者が筋金を打ち鉄製の棘《きょく》を埋め込んだ八角棒を小脇に抱えて出てきた。

八角棒は長さが八尺で、手元の二尺が丸めて握りやすくなっている。親衡は、八角棒を振り回して鎌倉勢をあたりかまわずなぎ倒していった。

館の門前に密集していた鎌倉勢は兵や馬がぶつかって動きがとれず、義秀と親衡が突っ込むと思わず後退した。さらに親衡の後から赤地錦《あかじのにしき》の直垂《ひたたれ》、赤糸縅の大鎧、金の鍬形《くわがた》の兜、切斑《きりふ》の矢を三十六本、箙《えびら》に負った武者が重籐《しげどう》の弓を構え白鹿毛《かげ》の馬

で躍り出た。武者は馬上から矢を放ちつつ、

「これなるは、和田朝盛。三浦胤義殿いかに――」

と呼ばわった。馬に乗ろうとしていた胤義は矢を避けようと、もんどりうって転げ落ちた。すかさず立ち上がり、刀を抜いた胤義に義秀が馬を駆けさせ、大太刀を振るった。

胤義は刀で受け止めたが、あまりの衝撃にひるんだ。そこに朝盛が駆けつけ、

「叔父上《おじうえ》、胤義殿は、それがしに」

と声をかけた。義秀はちらりと朝盛を見て、

「おう、まかせたわ」

と言うとさらに鎌倉勢めがけて斬り込んだ。すぐさま七、八騎を斬り払い、猛然と馬を打たせて行く様は見事な武者ぶりだった。すでに親衡が八角棒を振るって鎌倉勢を蹴散《けち》らし、外側からは青栗七郎と安念坊が率いる愛甲党の騎馬隊が矢を射掛け、鎌倉勢は四分五裂となっていた。朝盛は馬上から胤義に刀を突きつけた。

「申したきことあり、しばし聞かれよ」

胤義はきっとなって、

「右大臣家の御首を奪った謀反人《むほんにん》のたわごとなど聞かぬ」

「それがしの実朝様への忠誠を疑う者があるとは思えぬ。御首は誓って丁重に弔い

申す。それより、北条の暴虐に目を開かれよ、胤義殿」

「なんだと」

「すでに先の将軍頼家様を殺しただけでなく、御子の一幡《いちまん》様、栄実様もことごとく北条の手にかかったも同然。しかも、このたび、実朝様を公暁に討たせたるは義時の陰謀であろう。されば源家の血筋は、北条によって根絶やしにされようとしておる。それを見過ごされるおつもりか」

「わしは三浦一族じゃ、兄の命に従うまでのこと」

「その兄上が、われら同族の和田を裏切り、三浦の犬は友を食らうとまで蔑《さげす》まれてもか。いや、それよりも胤義殿の正室は、かつて頼家様の室であったと聞いておる。しかも頼家様との間に御子があったはず」

朝盛に言われて胤義はどきりとした。胤義の妻は源家の祈禱《きとうし》師、一品房昌寛《いっぽんぼうしょうかん》の娘でかつて頼家の愛妾《あいしょう》であり、男子を産んでいた。頼家の死後、胤義に嫁しており、頼家の子は仏門に入って今は京にいる。男子は名を禅暁《ぜんぎょう》といった。すなわち、胤義にとっては禅暁は妻の連れ子とも言えた。

「北条義時は源家の男子はいずれ殺しますぞ。妻の子を殺され、黙って見ておられるつもりなら、胤義殿も三浦の犬と呼ばれることになりましょう」

「なにを雑言《ぞうごん》——」

胤義は憤って斬りつけたが、朝盛は刀を弾《はじ》いて、

「今日は、そちらの負け戦、あらためて考えられるがよかろう」

と言うと馬を返して、他の鎌倉勢に向かって斬り込んでいった。胤義が馬を捜して乗り、兵をまとめて引き揚げにかかったのは、間も無くのことである。頬を矢で射抜かれた定景はじめ、負傷者は二百人におよんだ。

（たとえ、愛甲党が駆けつけたとはいえ、あれしきの小勢に）

胤義は口惜《くや》しがったが、どうすることもできなかった。それよりも朝盛に言われたことが頭の中に響いていた。もし、義時が禅暁を殺したら、自分はどうするのだろうか、と思った。あるいは、朝盛は胤義にこのことが言いたいために戦を仕掛けてきたのか、とも思った。胤義は屈辱の思いを抱いたまま鎌倉に引き揚げていった。

一方、金窪行親が率いて阿野に向かった二千騎は二十二日には時元を討つことができた。しかし、阿野でも予想以上の反撃があった。

行親は時元が為《な》す術《すべ》もなく討たれるものと思っていたが、阿野では鎌倉勢を待ち受けていたのだ。二百騎足らずの小勢ではあったが、鎌倉勢が阿野庄に足を踏み入れた時、伏兵によって矢を射掛けられた。構わず阿野館めがけて突き進むと時元は館に火を放ち、討って出たのである。時元は二刻にわたって荒れ狂った。

鎌倉勢はようやく時元を討ち取ったものの、痛手を受けたため行親は帰途に波多

野に向かうこともできなかった。いずれにしても実朝の首をめぐって、鎌倉で予想したことを上回る抵抗が待ち受けていたのだ。

（よもや、阿野と波多野の者どもが通じておったのではあるまいな。だとすると、これからもこのような騒ぎが続くことになるが）

行親は嫌な予感を覚えつつ鎌倉へ向かうのだった。

第六章　弔問使

政子は義時から、三浦胤義が実朝の首を取り戻せなかったという報告を受けた。政子はその報《しら》せに眉《まゆ》一つ動かさなかった。すでに新三郎から波多野でのことを聞いていたからだ。

「和田朝盛が生きておったらしいの」

政子はひややかに言った。うなずきながら義時は冷や汗が出るのを感じた。

（ひょっとすると、わしはあ奴らにはめられたのか）

阿野時元と波多野を同時に討つという策は、朝盛によって仕掛けられた罠《わな》だったのかもしれない、という気がしていた。しかし、政子はそんなことまでは気にしていないようだ。元々、和田義盛に対する義時のやり方に政子は反対だった。

政子から見れば義盛は実朝の忠臣だった。ところが義時は三浦義村と組むことで侍所《さむらいどころ》別当の実力者、義盛を排除したのだ。それが大倉御所を焼く和田合戦にまでなったことは義時の失態だった。その義盛の嫡孫、朝盛が生きて姿を見せたことは義時にとって苦々しかった。しかし、政子はこの話題についてては、うるさそうに首を振った。

「実朝の首のことは、しばらく放っておきなさい。波多野忠綱にも手出し無用と伝えておくのです」

「それでは、あまりに——」

義時がしぶったのは一千騎も動員したあげくの負け戦はいくら秘密にしようとしても鎌倉中に知れ渡るに違いないからだ。

（将軍の首を奪われたまま取り戻せぬとあっては執権の面目が立たぬ）

義時は新たに大軍を派遣するしかないと思っていたのだが、政子はそんな義時の顔を哀れむように見て、

「わからぬのですか」

「はっ？」

「京に派遣した二階堂行光から報せがありました。どうやら上皇様は親王様を鎌倉に下すことを渋っておられるようです」

そのことは義時も聞いていた。

これは鎌倉側にとっては予想外なつめたい対応だった。困ったことだとは思ったが、それと実朝の首を取り戻すことと関わりがあるのだろうか。

「行光からの報せによれば朝廷からの弔問使が鎌倉へ参るそうです。そのような時

に、軍勢を動かして実朝の首が奪われたことを世間に広めてどうするのです。朝盛は実朝の寵臣《ちょうしん》でした。よもや実朝の首を辱めるようなことはないでしょう。実朝の葬儀は何の異変もなく行われたことにしておくのです」

政子に言われてみれば、その通りである。京から親王が迎えられなければ、将軍の後継の目処《めど》が立たなくなる。

「しかし、上皇様は何をお考えなのか」

「おそらく、鎌倉がみずから壊れることをお望みなのでしょう」

「それは、また――」

義時は驚いた顔になった。親王を鎌倉に迎えることは北条の利益を考えてのことであったが、一方で朝廷の面子《メンツ》を立てたつもりだったからだ。

「上皇様は近ごろ御力に自信を持たれておるようです。されば弔問使が来た時に、何をお考えなのかはわかるでしょう」

政子はそう言って話を打ち切った。

（それにしても、死んだ実朝の首がいまの鎌倉の右往左往を見て笑っておるような気がする）

政子は苦々しい気持になった。実朝は生きていた時よりも鎌倉に大きな影響を与えているのではないか、そんな気さえするのだった。

朝盛は鎌倉勢が去って後、義秀たちと話し合った。鎌倉の討手からの防戦に力を貸してくれた愛甲党は、ねぎらいを受けて引き揚げている。

波多野にも阿野時元が鎌倉からの討手によって討たれたことは伝わっていた。

「やはり、そうか」

とうなずいた朝盛は館《やかた》の持仏堂で一同そろって読経《どきよう》した。館の持仏堂は屋根が落ち崩れていたが、朝盛が来てから建て直し、実朝の首桶《くびおけ》を安置していた。

朝盛は波多野に来るまで阿野庄に潜伏していた。時元はいずれ北条から討手が来ると覚悟しており、朝盛がともに兵を挙げることを期待していたのだ。義秀は、

「時元殿は惜しかったが、われらにとっては、面白いことになったな」

と遠慮のない声で言った。朝盛は振り向いて、

「あれ以来、波多野には鎌倉の討手らしい人影もありません。どうも鎌倉の出方がわかりませんな」

朝盛が首をかしげると義秀は笑った。

「われらに恐れをなしたかな」

「だとすると、次の討手が来るまでには、しばらくかかるようでござる。わたしは、その間に鎌倉を探りたいのですが」

「鎌倉を探るとは、何のためじゃ」

義秀が首をひねった。他の者たちにも朝盛が何を言い出したのか、すぐにはわからなかった。

「されば、弥源太殿が申していることが気になります」

いきなり朝盛に名を言われて弥源太は驚いた。弥源太は朝盛に問われるままに悪僧たちと頼茂が会っていたことを話していた。朝盛はそのことをひそかに考え続けていたのだろうか。

「源頼茂のことか？」

義秀が目を光らせて訊《き》いた。

「そうです、公暁についていた僧たちと頼茂が結びついていたとすれば、あるいは公暁を操ったのは頼茂ということも考えられます」

「しかし、頼茂がなぜ、そのようなことをするのだ」

義秀が納得できずにいると、親衡が口をはさんだ。

「同じ源氏でも腹は色々だ。信濃源氏のわしもかつて千寿丸様を将軍に擁立しようと乱を企《たくら》んだ。頼茂が似たようなことを考えたとしても不思議はないわ」

「では実朝様を討って、誰かを将軍に擁立しようというのか」

「あるいは、おのれが将軍になろうと思ったかもしれんな。摂津源氏は京住まいが長い。そのような夢を見る者もおるだろう」

親衡の言葉に義秀はうなずいて腕をなでた。

「なるほどな。それでは、鎌倉にはわしが参って探るとするか」

ひさしぶりに鎌倉に乗り込んで暴れるつもりになったようだ。朝盛は苦笑して、

「叔父上《おじうえ》が鎌倉を歩けば、その大きな体だけでも、目立ち過ぎましょう。行くのはそれがしと安念坊、それに弥源太殿にいたしたい」

弥源太は顔をしかめた。

「わたしが鎌倉に戻ればすぐに三浦の者に見つかりますぞ」

「弥源太殿には女の衣装をつけて化けてもらう。わたしと安念坊は僧の姿のままでよかろう」

朝盛はにこりと笑った。言われて見れば、武士と見破られない格好ができるのは朝盛と安念坊、弥源太だけのようだった。

「ならば、それがしも参りましょう。女の供の身なりであれば目立ちますまい」

常晴が言い出したので弥源太も観念した。怖い思いをした鎌倉に舞い戻るのか、と思うと気は進まなかったが、朝盛たちと行動をともにすることは何となく楽しそうではあった。

「では、わしと親衡殿、七郎の三人は留守番か。それは何とも味気ないことよ」

義秀は大げさに慨嘆した。あるいは朝盛が鎌倉に入ることの不安があったのかもしれないが、そのようなことを人に見せる男ではなかった。

朝盛たちが酒匂から東海道に出て鎌倉に入ったのは、三月八日だった。

弥源太は化粧して安念坊がどこかから都合してきた女の衣装を着ると、若い美女にしか見えなかった。

「これは男どもが振り向いて、目立ちすぎますのう」

と安念坊が心配するほどだったが、被衣《かつぎ》を着て枲《むし》の垂絹《たれぎぬ》をつけた市女笠《いちめがさ》をかぶると、なんとか人目を誤魔化せそうである。

常晴は小素襖《こすおう》姿で編笠をかぶった。二人が並ぶと武家の女と供に見えた。

四人は二人ずつに分かれ、つかず離れず鎌倉の大路《おおじ》を歩いた。

もともと鎌倉は頼朝の父、義朝が館を置いて本拠地としていたところで、館があった一帯と古東海道を結ぶ形で都市としたのである。

鎌倉に入った頼朝は平安京にならって鶴岡八幡宮から由比ヶ浜まで南北を貫く若宮大路を造った。その後、北は横大路、東は小町大路、南は大町大路に囲まれた地域が都市部となっていた。

御家人《ごけにん》の宿館が建ち並び、商人、職人や運送業者らの町家は、大町、小町、米町、亀谷辻、和歌江、大倉辻、化粧坂山下などという地域に密集していた。諸国から訴訟沙汰《ざた》で出てきた武家や商人、工人、僧、遊芸人などが行き交っているが、中でも砂塵《さじん》が立つほど人だかりがしている辻があった。

安念坊が人だかりの後ろの方にいた笠売りの商人に訊いた。

「これ、何事ですかな」

笠売りは振り向くと安念坊を僧侶《そうりょ》と見てていねいな口調で話した。

「京から将軍様へ御弔問の御使者が着かれたのでございます」

「ほう、鎌倉の人々は物見高いのう。京からの御使者をそれほどにしてまで御覧になるか」

と感嘆したように言った。すると笠売りは困ったような顔をして、

「なんの御使者というだけでは、誰もかように騒ぎませぬ。実は御使者の中に女物の網代輿《あじろこし》がござってな。その網代輿に乗っているのが、天女のような美しい女御様《にょうごさま》だということでございます。しかも、その女御様は鎌倉がお珍しいのか、時々、御簾《みす》をあげて御覧になる。そのおりに美しいお顔が拝めるとあって、かように皆が集まっておるのです」

「なるほど、さようか」

安念坊はもっともらしくうなずいた。笠売りは安念坊の後ろに市女笠をかぶった

女の顔をちらりと見て驚いた。京から来た使者の一行の女に負けないほどの美しさだったからである。

（なんと今日は美しい女ばかり目にすることか）

笠売りは呆然《ぼうぜん》とした。その間にも京の使者の一行が大路を進んできた。五十騎ほどの護衛の武士が輿を護《まも》っている。

男の言葉通りその中には網代輿に乗った女がいた。しかも時々、御簾をあげてはあたりの景色を眺めるのである。つぼみ紅梅の七つ襲《がさね》に萌黄《もえぎ》の表着《うわぎ》、赤色の唐衣《からぎぬ》を着ていた。

女の目がふと路上の市女笠の女にとまった。女は輿の傍らについていた武士に声をかけた。屈強な武士は頭を下げて女の言葉を聞いていたが、やがて路上にいた人々に近づいて来ると弥源太に声をかけた。

「そこな女、ちと訊きたいことがある。同道せい」

弥源太が戸惑うと常晴が間に入った。

「こちらは下総《しもうさ》の千葉御一族の姫にございます。ただいま、鶴岡八幡宮参詣《さんけい》の途上でございまして」

しかし、武士は傲慢《ごうまん》な顔つきで、

「そのようなことはどうでもよい。あれなるは上皇様、御寵愛の伊賀局《いがのつぼね》様じゃ。

なんぞお尋ねがあるようじゃから、ついて参れ。われらは源頼茂様の宿館に参るところじゃ」

と言った。弥源太が嫌がっても強引に連れていくつもりのようだ。弥源太と常晴は源頼茂の宿館という言葉に顔を見合わせた。

弥源太がちらりと僧形の朝盛を見ると、朝盛は網代笠を持ち上げてうなずいて見せた。これを見て弥源太はしおらしく答えた。

「お尋ねのことあれば、お供いたします」

常晴が苦笑したほど女のような澄んだ声だった。やがて一行は二階堂大路にある源頼茂の宿館に入った。宿館は東と南側に櫓門《やぐらもん》があり、母屋は四面に庇《ひさし》がつき京の公家邸《くげやしき》のように大棟に瓦《かわら》をのせた造りである。

一行の内、藤原忠綱はそのまま大倉御所に向かった。伊賀局を迎えた頼茂は母屋でねぎらった。

「京よりの長旅、お疲れでしたでしょう」

伊賀局は亀菊《かめきく》という名である。ちなみに後鳥羽上皇の後宮《こうきゅう》で正室とも言える位置にいるのは高倉範季《のりすえ》の娘で守成《もりなり》親王（後の順徳《じゅんとく》天皇）の生母、修明門院《しゅめいもんいん》重子《じゅうし》である。

また小御所《こごしょ》の筆頭は「西御方《にしのおんかた》」坊門局だった。これに新参《にいまいり》で近ごろ寵愛を得ているのが伊賀局、もとは白拍子《しらびょうし》の亀菊だった。亀菊は頭を振って笑った。

「わたしの所領のことですから、欲と二人連れで少しも疲れなかった」

実はこの時の弔問使は鎌倉の首脳たちを困惑させる後鳥羽上皇からの要求を携えていた。後鳥羽上皇は白拍子上がりの愛妾《あいしょう》、亀菊に摂津国の長江《ながえ》、倉橋《くらはし》の二つの荘《しょう》園《えん》を与えていた。ところが、荘園の地頭《じとう》たちが亀菊を侮って言うことを聞こうとしない、このため地頭を置くことを停止《ちょうじ》してもらいたいというのだ。

亀菊は淀川と神崎《かんざき》川の分岐点にある江口《えぐち》、神崎の津の遊女だったとも言われる。それにしても白拍子が荘園をもらい、しかも地頭を停止せよという要求まで突きつけてくるとは鎌倉にとって予想外のことだろう。

亀菊は大倉御所の人々がどのように驚いているか知らぬげに、

「そういえば、途中で面白いものを見つけましたゆえ伴って参りました。構いませぬか」

と、ゆったりした口調で言った。

「面白いもの？」

頼茂が眉《まゆ》を上げると、

「そう、美しい女のようでいて、実は金毛九尾《きんもうきゅうび》の狐――」

亀菊は妖艶《ようえん》に笑った。頼茂は苦笑して、

「妖怪でございますか」

「はい、もし怪しげな振る舞いをしたら、頼茂様に蟇目《ひきめ》の法で退治していただきましょうほどに」

亀菊は頼茂に言いたいことを言うと従者の一人を呼んで、

「酒《ささ》を」

とだけ短く命じた。頼茂は眉をひそめた。水干姿《すいかん》の小柄な従者は足音もなく頼茂たちのいる広間に近づき、気配を感じさせなかった。さらに出ていく時も足音や気配をさせないのだ。しかも従者は十七、八歳ぐらいで稚児《ちご》のような美貌《びぼう》だった。

「あ奴——」

頼茂が不審そうな顔をすると、亀菊はおかしそうに笑って、

「あの者はねこまどす」

ねこまとはこの時代の猫の呼び名である。鴨長明《かものちょうめい》の「四季物語」には、

——ねこまといふけものは、かたちは虎によそひて、心はねぢけまがりとある。油断のならない小動物という印象だったようだ。

「猫？」

「上皇様が鎌倉は虎狼《ころう》の住むところやから、と仰せになって身を護るために交野八郎をつけてくれました。あの者は八郎の手の者で茜丸《あかねまる》という名ですが、色が白うて白猫に似ている」

「ということは元盗賊か」
頼茂はにが笑いした。言われてみれば先ほどの従者は猫に似ている気もした。後鳥羽上皇が盗賊上がりの交野八郎という男を召し使っていると耳にしたことがあった。頼茂は、
(白拍子に盗賊か、上皇様は鎌倉を愚弄《ぐろう》しておられるようだ)
と思うのである。頼茂のにらんだ通り、従者は交野八郎の盗賊時代からの配下だった。八郎は鎌倉に下るにあたって、
茜丸
うつぼ
四天《してん》
という三人の男を連れて来ていた。いずれも名うての盗賊だった男たちだ。八郎は三人を従者として亀菊の一行に潜り込ませていたのである。
すでに日は傾きかけていた。亀菊は薄物に着替えて小几帳《こぎちょう》を置いて座ると、弥源太だけをそばに呼び寄せた。弥源太に瓶子《へいし》から盃《さかずき》に酒をつがせ、一息に飲んで頰をほんのりと赤らめた亀菊は、ささやくように言った。
「そなたも飲みやらぬか」

弥源太は頭《かぶり》を振って辞退した。館《やかた》に入ってからは頼茂の目が気になっていた。女に化けていることが見抜かれるのではないか、と怖かったのだ。

亀菊は膝《ひざ》をずらして近づき盃に酒を満たして、

「口移しにしてやらねば飲めぬかのう」

と悪戯《いたずら》っぽく笑った。弥源太が、あわてて盃の酒を飲むと、亀菊は、

「女の衣装を着たる男が大路《おおじ》を歩くのは、世が乱れる兆しというのを知っておるか」

亀菊は弥源太が男であることに気づいていた。

亀菊は弥源太の手を取ると自分の懐へ導いた。弥源太はやわらかい物に手がふれて、びくりとした。亀菊の花のような匂いが体を包んだ。

この時代、亀菊だけが淫蕩《いんとう》なのではない。後鳥羽上皇も遊興にふけられた。水無瀬離宮に遊女や白拍子を呼んで、

――遊女列座シ、乱舞例ノ如シ

という酒宴を連日のように行っていたのである。また、後鳥羽上皇の初期院政を支えた実力者、源通親《みちちか》と土御門《つちみかど》天皇の生母、承明《しょうめい》門院の密通は宮中で知らぬ者とてなかった。

「そなた、女子《おなご》を知らぬのか」

亀菊はくすくすと笑った。

弥源太は何か言おうとしたが舌がしびれた。あっと思った時には亀菊が弥源太の口を吸っていた。手足が動かず、頭がぼうっとなっていく。

亀菊はきれいな声で今様《いまよう》を歌った。

美女《びんじょう》うち見れば
一本葛《ひともとかずら》にもなりなばやとぞ思ふ
本より末まで縒《よ》られればや
切るとも刻むとも
離れがたきはわが宿世《すくせ》

美しい女人を見れば一本の蔦葛《つたかずら》にもなってみたい、蔦となって本から先まで縒り合わされたい、たとえ、わが身は切られても刻まれても離れ難いのは、わが宿命だという今様である。

(ただの酒ではなかった。何かしびれ薬が入っておった)

弥源太が気づいた時には意識は遠くなっていった。ただ亀菊の体が白蛇のようにからみついてくるのを陶然とした思いで感じただけである。

気づいた時、弥源太は唐衣《からぎぬ》をかけられ小几帳の陰で寝ていた。すでに夜もふけていた。薄暗い闇に影が揺曳《ようえい》しているようだ、と思ったら床に置かれたひょうそくの明かりが揺れているのだ。

小几帳の向こうから、ひそひそと人の話し声が聞こえてくる。一人は亀菊の声だ。他に二人の男がいる。話を盗み聞いていると、どうやら一人は京からの使者、藤原忠綱、もう一人は宿館の主《あるじ》、源頼茂のようである。

三人は酒を飲みながら話していた。

「さても鎌倉の田舎者たち、わたしの荘園の地頭を免ぜよと言われて驚いたでしょうな」

と酒に酔った声で言ったのは、亀菊である。

「ははっ、北条義時も大江広元もしかめ面をしておった」

忠綱が面白そうに笑った。

「鎌倉は親王様御下向《ごげこう》の内示をいただけると思っておりましたからな。随分とあてがはずれたことになります」

頼茂がひややかに言った。忠綱は得意気に、

「上皇様より、鎌倉をじらしてやれと命じられておりまするから、めったに向こう

の思惑通りにはならぬわ」

「して、鎌倉は地頭を停止《ちょうじ》いたすであろうか」

亀菊がゆったりと訊《き》いた。

「一ヶ所の地頭をこちらの要求通りに免じれば、他でもそうしなければならなくなるゆえ、めったにできまい。しかし、上皇様のお申しつけに応じなければ、親王様御東下の話はなくなる。いずれにしても鎌倉は損をするということや」

忠綱の説明に亀菊はうなずいたようだ。もともと荘園の地頭を免じることにそれほど執着はなかったのだろう。亀菊はふと話題を変えて、

「それにしても鎌倉とはおかしな所じゃ。将軍が殺され、しかも、その首がどこぞへ消えてしまうとはなあ。今頃、鎌倉の空を右大臣の首が恨めしそうに飛んでおるのではあらしゃりませぬか」

「これ、伊賀局――」

忠綱があわてて制した。小几帳の向こうに寝ている弥源太に聞こえることを危惧《きぐ》したのである。もっとも忠綱たちは弥源太を亀菊が市中で拾ってきて、弄《もてあそ》んだ女だとしか思っていなかった。だから警戒心は薄かった。

亀菊が大事ない、というように首を振ると頼茂も話を続けた。

「その首が京に現れたら、さぞ人々は驚くでしょうな」

「そら、そうやなあ」

亀菊は酒に酔ってとろんとした目で頼茂を見た。

「されば、それがし首のありかを存じておる」

頼茂は三浦胤義が一千騎を率いて波多野に向かい、しかも散々に打ち負けたということを耳にしていた。そのことが頼茂にあることを思いつかせていた。

「なに、それはまことか。もし首のあり場所がわかっておるなら、われらが受け取りに参りますぞ」

忠綱が膝を乗り出した。

「ほう、首をでございますか」

頼茂は忠綱が思惑通りのことを言い出したのでにやりと笑った。

(実朝の首を持っていけば、あの御方も喜ばれるだろう)

と思うのだった。そうなれば頼茂が鎌倉に来た目的が果たせ、河内源氏を没落させることができるだろう。

公暁を唆《そそのか》して実朝を殺させたのは頼茂だったからである。

頼茂が公暁に会ったのは三年前、建保四年の年の瀬だった。このころ園城寺で修行していた公暁は京で頼家の遺児の一人、栄実が自害に追い込まれたことから、

(二代将軍の子というだけで、わしもいつかは、あらぬ疑いをかけられ殺されるの

だ)

と不安な日々を送っていた。その公暁のもとへ、ある日、

「同じ源氏の誼《よしみ》にてお見舞いに参った」

と頼茂が訪れた。園城寺桂園院の三位房豪円の母は頼茂にとって叔母《おば》にあたる。このため頼茂は園城寺と関わりが深かったのだ。

頼茂は公暁に鎌倉から刺客が来るかもしれぬと話した。やはり殺されるのか、と青ざめた公暁に頼茂は、わが郎党を僧にして園城寺に入れるから門弟として身近に置かれるとよい、と言ったのである。

「護衛してくださるのか」

と公暁が喜ぶと頼茂は頭《かぶり》を振って、

「武門は、おのれの命はおのれで護《まも》らねばなりませぬ」

と郎党たちから武術を学ぶことを勧めた。やがて公暁は筋肉のついたたくましい体になり、武芸の腕も上達した。そのころ政子から、鎌倉に下り鶴岡八幡宮別当になるようにと言ってきた。この時、園城寺を訪れた頼茂はつめたい顔で、

「これは公暁様を鎌倉に呼び寄せ殺そうという策略でござる。北条は親王を将軍として鎌倉に迎える策謀をめぐらしております。このため将軍になる資格のある源氏の血筋はことごとく殺すつもりなのです」

「わしはどうしたらいいのだ」

うろたえる公暁に頼茂は、

「親王が将軍となる前に北条の傀儡《かいらい》となっておる実朝を殺すことです。そうすれば将軍の後継者は源氏の血を引く公暁様しかおられぬはず」

とささやいた。さらに公暁がためらうと励ました。

「鎌倉は今や坂東平氏の北条が源家を簒奪《さんだつ》し、かつての平氏のごとき専横を行っております。公暁様の大叔父、義経様がかつて鞍馬山《くらまやま》にて武技を練り、長じて平家を亡ぼしたことをお思い起こしください。鎌倉に下り、実朝を討てば公暁様が鎌倉四代将軍となられることは間違いありません」

公暁は鍛錬によって膂力《りょりょく》を増し、武技への自信がついていただけに、復讐《ふくしゅう》の思いと野心も育っていた。一介の孤児から身を起こし、天下の平家を亡ぼした義経の華麗な生涯に自分を重ね合わせるようにもなっていた。園城寺の僧房で、

「わしにやれるであろうか」

と暗い目を光らせてつぶやいた公暁に、頼茂はたのもしげに請け合った。

「公暁様の腕をもってすれば、いとたやすきこと」

そして、公暁にあることをささやいた。それを聞いた公暁の顔は紅潮し、深くうなずいた。

それでも公暁は実朝を暗殺した後のことが心配だったのだろう、鎌倉に下ると乳人《めのと》の三浦義村に会って、実朝暗殺後に将軍として擁立するという約束を取り付けたのである。

こうして、公暁は義時と義村が黙認するという奇妙な立場で実朝暗殺に向かった。しかも拝賀式が終わり本宮から出てきた実朝のそばには頼茂がいた。

公暁が襲撃した時、頼茂はとっさに実朝が後ろに引きずっていた下襲《したがさね》を踏んだ。実朝はつんのめって体勢が崩れ、そのまま公暁に討たれた。頼茂が手助けしなければ逆上していた公暁は暗殺をしくじっていただろう。

実朝を討ったのは頼茂だと言ってもよかった。その実朝の首を京まで持ち帰ることは頼茂にとって凱旋《がいせん》だった。京に実朝の首を持参することによって、

――わしが将軍になる

頼茂の胸にはどす黒く野心が渦巻いていた。そのことは、「あの御方」によって保証されていたからだ。胸に企《たくら》みを秘めつつ頼茂は素知らぬ顔で、

「右大臣の首を護っておる者たちは坂東でも名うての荒武者朝夷名三郎一味だということです。力ずくで奪うのは難しゅうござる」

と慎重な口ぶりで言った。亀菊は笑って、

「それやったら、わたしの供に交野八郎の手の者がおる。あの者たちを使えばよか

ろう」

交野八郎と聞いて頼茂は眉《まゆ》をひそめた。

八郎は弔問使一行とともに鎌倉に入ったが、頼茂の宿館には姿を見せず、どこかへ消えていた。八郎が後鳥羽上皇の密使であることを頼茂は知っているだけに、何を探っているのかと気になった。八郎が探ることで頼茂の企みが暴かれるという怖れもあった。

――邪魔なやつが京から来たものだ
そう思った頼茂は気づかぬうちに殺気を放っていたのかもしれない。

弥源太が思わず身じろぎした。

頼茂はちらりと横たわった弥源太の方を見ると傍らの太刀をとった。そして立ち上がって小几帳《こぎちょう》に近づくと、すらりと太刀を抜いた。ひょうそくの明かりに刃が青白く光った。忠綱がぎょっとした顔になった。

「これはわが祖父、頼政が鵺《ぬえ》を退治いたした時、帝《みかど》より頂戴《ちょうだい》いたした獅子王の太刀でござる。夜になるとかように青白き光を放ちまする」

頼茂はいきなり弥源太の顔の傍《そば》に太刀を突き立てた。弥源太は息が止まりそうになった。やはり、見抜かれていたのか、と思った。しかし頼茂は、

「女――、何か聞いたかもしれぬが、みな忘れることだ。人に洩《も》らせば、すぐさま

斬り捨てるぞ」

と鋭い声で言った。亀菊が、

「怖いことじゃ。その者はわたしの遊び相手、お気になされるな」

と笑った。弥源太が男であることを言わなかったのは、後鳥羽上皇の耳に入ることを気にしてなのだろうか。弥源太は身を硬くして寝たふりを続けた。

やがて三人がいなくなった後、夜明け近くになってようやく弥源太は動いた。蔀戸《しとみど》を開けて庭に降りると、すでに空は白みかけている。弥源太が出ていくと、すぐそばの庇《ひさし》の下から常晴が出てきた。二人は築地塀《ついじべい》によじのぼって姿を消した。しかし、二人が塀を乗り越えるのを見届け、後を追った者がいた。

茜丸だった。茜丸は腰刀を差し、影のように二人を追っていった。そのころ寝所で亀菊は頼茂と同衾《どうきん》していた。亀菊は衣装を脱ぎ捨てていた。練絹《ねりぎぬ》のような肌が薄闇に白く浮かんでいる。頼茂はどのような気配で察したのか、

「どうやら、あの者、出ていったような」

「さようかえ」

「伊賀局様は危ないことをなさる」

頼茂は苦笑しながら亀菊の髪をなでた。

「怪しげな者と見たゆえ、放ってみる気になったのじゃ」

「右大臣の首を奪いに行くと明かしたのはなぜでござる」

「実朝の首を持ち去った者の中に女のごとく美しい若者がおると、わたしに教えてくれたのは、そなたではないか」

頼茂は苦笑した。頼茂は亀菊が拾ってきた女が、実は弥源太だと気づいていた。その弥源太に公暁の弟子たちと会ったところを見られていた。

(和田朝盛たちは、わしが公暁を唆《そそのか》したことに気づいているかもしれぬ)

それだけに、

――やつらの口を封じねばならん
と、波多野から実朝の首を奪い、しかも秘密を知った者たちを抹殺する策を考えたのである。頼茂はさりげなく、

「それよりも、あの者たち、無事に鎌倉を脱け出せるかどうか」

と言った。亀菊もうなずいた。

「この宿館は御使《おんし》雑色《ぞうしき》に見張られておりますからなあ」

頼茂は自らの狙いを亀菊に明かすほど愚かではなかった。亀菊は後鳥羽上皇の御覚えをめでたくするために利用するだけの女だと思っている。それに、この女の体のしっとりとした肌はどうであろう。

(上皇様が御寵愛《ごちょうあい》になるのももっともじゃ)

頼茂は思わず惑溺《わくでき》するのだった。亀菊は、ふふ、と笑うとゆっくり脚を頼茂の体にからめた。二人にとって、まだ夜は明けぬのである。

弥源太と常晴は頼茂の宿館を出ると、そのまま南へ下り、若宮大路へ走った。朝盛たちとは、別れた後は由比ヶ浜で待ち合わせると約束していた。二の鳥居を過ぎたころ常晴はぴたりと足を止めた。潮風が吹いている。

「どうされた」

弥源太が訝《いぶか》ると、

「どうやら、つけられておるようだ」

常晴は苦笑いした。大路の中央には「段葛《だんかずら》」と呼ばれる石を積んだ参詣路《さんけいじ》がある。政子が頼家を懐妊した時、頼朝が北条時政らに命じ、安産を祈願して造らせたものだというが、そこに今人影が立っていた。御使雑色の安達新三郎だった。

「そなたたち、なぜ、あの宿館を脱け出してきたのだ」

新三郎が声をかけた時には、弥源太と常晴は十数人の御使雑色に取り巻かれていた。

「わしらは下総から鶴岡八幡宮に参りに来た者、あの邸《やしき》の者にこの娘が無理に連れ込まれ、ようよう逃げてきたところだ」

常晴がよどみなく言ったが、御使雑色の一人が近づくと、いきなり弥源太の胸を突いた。

女の胸のふくらみがあるかどうかを確かめたのだ。そして御使雑色は、

「やっ、こやつ男だぞ」

と叫んだ。その男をすぐに常晴が腰刀を抜いて斬り捨てた。さらに常晴は弥源太の手を引いて走り出した。

「逃すな――」

新三郎の指示で御使雑色たちが二人を追おうとした時、網代笠《あじろがさ》をかぶった僧が間に割って入り、錫杖《しやくじよう》で御使雑色を打ち据えた。その間に常晴たちはもう一人の僧とともに西へ走った。

「何者――」

新三郎は太刀を抜いて僧と向かいあった。僧の構えた錫杖が斜めに打ちつけられるのを太刀で弾《はじ》き返すと、すかさず斬り込んだ。僧の網代笠が飛び、若々しい顔が夜明けの光に浮かび上がった。

(和田朝盛だ――)

新三郎は息を呑《の》んだ。朝盛は身を翻して常晴たちが去った方角に走り出した。常晴たちの後を追うつもりなのだろう。

第七章　将軍家の姫君

その日の昼過ぎになって大倉御所では政子と義時、大江広元、三浦義村が顔をそろえて話し合った。京からの弔問使、藤原忠綱が摂津国の長江、倉橋の二つの荘園《しようえん》の地頭《じとう》を停止《ちようじ》するよう要求したことについてである。

「たとえ、御寵愛とはいえ、白拍子《しらびようし》に与えた荘園の地頭を停止しろなどとは、上皇様もあまりに無理難題を申される」

義時は苦りきっていた。

「一つ譲れば、二つ、三つと重ねてくるのが京のやり方でございます。お受けなさいますな」

広元が淡々とした口調で言った。義村が狡猾《こうかつ》な表情で膝《ひざ》を乗り出した。

「されど、上皇様は地頭の停止を認めなければ親王様御東下は取りやめるという御《ぎよ》意《い》ではありますまいか」

「そのことです」

政子は、ここは腹をくくるしかない、と言った。

「腹を？」

義時が首をかしげると政子はうなずいて、ただちに北条時房に一千騎をつけて京に上らせなさい、と言った。

「この話は断ります。考えるまでもないことです。上皇様がかようなことを仰せになるのは、畏《おそ》れながら鎌倉に喧嘩《けんか》を仕掛けておられるのです。後は力で押し切るしかありません」

きっぱりと言う政子に広元は、

「されば急がれたがよろしかろう」

とうながしたが、ふとつぶやいた。

「それにしても、かように京との往来を急がねばならぬようになってくると、東海道の間道沿いに朝夷名三郎たちがおるのは、足柄道が使い辛《づら》くなって何かと目障りですな」

義村が痛い所を突かれて、かっとなったのか、

「さようでござる。ならば、それがしが三千騎ほどにて踏み潰《つぶ》して参ろうかと存ずる」

政子は蔑《さげす》むような目を義村に向けた。

「そのような暇はありませぬ。それより、波多野の一味の和田朝盛が鎌倉に潜入し

ているそうな。三浦殿が、どうしてもと言われるなら、鎌倉で袋の鼠となっておる朝盛を捕らえてはどうです。朝盛を捕らえれば引き換えに右大臣の首も取り戻せましょう」

「それは、まことですか」

義時があわてて訊《き》いた。

「御使雑色《おんしぞうしき》が今朝方、朝盛らを捕らえようとしたが、逃げられました。それでも切通し口はふさいでおるゆえ、船でもなければ逃げられぬはずです。おそらくは稲村ヶ崎路のどこかに潜んでいるでしょう」

「それならばさっそく、わが家の者に追わせまする」

義村はあわただしく立ち上がると御座所《おましどころ》から出ていった。義村の後ろ姿を見送って広元は、

——稲村ヶ崎路

とつぶやいた。稲村ヶ崎路は海沿いの道である。政子は面白そうに広元の顔を見た。

「覚阿殿は何事か御心配か」

「いや、大事ないと存じます」

広元は頭を下げた。政子が何かを企《たくら》んでいるのかもしれないと広元は思った。稲

村ヶ崎路には、ある重要な人物の邸があったからだ。

広元はその人物こそがこれからの鎌倉にとって北条義時や三浦義村よりも大切になると思っていた。少なくとも政子はそう思っているはずなのだ。

朝盛たちはこのころ稲村ヶ崎路の稲瀬川のほとりにある邸に潜り込んでいた。たまたま門が開いていたことから入り込んだ小さな邸だった。御家人《ごけにん》でも身分の軽い者の邸か、あるいは夫を失った後家が閑居している邸のようにも思えた。門内から中庭にかけて草が生い茂り、荒れ果てた様子だが、人は住んでいるようだ。

弥源太は御使雑色に追われた際に足をくじいていた。それでも走り続けたのだが、痛みが激しくなってこれ以上走るのは無理だった。四人が邸に潜り込んで庭に潜んでいた時、蔀戸《しとみど》が開き、声をかけた者がいた。

「もし、どなたですか」

朝盛たちは、はっとしたが、見てみると階《きざはし》に立っていたのは女房のように萌黄《もえぎ》の小袿《こうちき》を着ている十六、七歳の娘である。色白ですずしげな目をした娘は弥源太が弱った様子で、うずくまっているのを見て、

「ご病気ですか」

と訊いた。安念坊が進み出て、

「わしらは旅の者でございますが。昨夜、盗賊に襲われまして逃げる途中、連れの者が足をくじき難渋しました。追ってくる盗賊が恐ろしくて、こちらのお邸《やしき》に逃げ込んでしまいました。お許しください」

しかし、娘はかわいらしい笑顔で、

「嘘ばっかり」

と言った。安念坊がぎょっとすると、

「でも、怪我をしているのは本当みたいですね。お上がりなさい。手当てをしてさしあげましょう」

娘は邪気のない笑顔で言うのだった。朝盛がためらって、

「わたしたちを上げることを、お邸のご主人にうかがわなくてもよろしいのか」

と言うと、

「この邸の主人はわたしです」

娘は毅然《きぜん》として答えて母屋に上がり、侍女たちに指図して弥源太の手当てをさせた。弥源太が女装はしているものの男だと知ると、くすくす、と笑って、

「戯《たわ》れ者ですね」

と、おかしそうに言った。弥源太は顔をしかめた。

「わたしは、戯れ者ではありません」

「では、魔物でしょうか。女よりも美しくて」

娘は笑いながら、うらやましそうに弥源太の顔を見て閉口させるのだった。弥源太は娘が誰かに似ているような気がした。

(誰であろう)

しばらく考えた弥源太はあることに思い当たって、ひどく悲しい気がした。娘は由比ヶ浜で無惨な最期を遂げた和田一族の笙子に似ているのだ。あのまま笙子が殺されなければ、このような娘になっていただろう。奔放で侮りがたく、どこか不可思議な娘である。

弥源太は唇を噛《か》んで娘を見つめた。娘はしばらく弥源太の様子を見ていたが、やがて、

「朝から何も食べておらぬのでしょう」

と侍女に食事の用意をするように言いつけ、そのまま別の部屋に行った。

娘が朝盛たちの前に出てきたのは昼過ぎてからである。横になっている弥源太の顔色を見て、

「どうやら大丈夫みたいですね」

とつぶやいた。朝盛はそんな娘の様子を見て騙《だま》してもおけぬと思った。

「わたしたちは、実は鎌倉殿より、追われております。迷惑はかけられぬゆえ、す

こし休んだら出ていきます」

しかし、娘は頭《かぶり》を振って、

「いま出ていけばつかまりますよ。先ほどから三浦党の方々が、このあたりを捜しまわっておりますから」

「それでは、なおさらのこと」

「いいえ、ここから出た後で捕らえられては、わたしが困るのです」

「あなたが困る？」

「ええ、わたしも鎌倉殿に疑われておる身ですから」

娘は平然と言った。その時になって安念坊が、

「あなた様は、もしや前《さきの》将軍の姫様では？」

と恐る恐る訊いた。娘はにこりとして、

「そうです、実朝様を討った公暁の妹です」

朝盛は、はっとした。公暁の妹が鎌倉にいることは朝盛も知っていた。実朝の姪《めい》である。よく見れば、娘は実朝に面影が似ているようだ。

「今では将軍を殺した罪人の妹として監視されているのですけど」

娘はさびしげに言った。公暁の妹は名を鞠子《まりこ》という。年は十七歳である。頼家の遺児の一人で母は木曾義仲の娘だと言われる。鞠子は頼家が伊豆へ幽閉された建仁

三年に生まれた。

この年、比企《ひき》氏の乱が起き、父頼家は翌年、伊豆で殺された。その後、鞠子はひっそりと育てられたのだ。成長した鞠子が政子と対面したのは、建保四年三月五日のことで十四歳の時だった。鞠子は御所に扈従《こしょう》の侍二人とともに輿《こし》で赴き、政子から実朝の正室の猶子《ゆうし》となることを言い渡されたのである。

朝盛は両手をついて名のった。

「ご無礼仕《つかまつ》りました。それがしは和田朝盛でございます」

「ではないかと思っておりました。実朝様から朝盛殿のことをお聞きしたことがございます。そのお話にそっくりのご様子でしたから」

「さようでしたか」

「兄の公暁が実朝様を殺したことをさぞ恨んでおいででしょうね」

「それは鞠子様には関わりなきこと」

「さあ、そうとも言えないかもしれません」

鞠子は大人びた表情で言った。朝盛たちは何も言うことができなかった。公暁による実朝暗殺は、鞠子の胸に影を落としているようだ。鞠子はしばらく何事か考えていたが、やがて決然として言った。

「輿を二つ用意させます」

朝盛たちは顔を見合わせた。鞠子は少し顔を赤らめて言った。

「この方は歩けぬゆえ、輿でなければ無理でしょう。それに朝盛殿もお顔を見られては都合が悪いと思いますから、窮屈とは思いますけど、わたしと同じ輿に乗ってください」

朝盛はとんでもないと言うように首を振った。

「さようにご迷惑をかけるわけには参りません」

「いいえ、これは兄の公暁がしたことの罪滅ぼしです。実朝様の御首は朝盛殿が護《まも》っておられるのでしょう」

朝盛たちは鞠子が何もかも知っていることに驚いた。そして、鞠子が政子の孫娘であることに思い至った。鎌倉の尼将軍と言われる政子の血は紛れもなく、この少女に受け継がれているのだ。

こうして朝盛と弥源太はそれぞれ輿に乗って、鞠子の邸を出た。常晴と安念坊は供の者として輿をかついだのである。鞠子の邸を出た時、あたりには三浦党の武士たちがいた。

それでも鞠子が輿から顔をのぞかせると、何も言わずに頭を下げて見送るだけだった。

鞠子の輿に誰かがひそんでいるのではないかと怪しんだが、輿をあらためる非礼

をするわけにもいかなかった。義村は後で、このことを聞いて、

「なぜ強引に輿をのぞかなんだ」

と歯嚙みすることになる。朝盛は輿の中で鞠子と体を密着させ、少女の香りをかがされることに閉口した。それでも鞠子は、

——このように楽しい外出は初めて
と、ますます朝盛に体をくっつけるのだった。

この時、弥源太の輿をかつぐ従者の中に、茜丸が紛れこんでいた。茜丸は鞠子の従者には朝盛の下僕のように思わせ、常晴や安念坊には鞠子の従者だと思わせた。美童の茜丸を疑う者はいなかったのである。

朝盛を乗せた輿は鎌倉を出たところで、鞠子とともに引き返したが、弥源太の輿は、そのまま波多野まで進んだ。辞退しようとする朝盛に鞠子は、

「いいのです。本当はわたしも一緒に行きたいのですが、それは、我慢——」

と舌を出して見せるのだった。波多野についた従者たちは一晩、館《やかた》に泊まり翌朝に帰った。この間に茜丸は館の内外を見てとった。

館のまわりは土塁と堀が巡らされ、館の背後が切り立った崖《がけ》になっているのを見て、

（攻めるには、焼き討ちしたうえで、門から押し入るしかないが、館を焼けば実朝の首まで焼け首になってしまう）

後鳥羽上皇に焼け首を差し出すわけにはいかない以上、力攻めは無理ではないかと思った。館にいる男たちも弥源太という美少年をのぞいては豪の者がそろっているようだ。

中でも朝夷名三郎は噂通りの偉丈夫《いじょうふ》で茜丸にも、

（正面からぶつかっては五、六十騎でも討ち取れぬ武者だ）

とわかった。そう思いながら館の中を探った茜丸は、西側に持仏堂があるのに気づいた。

持仏堂の扉を開けて中をのぞくと十一面観音像が祀《まつ》られ、経机の上に首桶《くびおけ》が安置されていた。

（いっそ、このまま盗んで鎌倉へ走ろうか）

茜丸が胸の中でそう思った時、

——おい

背後から声がかかって茜丸をぎょっとさせた。さりげなく振り向くと、立っていたのは四十過ぎの痩《や》せて鋭い目をした武士だった。青栗七郎である。

「このようなところで、何をしておる」

七郎は穏やかに訊《き》いたが、目はひややかだった。茜丸はあわてて頭を下げた。

「厨《くりや》にて水を飲ませていただこうと思いながら、迷いましてございます」

七郎はそうか、とうなずいて、

「厨はこちらだ、ついてまいれ」

と背を向けた。わざと隙を見せて誘っているのだ、と茜丸は思った。

(やはり、この館の男どもは油断がない)

茜丸は気を引き締めた。この館から実朝の首を奪うのは容易ではなさそうである。

茜丸は十日の夜に頼茂の宿館に戻った。忠綱と頼茂は大倉御所に上がっており、亀菊だけが奥にいた。小几帳《こぎちょう》を横に置いた亀菊は一人で酒を飲んでいた気配である。ほのかに酔ったのか亀菊は今様《いまよう》を歌っていた。膝《ひざ》の上に白猫を抱いてあやしている。

百日百夜《ひやくにちひやくや》はひとり寝と
人の夜妻は何せうに欲しからず
宵より夜半《よなか》まではよけれども
暁《あかつきとり》鶏鳴けば床《とこ》寂し

百日百夜は、ひとり寝をしなければならなくとも、他人の隠し妻なら何としようか、欲しくはない、そう思って宵から夜中までは我慢したが、暁の鶏の声を聞くころになると、さすがにひとり寝の床はやるせない、という今様である

亀菊は茜丸が簀子《すのこ》縁《えん》に控えたのに気づくと手招きした。白猫が亀菊の膝から、のそり、と降りた。

「どうであった」

亀菊は酔いで妖艶《ようえん》さを増した目で茜丸を見た。樺桜《かばざくら》七枚、裏山吹《うらやまぶき》の表着《うわぎ》、青色の唐衣《からぎぬ》を着ている。茜丸は思わず胸が高鳴るのを感じた。

茜丸は水無瀬離宮で初めて亀菊を見た時から、ただならぬ思いを抱いていた。これまでに遊女《あそびめ》を抱いたことはあったが、亀菊の美しさはこの世の女人とも思えなかった。

亀菊を前にすると舌がしびれ、物を言うことすらできにくいのだ。

「あの者ら、やはり波多野に立て籠《こ》もりし者たちにございました。右大臣の首桶のありかも見て参りました」

亀菊は鼻で笑った。

「実朝の首があるのを見ながら、奪いもせずに戻るとはのう」

茜丸は鞭《むち》で打たれたような気がした。館にいる男たちの目をかいくぐって、実朝

の首を奪うことなどできるはずはなかったが、そのことを言っても弁明になるだけだ、と押し黙った。亀菊はくっくっと笑った。

「怒ったかえ」

檜扇《ひおうぎ》をあげて招く素振りをした。茜丸が戸惑いながらも膝を進めて近寄ると、

「わらわのそばへおじゃれ」

亀菊は艶《なま》めいた声を出した。そして、さらに寄った茜丸の手を握り、

「実朝の首、命を捨てても盗《と》ってまいると誓うのじゃ。さすれば――」

とささやいた。茜丸は額に汗を浮かべた。上皇の愛妾《あいしょう》と通じれば命はない、と思った。それでも、

(元は白拍子《しらびょうし》の女ではないか)

という考えも頭をかすめた。茜丸は震える手をのばしながら、

「誓いまする」

とかすれ声で言った。

この時、交野八郎は三浦館にいた。

三浦義村は顔に赤痣《あかあざ》のある異相の客に苦い顔をしたが、弔問使の一人の宿館として求められると断ることもできなかった。

それでも八郎は世故に長《た》けており、義村や胤義を相手に京の話などを面白く聞かせて飽かせなかった。特に胤義は近々、大番役で京に行くことになっているだけに八郎の話には関心をもった。

八郎は京の噂話の合間にさりげなく後鳥羽上皇のことなども話したのである。

後鳥羽上皇は幼くして即位し、十九歳で譲位され院政を始められた。英邁《えいまい》で大いに武術を好まれる。近ごろでは北面《ほくめん》の武士に対して西面《さいめん》の武士を配し、射芸に優れた武士を求めているという。

自ら刀剣を鍛えるほか、宇治川で水練をされたり、城南宮《じょうなんぐう》で流鏑馬《やぶさめ》をするなど、これまでの天皇や上皇とは、まるで違った行動をとられている。武芸ばかりでなく、和歌、管弦、蹴鞠《けまり》、囲碁、双六《すごろく》等、多芸多能で、いずれの面でも人後に落ちることは無かった。

「なるほど、お噂には聞かぬこともなかったが、上皇様はさような御方でござるか」

義村は感心したように言った。胤義は黙っていたが心は動いていた。

(上皇様は武家にとって好ましき治天《ちてん》の君のような)

と意外な気がしたのだ。

鎌倉はこれまで京に対して抗するばかりだったが、違う道もあるのではないか、と思った。八郎は二人の顔色を見て、うなずくものがあった。

(やはり東夷《あずまえびす》だな、他愛ない者たちだ)

実朝暗殺を指示したのは義村ではないか、と思ったが、この底の浅さではそれほどの企《たくら》みができそうになかった。胤義は生《き》一本《いっぽん》な好漢というだけである。

それだけに三浦は京になびくようにしておくべきだろう、と八郎は思った。

後鳥羽上皇はいずれ鎌倉を亡ぼすつもりだ、と八郎は感じている。そのために北条と三浦の間を裂いておくことは大事だろう。そう思った八郎は舌によりをかけて、

「さて、鎌倉は三浦殿で持っていると申すべきですなあ」

と義村が喜びそうなことを言い始めるのだった。

八郎はそんな話をして義村を誑《たら》しこんだ夜、ひそかに三浦館《やかた》を出ると由比ヶ浜で茜丸たちと落ち合った。月が明るく、浜を白々と照らしていた。

茜丸とうつぼ、四天は砂浜に片膝をついて控えた。

うつぼは青白く痩《や》せた男で眉《まゆ》が薄く、のっぺりとした顔をしている。四天は色黒のいかつい顔つきのがっちりした体格の男だ。

「そうか、実朝の首は波多野にあるのか」

八郎はうなずくと背を向けたまま、うつぼと四天に、

「お前たちは亀菊殿とともに実朝の首を奪って京へ持ち帰れ」

と指示した。うつぼは首をかしげて、

「八郎様はいかがされますので」

「わしは三浦のことはわかったゆえ、しばらく北条にとりついて見る。実朝を殺させたのは、やはり北条であろう」

八郎が言うと茜丸が怪訝《けげん》な顔をした。

「それでは、わたしは何をいたしますのか」

「茜丸よ、お前には役目はない」

茜丸がぎょっとして顔を上げると、

「うつぼが見ておったのだ。お前、亀菊殿と――」

八郎が言いかけると茜丸はちらりとうつぼを見た。うつぼは素知らぬ顔をしているが、忍びの名人であることは茜丸も知っていた。観念した茜丸は顔を伏せて、お許しください、とうめくように言った。しかし、八郎は笑いながら、

「何を謝る。亀菊殿は元はと言えば白拍子だ。遊びもするだろうではないか。茜丸がさぞやよい思いをしたであろうとうらやましいのだ。わしに亀菊殿の具合を話して聞かせぬか」

と言うのだった。これを聞いて茜丸がほっとしたように頬をゆるめて、何か言いかけた時、八郎の腰から白刃が一閃《いっせん》した。

茜丸は袈裟《けさ》掛けに斬られて、どうと倒れた。茜丸の顔は微笑したままだった。

「上皇様の愛妾と寝て、命があると思うたか」

太刀の血をぬぐって鞘《さや》に納めた八郎はひややかにつぶやいた。それとともに、もう一人、斬らねばならぬ男がいると思った。

源頼茂である。

うつぼは頼茂と亀菊の情事も見ていた。

しかし、それ以上に八郎が関心を持っているのは頼茂の動きだった。亀菊と通じ、実朝の首を奪おうと策動するのは何事か胸に秘めるものがあるからだろう。

(奴め、実朝が殺されたことと関わりがありそうな)

八郎は胸の中でつぶやいた。


このころ、八郎の動きを鎌倉方が気づかなかったわけではない。茜丸の死骸《しがい》は間も無く漁師が見つけた。これを知った安達新三郎は死骸を検分したうえで、政子のもとへ、

「三浦館に弔問使一行の一人として、宿泊しております者、怪しげな動きをしております」

と報告した。茜丸たちの動きを見張っていたのである。この時、政子は持仏堂で

義時と密談していた。

「怪しげな動きとは？」

政子は気乗りのしない顔で訊《き》いた。政子は京との交渉を重ねている時だけに、弔問使の一行に胡乱《うろん》な動きがあったとしても咎《とが》めだてはしたくなかった。

「おそらく後鳥羽上皇様御使いの交野八郎かと思われます」

新三郎が聞いている交野八郎の顔の特徴によく似ているのだ、という。新三郎は交野八郎が以前は京を荒らした盗賊だったとも言った。

「盗賊──」

政子は苦笑いした。

（実朝が殺されてから鎌倉には魑魅魍魎《ちみもうりょう》のごとき輩《やから》が入り込んでくるようになった）

和田朝盛だけでなく後鳥羽上皇の密使までもが鎌倉に入るとはどういうことだろう。

（やはり実朝が殺されたからだ。将軍がいなくなった鎌倉はかほどに危ういものか）

政子が眉をひそめると義時が膝《ひざ》を乗り出して、

「それにしても、さような者を館に置くとは三浦義村め、何を考えているのか」

「あれは迂闊《うかつ》な男です。さほどのことではありますまい」

「さようでしょうか」

義時はやや不満げに言った。三浦義村は実朝の首を奪われ、さらに波多野に兵を送ってこれを取り戻そうとして失敗したのである。

（このあたりが切り時か——）

義時は、三浦義村にこの間の不始末の責めを全て負わせようかと考え始めていた。政子は義時の顔色からそのことを察し、

「三浦の犬を切れば、代わりの犬を探さねばならなくなります」

とつめたく言った。義時の考えていることは、所詮《しょせん》は保身に過ぎないと政子は思うのだった。控えていた新三郎が、

「交野八郎めは、いかがいたしましょうか」

と訊くと、政子はしばらく考えた後、

「弔問使がおる間はみだりに事を荒立てるわけにもいきません。弔問使が鎌倉を出立した後に始末するように」

と命じた。かしこまりました、と頭を下げた新三郎は手配りして、八郎を見張らせるつもりだった。ところが、配下の御使雑色《おんしぞうしき》からは、

——交野八郎が三浦館からいなくなった

という報告が入った。亀菊たちがいる源頼茂の宿館に戻った様子もないという。

(奴め、われらの動きを悟ったか)

新三郎は焦って御使雑色たちに八郎を捜させたが、行方は杳《よう》としてわからなかった。

藤原忠綱の一行が帰洛《きらく》するため鎌倉を発《た》ったのは、十一日早暁のことだった。亀菊の荘園《しょうえん》の地頭《じとう》を停止《ちょうじ》することについての返事はあらためて京に使者をたてることになった。義時からこれを聞いた忠綱は、うすく笑ってうなずいただけだったが、大倉御所から去り際に気になることを言った。

「帰路は足柄峠を越えて参ろうと思います」

と言うのだった。しかも源頼茂も京に同道して戻るのだという。弔問使の一行が足柄道を通ることに鎌倉側として、何の痛痒《つうよう》も感じないのだが、義時は何となく気になってこのことを政子に報告した。政子は目を閉じて考えていたが、やがてぽつりと言った。

「上皇様もいささか悪戯《いたずら》がすぎるようです」

「悪戯でございますか？」

義時は首をかしげた。

「昔の後白河法皇もそうであった。何かと言えば源氏と平家を競わせ、武家が荒れ狂って戦うのを意地悪く御覧になっておられた」

「後鳥羽上皇も同じだと」

「武家を掌《てのひら》で転ばすのがお好きなのじゃ」

「されば、此度《こたび》は何をされようと――」

「実朝の首を御所望なのでしょう」

「まさか、弔問使一行が実朝様の御首を奪うというのですか」

義時は目を瞠《みは》った。

「上皇様はわれらを亡ぼすおつもりかもしれません。将軍の首を奪って京にさらせば、鎌倉の威も地に堕《お》ちます」

「ならば、ただちに軍勢を繰り出し、実朝様の御首、奪い返しましょう」

義時はさっそく指示しようとした。政子は、

――たわけが
と叱りつけた。

「将軍の首を朝廷の弔問使と争って何とします。それこそ前代未聞の恥さらしです。今は朝盛たちに実朝の首を護《まも》ってもらうしかありません。一千騎の討手を退けた者どもですから、何とかするでしょう」

政子はそう言いながら、

(実朝の首を奪った者たちに頼らねばならぬとは奇妙なことよ)

とおかしく思った。義時は政子の表情に微笑が浮かんだのを見て眉《まゆ》をひそめた。義時にも姉の腹の中は時々、測りかねることがあったのだ。

政子はこの日の午後、輿《こし》を用意させて稲村ヶ崎路の鞠子の邸《やしき》を訪ねた。御使雑色の新三郎を供にしてである。突然、尼御台《あまみだい》が訪れたことは邸の者たちをあわてさせたが、鞠子は平然として、

「尼御台様には、ご機嫌もよろしく――」

と祖母を迎えた。政子は鞠子の前に座ると、

「機嫌は、さほどよくはありませんよ」

と笑いながら言った。新三郎は庭に控えている。鞠子は大きな目で政子の顔を見つめた。誰もが怖れる祖母だが、鞠子は怖いと思ったことはなかった。

(怖いのは公暁兄のように臆病《おくびょう》な人だ、強い人は怖くない)

と鞠子は思っている。だから政子は怖くないが、相手が義時なら怖いだろう、と思う。臆病な人間ほど相手を怖れるあまり、殺さずにはいられないからだ。

政子は鞠子が大胆に顔を見つめるのに苦笑して、

「そなた、この間、遠出をしたそうな」

「はい、たまにはと思いまして——」

「輿は二つだったそうだが、その日の内に戻った輿は一つだけで、翌日、戻ってきた輿は空だったというではありませんか」

「まあ、尼御台様は、よくご存じですこと」

鞠子は庭に控えた新三郎をちらりと見た。御使雑色がこの邸を見張っていたのだろう、と思った。

「新三郎は輿をかつぐ従者の中に怪しい者がいるのは気づいておりました。輿には和田朝盛が乗っていただろうと申しています」

政子に言われて鞠子は含羞《がんしゅう》で顔を赤くした。狭い輿の中に朝盛と二人で乗ったことを思い出したのである。

「謀反人《むほんにん》を助けるようなことをしてはなりませんぞ」

「朝盛殿は謀反人ではありません」

「謀反人ではない？」

「朝盛殿は亡くなられた実朝様に今もお仕えしているのです。実朝様が亡くなればよいと思っていた執権殿とは大違い——」

「これっ、何を言うのです」

政子はさすがに本気で叱った。物怖《ものお》じしない鞠子は、放っておくと何を言い出すかわからなかった。

「実朝様は大勢の家臣に囲まれても、御心はいつもさびしかったと思います。亡くなられてからぐらい忠臣に仕えていただくほうが、お幸せです。尼御台様も本当はそう思っていらっしゃるはず」

鞠子に言われて政子は視線をそらせた。しばらく思案している風だったが、やがて、庭の新三郎を手で招いた。新三郎が階《きざはし》の下に控えると、

「そなたは、これから大事な身です。目を離してはおけぬゆえ、今後は安達新三郎に見張らせることにしました」

と政子は言った。鞠子は安達新三郎という名を聞いて、

「静御前の赤子を由比ヶ浜に沈めた人ですね」

と言った。鞠子の言葉に新三郎ほどの男が顔色を変えて目をそらせた。

新三郎にとって静御前の子を殺したことほど臍《ほぞ》を噛《か》んだことはなかった。今になって見れば、新三郎は静御前に懸想《けそう》していたのかもしれない。

静御前は政子の求めに応じて鶴岡八幡宮で舞った。白拍子《しらびょうし》の姿で舞う静御前は美しかった。吉野山で別れた義経を恋する舞だった。

しづやしづ

しづのをだまき　くり返し
昔を今に　なすよしもがな

すずやかな声で歌いながらの静御前の舞に、庭に控えていた新三郎も思わず見惚《みと》れた。

しかし、その後、頼朝の命によって赤子を殺した新三郎は静御前にとって鬼となった。

この時、新三郎は御使雑色《おんしぞうしき》であることを悔いたのである。新三郎の顔に苦悶《くもん》の翳《かげ》りが浮かんだのを見て鞠子は、

「心無いことを言ったようです。許してください」

と謝った。新三郎はとんでもない仰せでございます、と頭を下げた。鞠子の目に涙が浮いているのを見て、どきりとした。それとともに、新三郎は胸の中で何かが震えるのを感じた。政子はそんな新三郎の様子をちらりと見て、

（鞠子には、やはり人を従える器量がある）

と思った。それは、頼家や実朝が持たなかったものである。頼朝と政子の器量は孫娘の鞠子にこそ受け継がれているようだ。そのことが鞠子にとって幸福と言えるか、どうか。

政子は鞠子に自分と同じ道を歩かせようとしていたのである。

その翌日、波多野の館《やかた》では実朝を葬る首塚を作ることが話し合われていた。言い出したのは常晴だった。

「もはや実朝様が亡くなられて七十日余り、御首を葬らねば成仏もなされますまい」

常晴が言うと朝盛がうなずいた。

「いかにもさよう。御首の供養をわれらの手によって行いましょう」

これに対して義秀が腕組みをして言った。

「御首がここにあればこそ、鎌倉からの討手が来るのだがな」

朝盛は首を振った。

「すでに鎌倉勢一千騎に痛い目を見させております。叔父上《おじうえ》と泉殿、それがしがここにあると知れば、いずれ新たな討手は来ます。それを二度、三度と叩《たた》けば三浦義村もたまりかねて出て参るはずです」

「そうか、ならばよいわ。実朝様の首塚を作るといたすか」

義秀がうなずくと、他の者たちも口々に同意した。その上で首塚に五輪塔を建てることなどを話し合っていると、櫓門《やぐらもん》で見張りに立っていた安念坊が庭先に駆け込んできた。

「なにやら女輿がこちらに向かって参りますぞ」

義秀は顔をしかめた。

「女輿じゃと、武者はついておらぬのか？」

「されば六騎ほど。腹巻をつけておるようですが、中の一騎は長烏帽子《ながえぼし》、狩衣《かりぎぬ》で身分ありげじゃ」

ともかく出てみるか、と義秀たちが門まで出た時、先触《さきぶ》れらしい一騎が門前に馬を走らせてきた。安念坊が告げた通り腹巻をつけた武士が馬上から大声で呼ばわった。

色黒のいかつい顔をした武士だった。

「京より鎌倉へ弔問された伊賀局様がこちらにて休息されたいとのことである」

義秀はじろりと武士を見た。

「馬上からの物言い、不遜《ふそん》じゃな――」

いまにも武士を馬から引きずり下ろしそうだったが、朝盛が義秀の腕を押さえた。

「いぶせき館に伊賀局様のお運び、光栄に存ずる」

武士はにやりと笑って女輿のもとに駆け戻っていった。朝盛は義秀たちに、

「伊賀局は後鳥羽上皇の寵愛《ちょうあい》並々ならぬと聞いております。しかも、先日、弥源太殿が聞いた話によると、源頼茂とともに実朝様の御首を狙っておるようです。何を

企《たくら》んでおるかわかりません。心して対応せねばなりますまい」

と言った。傍らの弥源太は、

（やはり、あの女が乗り込んでくるのか）

と眉《まゆ》をひそめた。弥源太は頼茂の宿館で亀菊に何をされたのかよく覚えていない。それだけに不快だし、不安だった。亀菊は災厄をもたらす女のような気がしたのである。


女輿から降り、式台から中に入った亀菊は撫子《なでしこ》の七つ衣《ぎぬ》、若菖蒲《わかしょうぶ》の表着《うわぎ》である。あでやかな容姿だった。

女輿に付き添う長烏帽子の武士は頼茂だった。母屋の広間で頼茂とともに七人の男たちと向かいあった亀菊は檜扇《ひおうぎ》で顔を隠しながらも、白拍子あがりらしく怖《お》じけた様子はなかった。

「なんとまあ、男臭い館であることよ」

朝盛は平伏してあいさつした。

「伊賀局様には、何かのご用向きがあってのお立ち寄りと思いますが」

亀菊はじっと朝盛の顔を見た。

「さようじゃ。われら、このたびは右大臣が亡くなられた弔問のため、はるばる京から参ったのじゃ。されど右大臣の首はいまだ弔われておらぬとか。帝《みかど》の弔問を首もそなわらぬまま受けるとはあまりに無礼ではないか。このままでは、われら弔問のお役目を果たしたとは言えぬによって、かく参った。右大臣の首はここにあるのであろう」

朝盛は表情も変えずに、

「畏《おそ》れながら、鎌倉の執権殿が、さようなことを申し上げたのでございますか」

「いや、義時は何も言わなんだ。まさか、そのようなことを弔問使に言えるはずもあるまい」

亀菊は皮肉な笑みを浮かべた。

「ならば、御首はここにはございません。鎌倉殿がつつがなく実朝様を葬られた以上、御首がここにあるなどあってはならぬことでございます」

朝盛が言うと、頼茂が、はは、と笑った。

「坂東武者は弓馬の道しか心得ぬかと思ったが、なかなかに口弁も達者なようだ。さほどまでに意地をはらずと、実朝の首を差し出したらどうだ」

「差し出せとはいかなる仰せでしょうか」

「それが上皇様への忠義の証《あかし》となろう」

頼茂の言葉に義秀が大声で笑った。

「実朝様はわれらの主《あるじ》であった。主の首を差し出す坂東武者は一人もおらぬわ」

「ほう、御上を畏れぬか。ならば力ずくで奪ってもよいのか」

ひややかな頼茂の言葉に朝盛たちは表情が硬くなった。親衛が膝《ひざ》を乗り出して嘲《あざけ》った。

「摂津源氏には鵺《ぬえ》を退治したという話こそあれ、さしたる武功を聞いたことがない。信濃源氏のわれらと武勇を競うてみるのも面白かろう」

頼茂はつめたい目で見返した。

「なるほど、鵺か」

「鵺と言うたが、お気に召さぬかな」

義秀が傍らの太刀に手をのばした。頼茂はその様子をちらりと見て、

「それ、そのように気に入らねば、すぐに斬ろうとする。まことに坂東武者とは頭《かしら》は猿、手足は虎、尾は蛇《くちなわ》という鵺のごとき者がそろうておるような」

「よう言われたな、お覚悟あってのことであろう」

義秀が睨《にら》んだ。公暁を使って実朝を暗殺した疑いのある頼茂をこの場で斬るつもりかもしれない。その時、ほほ、と笑った亀菊が檜扇を揺らした。

「なんとも、味気のないお話じゃ。わたしはもはや飽きましたゆえ、退散いたしますぞ」

頼茂は亀菊に頭を下げ、いかにもさように仕《つかまつ》りましょう、と言って立ち上がりながら、

「そなたらの雑言《ぞうごん》、聞き捨てにもできぬ。されば今宵《こよい》にても、鵰を射て朝家《ちょうか》を護《まも》ってきたわが家の手並みを見せてやるほどに、待っておれ」

と言い放った。

「いかようにもされるがよろしゅうござる。坂東武者はいつでもお相手仕る」

朝盛は頭を下げて二人を見送った。それでも亀菊と頼茂が去った後、朝盛は義秀たちを前に眉をひそめ、

「さきほどの高言は夜討ちを告げたということであろうが、なにやら解《げ》せぬものがある」

と言った。頼茂が何を考えているのかわからなかったのだ。

「そうさな、摂津源氏は変わったことをする。あらかじめ夜討ちを告げるのが都ぶりの戦というものか」

義秀も首をかしげた。親衡は笑って、

「いずれにしても向こうが来るというのであれば迎えるしかあるまい」

親衡の言う通りだと朝盛は思ったが、何かが気になった。頼茂の言葉は罠《わな》を仕掛けるかのようだったからである。

第八章　首《くび》桶《おけ》

この日は月夜だった。

朝盛たちは、門前で篝火《かがりび》を焚《た》いて待ち受けた。

夜襲があるかどうかわからないため皆、腹巻をつけただけである。櫓門《やぐらもん》には七郎と常晴が上がり弓を構えていた。夜空には霞《かすみ》のような薄雲がかかっている。

――子《ね》ノ刻（午前零時）

もはや夜討ちなどないのではないか、と朝盛たちが思い始めたころ、馬蹄《ばてい》の音が響いた。見ると騎馬武者が数騎近づいてくる。先頭には長烏帽子《ながえぼし》、狩衣《かりぎぬ》姿の武士が月光に青白く浮かんだ。頼茂であろう。

騎馬武者は合わせて六騎だった。長烏帽子の騎馬が止まった。他の騎馬は左右に分かれていく。互いにかなりの距離をとって離れ、館《やかた》を取り巻いた。それぞれ弓を持ち箙《えびら》に二十四本の矢を入れている。

「奴ら、何を考えておるのだ」

親衡がうめくように言った。わずか六騎の小勢で攻めかかるとも思えなかった。

やがて、どこからともなく笛の音が聞こえてきた。

長烏帽子の頼茂らしい武士が馬上で笛を吹いているようだ。

嫋嫋《じょうじょう》たる笛の音である。

月光で銀色に輝く田畑の上を笛の音が流れていく。その笛の音に合わせるように他の騎馬武者たちが矢を弓につがえた。そして一斉に矢を高々と放った。すると、

びょお

びょお

びょお

と凄《すさ》まじい、鏑矢《かぶらや》の音が夜空に響いた。鏑矢は先端に鉄や木で作った鏑をつけてある。鏑には穴が開けてあり、空中で長々と音を発するのだ。

武者は箙に二本の鏑矢を差し、「上差し」と称する。

戦始めの合図として射るのである。

特に蟇目《ひきめ》鏑矢は、鏑が蝦蟇《がま》に似た形で大きい。まるで怪鳥の鳴き声のような不気味な音だった。騎馬武者たちが箙に入れているのはすべて鏑矢のようだ。空に向かって次々に山なりに射られた矢は笛の音とともに館の屋根を越えていく。

「頼茂め、なんのつもりだ」

義秀がつぶやいた時、朝盛が馬に乗った。義秀が驚いて止めた。

「あれは誘いかもしれんぞ。討って出るのは早すぎよう」

朝盛は頭《かぶり》を振って、

「頼茂は公暁を唆《そそのか》して実朝様を討たせた仇《かたき》でござる。弔問使一行の中におっては討つことも憚《はばか》られますが、今ならば討て申す」

と言うなり、弥源太に門を開けさせ馬腹をとんと蹴《け》って走らせた。

門から騎馬が走り出たのを見て、長烏帽子の武士は笛を懐に納めて腰の太刀を抜いた。疾駆する朝盛の馬が迫ったのは瞬く間である。

朝盛はすれ違いながら太刀で斬りつけた。二人の姿が月光に浮かび、離れた時に武士の体は馬上から崩れ落ちた。

朝盛は馬から飛び下り、武士に駆け寄った。止《とど》めを刺すためである。しかし、地面に倒れた武士に刀を突きつけようとした時、はっとした。

（頼茂ではない）

武士は青白く眉《まゆ》が薄い、のっぺりとした顔だった。朝盛の一太刀で首筋が血に染まっている。

うつぼだった。

「貴様、何者――」

朝盛が怒鳴るとうつぼは苦しげに顔をゆがめながらも、

「後鳥羽上皇様の御使い、交野八郎の手の者だ。うぬらは上皇様に逆らったことになるのだぞ」

と言うと口から血をあふれさせた。

——交野八郎
朝盛は眉をひそめた。八郎の名を聞いたことがあったのである。しかし、思い出している暇はなかった。朝盛がまわりを見るとすでに他の騎馬武者たちは引き揚げ始めていた。朝盛は馬に駆け寄って乗ると館に走らせた。

「だまされたぞ。首桶《くびおけ》は無事か」

と館に入るなり叫んだ。これを聞いた弥源太たちは持仏堂へと走った。

紙燭《しそく》を手に持仏堂に駆け込むと経机の上に首桶はあった。ほっとして首桶の蓋《ふた》をとり、紙燭の明かりで中をのぞき込んだ。

弥源太は、あっと叫んで首桶を倒した。中から酒がこぼれ異臭がたちこめたが、ごろんと転がったのは、大きな石だった。

「しもうた。いつのまに」

義秀がうめいた。

「奴ら、鏑矢を射ただけではないか。なぜ、このようなことができるのだ」

親衡が言うと、義秀はいまいましそうに、

「昼間、伊賀局とともに来た供の仕業であろう。われらが伊賀局の話に気を取られている間に盗み出したのであろう」

朝盛は先ほどの武士が後鳥羽上皇に仕える交野八郎の手先だと名のったことを話した。

「弓矢で御首を奪い取りにくるならまだしも、盗賊のように盗み出すとは、あまりに卑劣。上皇様の御使いのやり方とも思えぬ」

義秀はうなずいて、

「後鳥羽上皇が交野八郎という盗賊あがりの男を使っておられるとは耳にしたことがある。伊賀局とか申す女狐《めぎつね》がやりそうなことよ。京女のあでやかさに目を奪われたわれらの不覚というものだ。それよりも御首を取り返す手立てを考えることだ」

と言って母屋へと戻っていった。

広間に座った七人の真ん中に親衡が懐から取り出した地図を広げた。この館に来てからつくったものだという。親衡は地図を指差した。

「おそらく、弔問使一行は今夜、関本宿で泊まっておろう。明日、足柄峠を越えるつもりじゃろうから馬で追えば、足柄峠で追いつくことはできるであろう」

安念坊が首をひねって、

「弔問使を襲うというのは、いささか乱暴にすぎませぬか」

と言った。朝盛もうなずいたが、義秀は、

「なんの、こちらは御首を取り戻すだけのことだ。藤原忠綱と伊賀局に傷さえつけねば、足柄峠の山賊の仕業ということになろう」

「では、頼茂も見逃しなさるのか」

朝盛が鋭い目で義秀を見ると、

「頼茂は武門じゃ。武門の意地での果たし合いに時と場所は選べぬ。出会った時には討ち果たすまでのことだ」

義秀は当然のことだという顔をした。その間、地図を見つめていた親衡がううむ、とうなり声をあげた。

「どうした小次郎殿、臆《おく》されたか」

義秀が笑って言うと親衡は顔をしかめて、

「臆しはせぬが気になることがある」

「ほう、なんじゃ」

親衡は地図の足柄峠を指差して、

「頼茂の祖先、源頼光には四天王と呼ばれた強者《つわもの》の郎党がおったと聞く。その中で坂田公時《さかたのきんとき》という武者は、この足柄峠の生まれだというぞ。頼茂め、なにやらわれらを足柄峠に誘っておるような気がするのだ」

源頼光は頼茂にとって六代前の祖先である。藤原道長に仕え、武門として名を高め大江山の酒呑童子《しゅてんどうじ》を退治したという伝説がある。四天王が実在したかどうかはわからないが、「今昔物語集」「古今著聞集」などに、

平貞通《さだみち》
平季武《すえたけ》
坂田公時
渡辺綱《つな》

の名が伝えられている。このうち坂田公時は足柄山で育ち、頼光によって武勇を見出《みいだ》されたが、頼光の死後は再び足柄山中に身を隠した。

御伽噺《おとぎばなし》では「足柄山の金太郎」として伝えられることになる。親衡が指差した足柄山の地図を見た義秀はうなった。

「頼茂は策の多い男じゃという気はするのう」

義秀は七郎をそばに呼んだ。義秀が何事か耳元でささやくと七郎は顔を引き締めてうなずいた。義秀は朝盛の顔を見て、

「たとえ、頼茂が罠《わな》を仕掛けておったにしてもそなたは行くのであろうな」

「実朝様の御首、取り戻さずにはおきませぬ」

朝盛はきっぱりと言った。弥源太は実朝の首を奪った七人が、再び取り戻しにい

くことになったことに不思議な気がした。

（わしたちは実朝様の御首に振り回されておるようだ）

と思ったのである。すでに頼茂の郎党たちは去り、先ほどまで館《やかた》の上を飛び交った鏑矢《かぶらや》の音が絶えると、奇妙なほどの静寂が訪れていた。


この夜、弔問使一行は関本宿に泊まっていた。地元の豪族の館である。対屋《たいのや》を寝所とした亀菊はそこで頼茂と酒を飲んでいた。

「あの者たち、首を奪われたことに今ごろ気づいておるであろうか」

「そのころであろうかと」

「気づいてどうする？」

「追って参りましょうな」

「追ってきても、帝《みかど》の弔問使に手出しはできまい」

「山賊のような者どもなれば、おそらく足柄山あたりで仕掛けて参ろう」

頼茂は平然と言った。

「護衛は忠綱殿についた者もあわせて五十騎ほどしかおるまい。それで、あの者たちを退けられるのかえ」

「されば、忠綱殿には三十騎とともに先に行っていただく。あの者たちにとって弔問使を襲うことは何ほどのことでなくとも、われらにとっては失態になりますからな。追ってきた者たちは、わが手勢で討ち取ろうと存ずる」

「というても、わずか二十騎――」

「それだけではござらん」

「他に誰がおりますのや」

「わが摂津源氏にも累代《るいだい》仕える者が東国におるのです」

頼茂は、にやりと笑った。亀菊は、それ以上は訊《き》かなかった。実朝の首を無事に京まで運べればそれでいいと思っていたし、亀菊はその手段をすでに講じていた。供の中にいる四天を呼んで、あることを言いつけていたのである。

四天は庭先で亀菊の指示を聞くとしばらく考えた後、うなずいた。亀菊の指示には従うよう八郎から命じられていたからだ。亀菊は頼茂の顔を見て、

（この男が何をするつもりか知らぬが、朝盛たちの目さえ引きつけてくれたらええのや）

と思った。亀菊は男を操る手管《てくだ》には自信を持っていた。これだけなら、鎌倉の尼御台《みだい》にも負けない、と頼茂を閨《ねや》に迎え入れながら思うのである。

この夜、弔問使一行が泊まっている館のまわりには男たちが集まり始めていた。山夜目が利くらしい男たちは弓矢を持ち、髪も梳《けず》らず、獣の皮を背にかけている。

ちなのである。

を渡り歩き、猟をして暮らす一族の男たちだった。頼茂がひそかに呼び集めた男た

朝盛たちは夜が白み始めるころ、館から騎馬で足柄峠へと向かった。館には、まだ足を痛めている弥源太と七郎が残った。弥源太は七郎に、

「わたしは一人で大丈夫です。青栗殿もお行きください」

と言ったが、七郎は相手にしなかった。

「わしには別な役目がある。それに足柄峠で親衡様は山戦《やまいくさ》をされるつもりであろう。人が多ければよいというものではないのだ」

「山戦？」

「信濃源氏は、山での合戦が得意なのだ」

七郎はそれだけを言うと館から出て、どこかへ行った。弥源太についているというつもりはなかったようだ。朝盛たち五人の騎馬は、関本宿を通りすぎて足柄峠へと向かった。矢倉沢《やぐらさわ》から矢倉岳を抜けて足柄峠へかかる。

足柄峠は古来、多くの人が通った古道である。乱を起こした平将門《まさかど》は、足柄峠を封鎖して坂東独立を図った。源氏の新羅《しんら》三郎義光《よしみつ》も、後三年の役で兄の源義家の支援に向かうとき、足柄峠に宿営したという。

よく晴れて風が強い日だった。

朝盛たちの騎馬は一列になって道を急いだが、やがて昼下がりに、峠道に輿《こし》と騎馬が進むのを見ると常晴と安念坊は馬を止めた。

朝盛と義秀、親衡の三人が一行に向かって疾駆した。

曲がりくねった峠道でまわりは森である。木立を吹き抜ける風が土埃《つちぼこり》を巻き上げていた。

朝盛たちが追いついたのは、やはり亀菊と頼茂の一行だった。すでに護衛の騎馬武者たちが朝盛たちに気づいて向き直っていた。二十騎はいたが、狭い峠道だけに横には並べず、しかも行列の先頭と後方に分かれていた。

「お待ちくだされ、伊賀局様にお尋ねいたしたきことあり」

朝盛が大声で言ったが、輿からの反応はなかった。代わって頼茂が馬を戻し、

「何事だ。伊賀局様を、お止めするとは無礼であろう」

と鋭く言った。義秀が馬を下りると、

「問答無用じゃ、御首を取り戻させていただく」

と怒鳴り、太刀を抜いて輿に向かった。朝盛と親衡も馬をあおって後に続く。これを防ごうとした騎馬武者二人を、義秀は飛び上がって斬り捨てた。さらに、他の騎馬武者は朝盛が弓で射すくめた。

義秀が駆け寄ると、従者たちは輿を下ろしてあわてて逃げ出した。

義秀は輿の御簾《みす》をめくって眉《まゆ》をひそめた。中には誰も乗っておらず、ただ首桶《くびおけ》が置かれているだけである。義秀は輿に身を乗り入れて首桶をつかんだが、

「またしても、たばかったな」

首桶を地面に叩《たた》きつけた。首桶は割れ、木片が飛び散った。中は空で実朝の首はなかった。これを見て頼茂はおかしげに笑った。

「その方らが追って参ることなどわかっておった。伊賀局様は弔問使御一行とすでに先に行かれた。わしがここにおったのは、その方らを成敗するためだ」

「貴様、なぜそこまでして実朝様の御首を奪おうとする」

「京にさらすためよ」

「なんだと——」

「実朝の首を京でさらせば、もはや河内源氏が武家の棟梁《とうりょう》ではないことが誰の目にも明らかになろう」

朝盛が一歩前に詰め寄った。

「公暁を唆《そそのか》したのは、やはり貴様か」

「やっと気づいたか」

頼茂は嗤《わら》った。

「なぜ、そのようなことを」

「摂津源氏は元々、源氏の嫡流なのだ。河内源氏の下におることこそがおかしい。実朝が死ねば河内源氏の将軍の血は絶える。さすれば、わが摂津源氏こそが将軍となるはずだ。それゆえ、公暁に実朝を討たせたのだ」

「おのれ、実朝様の仇《かたき》」

朝盛が斬りかかろうとした時、頼茂は、

「やれい――」

と怒鳴った。頼茂の言葉と同時に義秀に矢が降り注いだ。義秀は危うく輿に身を隠したが、輿に突き立ったのは、いずれも鑿《のみ》ほどの鏃《やじり》を持つ十五束《つか》の矢である。しかも路上から射られたのではなく上から射られていた。峠道沿いの森の樹上から射られているのだ。その矢は朝盛と親衡にも降り注ぎ、二人とも馬を下りて地面に転がった。頼茂は馬をゆっくりと打たせながら笑った。

「足柄峠の一帯には、わが摂津源氏に仕えた郎党の子孫がおる。そなたらをここで待ったのはこのためだ」

昨夜から頼茂の護衛に集まってきていた男たちは坂田公時の末裔《まつえい》、

――坂田党
だった。その男たちが樹に登り、体を幹にくくりつけて矢を射ていた。樹上から射下ろす矢には恐ろしい勢いがあった。義秀たち三人は輿や馬の陰に身を隠し、矢を太刀で払ったが、いつまでも防げるものではなかった。逆に矢を射返そうにも樹上の男たちは枝葉に隠れて姿さえ見えないのだ。頼茂は樹上から矢で射た後、騎馬武者たちに止《とど》めを刺させるつもりなのだろう。

「なるほど、摂津源氏は、山戦を知らんのう」

大声で言ったのは親衡だった。

「なんだと、痴《し》れ者が戯言《ざれごと》を申すな」

頼茂がせせら笑った時、空中を炎が走った。

火矢だった。固めた松脂《まつやに》を魚油が染み込んだ布で包み、狩股《かりまた》の根元につけた矢である。峠道の両脇の茂みにひそんだ安念坊と常晴が、用意してきた火矢を射ているのだ。二人は腰の巾着《きんちゃく》から火打ち鉄《がね》を取り出して火をつけて射るのである。

火矢は次々に森に射こまれていく。

おりからの強い風にあおられ、幹や茂みに突き刺さった火矢は黒煙をまきあげ、炎となって燃え広がった。樹上の男たちをあわてさせたのは、幹が火柱に包まれたことと路上の義秀たちが煙にまかれて見えなくなったことだ。

狭い峠道に煙が立ちこめ、まわりは山火事となって火の粉が飛び、馬をおびえさせた。騎馬武者たちは馬を鎮めることに懸命になった。煙の間から義秀の巨体が飛

び出し、馬上の武者たちに斬りかかった。朝盛と親衡もこれに続いた。親衡が、

「倶利伽羅峠《くりからとうげ》で木曾の義仲が、牛の角に松明《たいまつ》をつけて平家勢を蹴散《けち》らす火牛《かぎゅう》の計を使ったことをお前らは知らんようだな。山戦は火を使うのだ」

とわめいて武者たちに斬ってかかった。斬りたてられた騎馬武者の背後で頼茂は馬から飛び下りて指示した。

「馬を下りよ。押し包んで討ち取れ」

頼茂は腰の太刀を抜いた。黒煙の中に獅子王の太刀が青白く光った。朝盛が、

「頼茂、実朝様の仇を討つぞ」

と叫んで矢を放った。頼茂はすばやく太刀で矢を払った。

「実朝を討ったは公暁、わしを恨むのは筋違いというものだ」

朝盛に駆け寄った武者三人を、義秀が横殴りに斬って捨てた。

「朝盛、面倒じゃ。斬り捨てろ」

「おう――」

と応じた朝盛が太刀を抜いて進んだ。頼茂は片手で大きく振りかぶった。もう一方の手は朝盛を拝むように向けられた。

頼茂が口の中で何事かつぶやくと、まわりの森の炎が舌のように頼茂に向かってのびた。頼茂が黒煙と紅蓮《ぐれん》の炎に包まれたと見えた時、遠くから馬蹄《ばてい》の音が響いて

きた。

「右馬権頭《うまのごんのかみ》様、いかがされた」

頼茂を呼ぶ声がする。先発した弔問使の一行が、山火事の異変に気づいて引き返してきたようだ。義秀は舌打ちした。

「弔問使に刃《やいば》は向けられぬ、退《ひ》くぞ」

義秀は馬に飛び乗り馬腹を蹴った。朝盛たちもこれに続いた。これを頼茂の郎党の騎馬武者たちが追おうとしたが、

「追うな——」

黒煙の中から現れた頼茂が平然として言った。地面に割れ散った首桶を見て、

「和田朝盛を討ち取れなかったのは惜しかったが、実朝の首はこちらの手の内にある。奴らはしくじったのだ」

と嘲《あざけ》った。

そのころ、波多野に近い足柄道を修験者《しゅげんじゃ》が歩いていた。兜巾《ときん》をつけ笈《きゅう》を背負い、腰には鮫皮巻鞘《さめがわまきざや》の太刀を吊《つ》っている。錫杖《しゃくじょう》を手に道を急ぐでもなく、悠然と歩いている。

錫杖は木製の杖《つえ》の先端に複数の金属の環《わ》をつけたものだ。この金属環が触れ合う

音で山中の蛇や毒虫を避けるのだという。

修験者の歩みが道端にある地蔵堂のあたりで、ぴたりと止まった。地蔵堂の陰から一人の武士が出てきた。青栗七郎である。七郎は頭を下げて、

「修験者殿、すまぬが、その笈の中身をあらためさせてもらえぬか」

と言った。修験者は錫杖を地面に突いて七郎をじろりと見た。

「わしは鞍馬で修行いたし奥州へ参る尋尊坊《じんそんぼう》と申す。誰かと間違えておられるようだな」

「いや、そなたの顔に見覚えがあるのだ。波多野に来た弔問使の供をしていた下人の一人であろう」

「異なことを申される」

修験者は苦笑したが、錫杖で地面をトンと打つとその体は宙に跳んだ。

七郎はさっと太刀を抜いた。修験者は錫杖を振りかざして七郎に打ちかかった。

修験者は交野八郎の配下の一人、四天だった。

四天は亀菊の指示で、追ってくる朝盛たちの裏をかいて関本宿から引き返し、さらに箱根道をとろうとしたのである。八郎が背に負った笈の中に首桶《くびおけ》は入っていた。

亀菊が八郎に箱根道を通るように命じたのは、勅使が穢《けが》れを忌むため首とともに京に入るわけにはいかなかったからだ。

七郎が朝盛たちと同行せずに足柄道で待ち受けたのは義秀の指示だった。この時代、人々は首には怨念《おんねん》が宿ると思っている。弔問使は怨念のこもる首を持って道中することはないだろうと義秀も考えたのだ。

七郎は体《たい》をかわしてすれ違い様に斬りつけた。四天は錫杖で太刀を弾《はじ》き返し、火花が散った。四天は頭上で錫杖を回した。四天が錫杖をぴたりと七郎に向かって構えた時、先端の金輪環が飛んだ。

七郎がこれを刀で払いのけると、錫杖の先端には白く光る刃が飛び出していた。仕掛けのある錫杖だった。四天はこの錫杖で七郎に突きかかった。七郎は思いがけぬ攻撃に、ひやりとした。

武器としての槍《やり》が登場するのは南北朝の時代からである。このころ槍はまだなかっただけに、異様な武器での刺突は七郎の意表をついたのである。

（こやつ、手強《てごわ》い）

錫杖の突きは七郎の袖《そで》を引き裂き、首筋をかすめた。突いては引き、また突く動きは稲妻のような速さだった。

七郎はこれをかわしつつ退いていたが、道の端に来たところで、不意に上へ跳躍した。四天が振り仰いだ時、宙に跳んだ七郎は上から斬りつけた。

四天は七郎の刀を錫杖で払った。しかし、七郎の斬撃《ざんげき》は凄《すさ》まじく錫杖は両断された。

「おのれ――」

腰の刀を抜こうとした四天を、七郎は踏み込んで袈裟《けさ》斬りにした。四天はうめくと地面に倒れた。地面に血があふれた。七郎は倒れた四天に近づくと、笈の中から首桶を取り出した。

(やはり、こやつが持っておったか)

七郎はほっとしたが、それとともに四天の見せた異能の武術に、

(この男、摂津源氏の郎党とも思えぬ。だとすると交野八郎の配下か)

と思った。もし、そうなら後鳥羽上皇の密使を斬ったことになる、と思った。

実朝の首が弔問使一行によっていったん奪われながら、ただちに朝盛たちが奪還したことは新三郎によって大倉御所の政子に伝えられた。

朝盛たちは首を奪い返した五日後には首塚を作り、実朝の首を祀《まつ》ったという。

「そうか――」

と政子はうなずいた。朝盛が実朝の首を祀ったのであれば、取り戻すことに躍起にならずともよい、と政子は思った。

(いずれ、あらためて葬る機会もあろう)

と思ったのである。

政子は三月十二日に義時や大江広元らを集めて朝廷への対応を協議した。十五日には北条時房が一千騎を率いて上洛した。

弔問使が伝えた摂津国の長江、倉橋両荘園の地頭《じとう》を停止《ちょうじ》せよという要求については、これを拒絶した上で親王東下のことを督促するためだった。

政子は京に対して融和外交から武力による交渉に切り替えていた。

これからは後鳥羽上皇を相手にしなければならない。波多野の者たちに構っている暇はない、と思っていた。しかし、弔問使一行がなぜ実朝の首を奪おうとしたのか、不思議でもあった。

「何の狙いがあってのことであろう」

政子がつぶやくと、新三郎が膝《ひざ》を乗り出した。

「あるいは源頼茂様がなんぞ関わっておられるのやもしれませぬ」

「頼茂が？」

「朝夷名三郎が足柄峠にて右大臣様の御首を取り戻した時には、山を焼く大騒動を起こしたようです。そこまでさせた頼茂様のなされようもただ事ではありません」

「ふむ――」

政子はうなずいたが、それ以上、追及しようとは思わなかった。

（いまや源氏の血筋の者は、皆、将軍の座を狙って策をめぐらしている。頼茂だけのことでもない）

と思うからだ。それよりも弔問使がそこまでするということは、後鳥羽上皇の胸中が気になる。

（すでに親王東下をとりやめにするおつもりなのか）

だとすると、時房が一千騎を率いて京に乗り込んでの交渉にどう応じてくるかである。

三月二十八日には京から二階堂行光が鎌倉に戻ってきたが、朝廷で親王東下の話は進んでいないという。行光は、

「親王を鎌倉にやることは将来、国を二分することになる、と上皇様がもらされたそうです」

と報告した。この時、政子は前途に暗雲が漂うのを初めて感じたのである。

この日、鎌倉の若宮大路で女輿《おんなこし》の前に黒い大きな犬が立ちふさがる、という些細《ささい》な出来事があった。女輿をかつぐ下人や供の者たちがうろたえたのは、輿に乗っている女主人がひどく犬を嫌っていることを知っていたからだ。供の者が前に出て、

——叱《しっ》

と犬を追おうとしたが、黒い犬は赤い舌をたらして平然としている。かえって追おうとする供の者たちの方にのそり、と近づいてきた。黒犬は子牛ほどの大きさがある。供の者たちは青ざめ、声を呑《の》んだ。輿の中から、

「何をしている、早く追い払わぬか」

苛立《いらだ》った女の声がした。あわてた供侍の一人が刀を抜いて黒犬を脅そうとした。ところが黒犬は怖れるどころか、かえってうなり声をあげて供侍に飛びかかった。うわっ、悲鳴とともに供侍は尻餅《しりもち》をつき、輿をかついだ下人たちも後ずさりした。するると下人の一人がつまずいて輿が地面へと落ちた。

輿の中の女が悲鳴をあげると黒犬は興奮したのか、輿へ向かって吠《ほ》え立て、飛びかかろうとした。輿の中の女が、

——誰か助けて

と叫んだ時、黒犬の前に一人の武士が立った。

小柄で左目のまわりに赤痣《あかあざ》がある異相の男だった。

交野八郎である。八郎は黒犬の前に片手を突き出して、何事か口の中でつぶやいた。すると黒犬は吠え立てるのをやめ、じっと八郎の顔をうかがった。さらに八郎が鋭い目を向けて叱咤《しった》すると突然、黒犬は尾をたれて走り去った。何か恐ろしいものにおびえたかのようだった。黒犬がいなくなると、八郎はひざまずいて輿の中の

女に、

「それがし、交野八郎と申します。犬は追い払いましたゆえ、ご安心を」

と呼びかけた。女は輿の簾《すだれ》をあげて、八郎の顔を見ると異相に興味を持ったようだった。

「そなた、供をするように」

と傲慢《ごうまん》な口調で言った。女は北条義時の正室、伊賀の方だった。伊賀朝光《ともみつ》の娘である。

伊賀氏は藤原秀郷《ひでさと》の流れで朝光の時、伊賀守となったことから伊賀氏を称するようになったという。伊賀の方は義時の後妻だが、政村《まさむら》という男子を産んでいた。

八郎はかしこまって供に加わった。

黒犬を伊賀の方の輿にけしかけたのは八郎である。

八郎は亀菊ら弔問使一行の跡をひそかに尾行し、実朝の首が青栗七郎によって取り返され、配下の四天が斬られたのを見届けると鎌倉に戻っていた。八郎は、実朝の首が波多野の朝盛たちのもとにあることは朝廷にとって悪いことではない、と考えていた。

(実朝の首をめぐって鎌倉は割れていくようだ)

と見ていたのである。それなら、さらに鎌倉の亀裂《きれつ》を深めることが後鳥羽上皇の思《おぼ》し召《め》しにかなうだろう、と八郎は思うのだ。三浦の内情を探った以上、執権北条義時を探ろうと伊賀の方に近づいたのだ。

伊賀の方は美しいが、額がせまく鼻が高い、高慢で狭量な顔をしていた。

(この女は争いの原因《もと》となりそうな)

八郎は輿について歩きながら、そんなことを考えていたのである。


そのころ水無瀬離宮では後鳥羽上皇が亀菊から鎌倉での様子などを聞かれていた。

亀菊は上紅に薄紅を重ねた紅《くれない》の匂《におい》い八つを着ている。亀菊の話を聞かれた後鳥羽上皇は池のほとりの釣殿に上がられ、勾欄《こうらん》の傍らに座られて、

「ひさしぶりに、琵琶《びわ》を聞かせてやろう」

と琵琶を取ってお弾きになった。弾かれたのは秘曲「啄木《たくぼく》」である。

かつて、鴨長明が、この秘曲を人々の前で弾いたために宮中から放逐されたことを亀菊は知っていた。

長明は下鴨《しもがも》神社の禰宜《ねぎ》、長継《ながつぐ》の二男で中年まで不遇に過ごした。

それでも和歌に優れ、琵琶の名手でもあったことから、後鳥羽上皇の和歌所寄人《よりうど》となっていたことがある。

後鳥羽上皇は管弦では琵琶を愛好し、長明は言わば琵琶の師でもあった。

後年、一丈（約三メートル）四方の草庵《そうあん》に隠棲《いんせい》して「方丈記」を著した長明と、この世で最も富裕な後鳥羽上皇が、どこかで心を通い合わせていたのは不思議なことである。

長明はかつて蹴鞠《けまり》の名手、飛鳥井雅経《まさつね》とともに鎌倉に下り、実朝と面会したことがある。

建暦元年《けんりやく》（一二一一）十月十三日のことだった。

実朝は二十歳、長明は五十七歳だった。京から噂に聞く蹴鞠の名足が下ってきたと聞いて、実朝は疱瘡《ほうそう》の痕《あと》が残る顔を興奮で赤らめていた。歌人の長明から実朝は何かを学んだだろうか。あるいは、

――ゆく河の流れは絶えずして、しかももとの水にあらず

という長明の無常の思いは実朝にも伝わったかもしれない。長明は京に戻って間も無く「方丈記」を一気に書き上げるのだ。

後鳥羽上皇はやがて琵琶を弾き終わられるとつぶやかれた。

「実朝の首は京には参らぬようだな」

亀菊が八郎の配下に実朝の首を託したが、未《いま》だに京に戻らないと話したのである。

亀菊は後鳥羽上皇の御言葉を伏目になって聞いた。頼茂や猫を相手にした時には奔放で、男を自在に操ることができる亀菊が後鳥羽上皇の前では少女のごとくなっ

てしまう。

亀菊にとって後鳥羽上皇は神である。上皇という身分がそうなのではなく後鳥羽上皇その人がそうなのだ、と亀菊は思っていた。それなのに後鳥羽上皇の目の届かぬところで、頼茂などを閨《ねや》に入れてしまうことを亀菊はおかしいとも感じない。後鳥羽上皇の前に出た時には、そんなことは蚊に血を吸われたことのようにしか思い出さないのである。後鳥羽上皇はさらに、

「実朝は哀れであったな」

と言われた。亀菊は意外な御言葉を聞いたと思った。

後鳥羽上皇は、承元《じょうげん》元年（一二〇七）、三条白河に最勝四天王院を建立されている。

承元四年ごろから「天魔出現」を理由に寺社に祈禱《きとう》を命じられたが、この最勝四天王院では百口《ひゃっく》の僧によって法華経などを転読した。これは関東調伏《ちょうぶく》の呪詛《じゅそ》だったのではないかといわれる。また、後鳥羽上皇は承元二年の住吉社歌合で、

奥山のおどろが下も踏み分けて道ある世ぞと人に知らせん

という和歌を詠まれている。おどろとは、藪《やぶ》や茨《いばら》が生い茂った場所だという。こ

の和歌もまた後鳥羽上皇が鎌倉を討つ決意を述べられたものだと伝えられる。

それだけに後鳥羽上皇が将軍実朝に憐憫《れんびん》の情を示されるのが亀菊には不思議だった。

亀菊は後鳥羽上皇が当代で定家を除けば、和歌の批評の第一人者であることを思い出した。後鳥羽上皇は、会ったことはなくとも和歌を通じて実朝を最もよく理解されていたのかもしれない。

そう思えば、亀菊の胸には実朝への嫉妬《しっと》の思いが湧くのだった。

第九章　伊賀の方

朝廷が親王東下を決めかねていることを、鎌倉でひそかに喜んでいた者がいる。伊賀の方だった。

伊賀の方はあの日、交野八郎を邸《やしき》に連れ帰って、八郎が弔問使一行とともに鎌倉に来て、三浦館《やかた》にとどまっていたことを知った。

さらに八郎が後鳥羽上皇の傍《そば》に仕えたことがあり、京の事情に詳しいことを知ると珍重した。八郎は伊賀の方に取り入るかのように様々な話をしたのだが、その中に、

——執権殿は騙《だま》されておいでだ

という言葉があった。

「聞き捨てになりませんね、どういうことですか」

伊賀の方が目を鋭くして訊《き》くと、八郎は平然として、

「いや、上皇様には親王様を御東下させるおつもりなどございませぬ。頼み甲斐《がい》のないことを頼みにされるのは、誰かに騙されておるからではありませぬか」

八郎の言葉に伊賀の方はうなずいた。

伊賀の方にも、義時が朝廷というより政子に騙されているような気がしていたのだ。

(親王を京から呼べば、親王の身の周りの者が鎌倉を治めるようになるに決まっている。北条執権家などつぶされてしまうのではないか)

と伊賀の方は思っていた。わが子、政村の将来を思うと伊賀の方は不安なのである。伊賀の方はさりげなく八郎に、

「もし、執権殿が騙されておいでだとしたら、どのようにしたらよいかのう」

と訊いた。八郎には、そんな知恵がありそうな気がしたのである。八郎はしばらく気を持たせるように考える振りをした後、

「京には親王様しかおわさぬわけではございますまい」

と謎のようなことを言った。

「親王様ではなく誰を呼べというのです」

「京の公家《くげ》には源家とつながりのある方もございましょう」

八郎に言われて伊賀の方はあっと思った。伊賀の方の頭に浮かんだのは、

一条実雅《さねまさ》

という名である。実雅は一条能保《よしやす》の子である。能保は頼朝の妹を妻としていたこ

とから、頼朝の台頭とともに朝廷で累進し、京都守護も務めた公家だ。

能保は頼朝の死の二年前に亡くなっているが、その子、実雅は母親を通じて清和源氏の血を伝えていた。頼朝はかつて娘の大姫を入内《じゅだい》させようとしたが、その前に能保の子、高能《たかよし》と大姫を結婚させては、という話が出たことがある。

この話は大姫が望まなかったことから流れたが、鎌倉の源家にとって京とのつながりを強固にするために一条家と縁組をするということは常に考えられていたことでもあった。

「一条か――」

伊賀の方がつぶやくと、八郎は膝《ひざ》を進めて、

「まだ、鎌倉では誰も一条様の名を思いついておらぬ様子。されば、ひそかに北条様と一条様の間で縁組を進めたうえで、一条様を将軍として擁されてはいかが」

八郎はじっと伊賀の方の目を見つめて言った。

伊賀の方は八郎の目に吸い込まれそうな甘美なものを感じた。伊賀の方は権力への誘いという媚薬《びやく》を嗅《か》いだのかもしれない。

翌日、伊賀の方は北条館で兄の光宗《みつむね》と密談した。色白で痩《や》せた光宗は声をひそめて、

「尼御台《あまみだい》はあきらめておらぬが、もはや朝廷には親王を将軍にするつもりはないよ

うだな」

と言った。伊賀の方はゆったりとうなずいて、

「さようであれば、早くにいたさねばなりませぬなあ。三浦様から申し上げていただきましょうか」

伊賀の方は京から親王が東下しなければ、一条実雅を義時の女婿とし、さらに将軍にしようと持ちかけたのだ。

そして義時の嫡男、泰時ではなく、伊賀の方の子、政村を執権職に据えたい、と光宗に言うのだった。そのために政村の烏帽子《えぼし》親である三浦義村を利用しようというのだ。

すべては八郎が伊賀の方に囁《ささや》いた策だった。しかし、今の伊賀の方は八郎から教えられたということは、すっかり忘れ、わが策だと思い込んでいる。

北条家では、かつて義時の父、時政が後妻の牧の方と謀って、女婿で京都守護の平賀朝雅《ともまさ》を将軍にしようとしたことがあった。この時は牧の方が積極的で、時政を焚《た》きつけたと言われるが、伊賀の方も同じことをしようとしていたのだ。

北条の女たちは政子を始め、表は美しくとも胸中に野望と非情さを隠し持っている。これもまた坂東の血なのだろうか。光宗は首をひねって、

「それよりも執権殿に動いてもらえば早いのではあるまいか」

「義時殿は、尼御台を怖れておいでですから」

伊賀の方はつめたい笑みを浮かべた。

（義時は尼御台の言いなりで、わたしの言うことなど聞こうともせぬ）

という思いがあった。伊賀の方は、義時が今も前妻を恋しく思っているのではないかと疑っていた。

義時の前妻は頼朝に仕えた官女で「姫の前」と呼ばれる女性だった。「姫の前」は比企朝宗《ともむね》の娘で頼朝にも気に入られ、

――当時権威無双の女房
だったという。しかも、「容顔美麗」であり、義時はしきりに恋文を送った。

これを知った頼朝が、義時に離別しないという起請文《きしようもん》を書かせたうえで「姫の前」と結婚させたのである。

建久三年九月のことだった。しかし、後に比企氏の乱があったためか義時は後妻を迎えた。それが伊賀の方なのだ。

義時は素知らぬ顔をしているが、今も「姫の前」を忘れかねていることを伊賀の方は知っていた。それならば離別などしなければいいのだが、義時には権力の座の方が大事だったのだろう。

そんな義時を伊賀の方はひそかに蔑《さげす》んでいた。その癖、伊賀の方は義時と同じよ

うに権勢への執着心は人一倍、強いのである。義時と伊賀の方は、実はあまりにも似通いすぎている夫婦なのかもしれない。

「尼御台は鞠子殿を親王の正室として源家の血を伝えるつもりではないのかな。だとすると、実雅殿を将軍にするにしても、こちらの婿とすることはできぬぞ」

光宗はため息をつくように言った。

「そのことです」

伊賀の方はうなずいた。あの姫さえいなければ一条実雅を将軍にしてわが子の政村の道を開くことができるのだ、と思うと鞠子が恨めしかった。

鞠子が伊賀の方と政村の前に立ちはだかって、邪魔をしているように思えるのである。

——憎い女だ

と思った伊賀の方は、ふと顔を上げた。黒目がちな目が妖気《ようき》を帯びて輝いている。

「ならば、鞠子殿のお命を縮めればよいのです」

と嬉《うれ》しげに言った。

「まさか、そのような」

光宗は妹の大胆な言葉に青くなった。伊賀の方は口にしたことは必ず実行する女なのだ。

鞠子への討手をどうしたらよいのか、と考えた伊賀の方は、

（三浦義村に頼めばよい）

と思いついた。有力者の三浦なら保護する者がいない鞠子などいつでも始末できるだろう、と思ったのである。

「兄上、わたしによい考えがあります」

伊賀の方に微笑まれて、光宗は思わず、びくりとした。いつもこうして妹に使われてしまうのだ。伊賀の方が光宗に話したのは、今、館《やかた》にいる交野八郎という男を使って三浦義村に話をつけようということだった。

「交野八郎？　何者だ」

光宗に訊《き》かれて伊賀の方は、

「兄上がご存じなくともよいことでございます」

と笑った。しかし、実のところ、伊賀の方も八郎については何ほどのことも知らないのだ。それでも伊賀の方は八郎が味方に違いないと信じられるのが、われながら不思議だった。

八郎にはそう思わせる何かがあるのだろう。

翌日、義村は北条館に呼ばれ、伊賀の方から鞠子の暗殺を頼まれた。傍で口添えをしたのは八郎である。義村は、しばらく邸《やしき》にいた後、姿を消した八郎が北条館に

いたことに驚いた。深沈とした表情で伊賀の方の話を聞いた義村は、

「お話、承ってござる」

と答えて八郎とともに自邸に戻った。胤義を呼んで相談するためである。胤義が義村の居室にやってくると、

「どうだ、伊賀の方の話、面白かろう」

と義村は目を光らせて言った。顔に欲深さが出ていた。

義村にとって義時の正室が陰謀の相談を持ちかけてきたことは、願ってもない好機だったのだ。しかし、数日後には大番役で上洛《じょうらく》することになっている胤義は、鎌倉の陰謀話は聞きたくなかった。

「さような邪《よこしま》な企てにお乗りになるのは、おやめなされ」

胤義は苦い顔で言うと、下座にひかえた八郎をにらんだ。

（この男め、よけいなことをする）

と腹を立てていた。

「邪とはなんじゃ。親王ではなく清和源氏の血を伝える将軍を擁立しようとすることは、源家への忠義ではないか。それとも、お前は妻の連れ子の禅暁が源氏の血筋であることに目をつけて、いずれ擁立しようという魂胆でもあるのか」

義村に笑いながら言われて、胤義はむっとした。それとともに、

(兄はいつから、このような人になったのか)

と不快になった。胤義の嫌悪感は、将軍の座をめぐって次々に源氏の血筋を殺していく義時に対してのものでもあった。

(鎌倉は修羅《しゅら》の府だ――)

と思うと、実朝の首を擁して波多野に立て籠《こ》もった男たちが懐かしく思い出された。


三日後、鎌倉から京へ旅立った胤義は何を思ったのか足柄道をとった。波多野が近づいた時、胤義は朝盛がいる館に使いを走らせた。

使いとなったのは、胤義とともに京に戻ることにした交野八郎である。八郎は安達新三郎ら御使《おんし》雑色《ぞうしき》の目が光っている鎌倉を脱出するため、胤義と行をともにしたのだ。

胤義が八郎を波多野への使いとしたのは、さすがに義村への手前、三浦の郎党を使うことを憚《はばか》ったのだろう。

胤義は、伊賀の方と義村が結んで鞠子を暗殺しようという陰謀があることを、朝盛たちに報《しら》せたかった。鎌倉に潜入した朝盛たちが鞠子に救われて脱出したということは、義村から聞いていた。

（朝盛は鞠子様を見捨てぬだろう）

そう思った胤義は、朝盛に鞠子の命を託すことにしたのである。胤義から使いに行くことを頼まれた八郎は、

「さても左衛門尉《さえもんのじょう》殿は義に厚いことでござるな」

と皮肉な笑みを浮かべたが、波多野に行くことは承諾した。波多野の和田朝盛たちの器量を見定めておきたかったのだ。

（北条に楯突《たてつ》く侍どもはいずれ後鳥羽上皇様の御役に立つ者たちだろう）

と思っていた。八郎は馬を走らせ、波多野の館に着くと三浦左衛門尉からの使者でござる、と呼ばわった。

櫓門《やぐらもん》では常晴が弓を構えていたが、安念坊が門を開け八郎を中に招じ入れた。八郎は広間に通されると朝盛に書状を差し出し、

「三浦殿からの書状、ご披見くだされ」

と言った。朝盛は書状を手にしたまま、じっと八郎の顔を見た。八郎は、朝盛の視線が顔の赤痣《あかあざ》を見ていることに気づくと、さすがに嫌な気持がした。

朝盛はそのことに気づいたのか、頭を下げて失礼仕《つかまつ》った、と言った。そして朝盛は、京にいたころ顔に赤痣のある盗賊が後鳥羽上皇によって召し捕られた噂を聞いたことがある、と言った。

「ほう、その盗賊がそれがしだとおっしゃるか」

「いや、さようなわけではありませんが、その盗賊は上皇様の命によって動いていると聞いております」

「だとしても、それがしには関わりござらん」

八郎が笑って言うと朝盛はうなずいて、

「たしかに、さようなことはあるはずもない」

とうなずいた。八郎は朝盛の顔を見て、

(この男、後鳥羽上皇様が使われても恥ずかしからぬ器量だ)

と思ってにやりと笑った。八郎はそのまま立ち去ったが、駆け去っていく騎馬を見送った安念坊が母屋に戻ると、書状を読んでいた朝盛の顔色が変わっていた。そして、

「明後日には、皆、戻るのであったな」

とつぶやいた。実はこの時、義秀は親衡、七郎とともに下総に出かけていたのである。

下総には今も和田党の人々が潜伏しており、その様子を知るためだった。また食糧、衣類、武具なども運ばねばならなかったのだ。

二日後、館に戻った義秀らを前に朝盛は胤義からの書状の内容を伝えた。

義時の室、伊賀の方が鞠子の暗殺を謀っているという。義秀と親衡は異口同音に、

――罠《わな》であろう
と言った。

「三浦胤義がなにゆえ、そのような書状を寄こすのだ。まして、持って来たのが後鳥羽上皇に使われておる盗賊だなどと奇怪至極《きっかい》ではないか」

義秀は不信の色を露《あらわ》にした。しかし、朝盛は腹を決めていた。

「わたしはこの書状を信じようと思います。胤義殿には禅暁殿という鞠子様と同じお立場の連れ子がおります。胤義殿の気持に偽りはないはずです」

「そうかと言って、われらに何ができるというのだ。まさか、また鎌倉に入ってその姫君の護衛をしようというのではあるまいな」

親衡が顔をしかめた。朝盛は弥源太と常晴の顔を見て、

「その方たちは、どう思う」

と訊いた。弥源太は膝《ひざ》を乗り出した。

「鞠子様は足を痛めたわたしを助けてくだされたのです。恩返しはしなければならぬと思うています」

常晴が続いて言った。

「それがしも鎌倉に参りたいと思います。鞠子様は実朝様のご猶子《ゆうし》におわします。

実朝様もそうお望みではないかと存じます」

さらに安念坊までが頭をかきながら、

「わしも鎌倉で助けてもろうた一人じゃ。それに婦女子の危難を見捨てては後生《ごしょう》が悪い気がします」

と言った。朝盛は皆の顔を見渡してにこりとした。

「これで決まったようでござる」


稲村ヶ崎路の鞠子の邸《やしき》に弥源太と常晴、青栗七郎の三人が現れたのは二日後のことだった。

朝盛も行こうとしたが、さすがに義秀が押し止《とど》めた。

「顔が知られておるそなたが行ってどうするのだ。鎌倉とて面子《メンツ》にかけても見過ごしにはできぬぞ」

結局、一番、顔を知られていない七郎と弥源太、常晴が行くことになった。

鞠子は突然、弥源太たちが訪れたことを喜んだ。三人とも折烏帽子《おりえぼし》、狩衣《かりぎぬ》姿である。田舎から訴訟沙汰《ざた》で鎌倉まで出てきた武士の一家に見えた。伊賀の方が命を狙っているという話に鞠子はくすくすと笑った。

「あの女は美しいけれど意地悪です。執権殿も大変だということです」

それよりも気にかかることがある、と鞠子は言った。

「この邸には時々、御使雑色の安達新三郎が来ますから気をつけてください」

「御使雑色が？」

常晴は眉《まゆ》をひそめたが、七郎は平然としていた。

「鎌倉殿が捕らえたいのは朝夷名三郎様、和田朝盛様とそれがしの主人、泉親衡様の三人だけでござる。われらのことは気にもいたしますまい」

弥源太もそんな気がした。すでに実朝の首を葬った以上、弥源太たちを捕らえても仕方がないのではないか。鞠子はうなずいた。

「それなら、しばらくここにいて、わたしを護衛してください。わたしも人数が多い方が楽しいのです」

弥源太は、そう言う鞠子にふと哀れを感じた。もし命を狙われたとしても、鞠子には今まで護《まも》ってくれる者もいなかったのだ。兄たちが次々に死んで行き、次は自分かもしれない、という思いがあるのだろう。

鞠子の暮らしはひどくさびしいものだった。身の回りの世話をするのは加賀《かが》というすでに六十を過ぎた女房で、他に侍女が五人、下僕が四人である。以前は侍二人がいたのだが、いつの間にかいなくなったらしい。

邸を訪れる者はほとんどなく、鞠子は貝合わせをして遊んでいるか、時々、野に花摘みに出るくらいだった。心配した御使雑色も弥源太たちが来てから邸に姿を見せなかった。

「たぶん、皆、京に行っているのでしょう」

鞠子は屈託なげに言った。北条時房と朝廷の交渉を逐一、鎌倉に報《しら》せる任務が御使雑色に課せられているのだろう、という。それだけに三浦党にしてみれば鞠子は狙いやすいのではないか、と常晴たちは話し合った。

そのころ、三浦義村は鞠子の邸に怪しい者が入ったという報告を郎党の雑賀次郎から聞いた。次郎はためらいながら言った。

「三人の中に弥源太殿と武常晴に似た者がおるそうでございます」

「弥源太が?」

義村は顔をしかめたが、ただちに弥源太たちを捕らえよとは命じなかった。鞠子の邸で騒ぎを起こせば、必ず政子の耳に入るに違いなかった。

(そうなれば伊賀の方に頼まれて、鞠子を殺そうとしている企《たくら》みまでばれてしまうかもしれぬ)

それよりは弥源太たちが邸にいる間に鞠子を殺した方が、三人に罪を着せることもできるのではないか。義村はしばらく様子を見たうえで、

(ゆるゆると手を打てばいいだろう)

と思った。伊賀の方からは催促がしきりになるだろうが、放っておくつもりだった。それにしても、弥源太たちがこの時期に鞠子の邸に入ったのが不可解だった。

義村は、鞠子暗殺の企てが胤義によって波多野の朝盛にもらされるとは、夢にも思っていなかったのだ。

やがて五月になった。

鞠子は元気そうにしていたが、実は体が弱く病勝ちだった。このため花摘みに出た時には薬草をとってきた。鞠子は薬草の知識があり、自分で薬湯を作るのだという。

鞠子は薬草を風呂《ふろ》でも使っていた。このころの風呂は独立した小屋になっている。焚《た》き場の土窯《どがま》で沸かした湯の蒸気が湯殿に満ち、これによって汗を流す「蒸し風呂」である。風呂には湯帷子《ゆかたびら》を着て入り、汗をかいた後、かかり湯をするのだ。

薬湯の場合は湯殿に風呂桶《おけ》を置き、「くろもじ」の木を入れた湯に入る。

弥源太は鞠子が風呂に入る時は小屋の外側、格子窓の下に座った。鞠子は風呂に入っている間が退屈らしく、人と話をするのが好きだったからだ。

弥源太は地面に座り、夜空の星を見上げながら話をした。窓格子の間から鞠子の澄んだ声はよく聞こえた。

鞠子は波多野の話を聞きたがった。朝夷名三郎義秀の武勇の話や泉小次郎親衡の智謀にまつわる話に熱心に耳を傾ける様子だった。

湯殿の鞠子は時に笑い声をあげ、嘆声をもらして、

「面白い人たち」

と言うのだった。鞠子は特に朝盛が日頃、何をしているのかを聞くのが好きなようだった。朝盛が清僧のように過ごし、時々は和歌を詠んでいる、という話に鞠子は涙ぐんだ。

「それを知られれば、亡き実朝様もお喜びになられましょう」

「鞠子様は朝盛殿が、お好きなのですか」

弥源太が思い切って訊《き》くと、鞠子はくすくすと笑った。

「実朝様が朝盛殿のことを褒《ほ》めておいでしたから」

実朝の代わりに朝盛のことを聞いているのだ、と言うのだった。

そんな鞠子が、

「わたしは永くは生きられないような気がします」

と言ったのは、ある日の夕方、鞠子が簀子《すのこ》縁《えん》にいた時のことだ。鞠子は手に赤紫の花を抱えている。花弁が大きく鐘のような形をして百合《ゆり》に似ていた。

この日の昼間、鞠子は侍女たちと野辺に花摘みに行って、この花をたくさん摘んできた。根の部分を煎《せん》じると熱さましの薬になるのだという。

赤紫の花を抱えた鞠子を弥源太は美しいと思った。幼いころから人に美貌《びぼう》を誉められてきた弥源太が女を美しいと思ったのは初めてだった。その鞠子が永く生きられないなどと言うのだ。

「どうして、そのようなことを申されます」

弥源太は不機嫌な声を出した。由比ヶ浜で死んだ笙子のことを思い出していた。どうして女は儚《はかな》く死んでいくのだろう、と思った。弥源太は、

「人には御仏《みほとけ》に定められた宿命《しゅくみょう》というものがあると思います。宿命が尽きなければ人は死にません」

と言った。鞠子は頰に笑窪《えくぼ》を浮かべてうなずいた。

「そうかもしれませんね、わたしは宿命を生きた御方を知っています」

「どなたですか？」

弥源太の問いに鞠子は答えず、別なことを話し出した。

「わたし、本当に一人ぼっちだなあ、と思います。京には、まだ一人、兄上がいらっしゃるそうですが、会ったこともありません。一人だけだと思うようになったのは実朝様が亡くなってからです」

「実朝様が――」

「そう、わたしが猶子《ゆうし》になった年、実朝様は陳和卿に唐船《からふね》を造るようお命じになり

ました。翌年由比ヶ浜にできあがった唐船を見に連れていってくださいました。唐船は本当に大きくて立派でした。わたしは唐船が白波を蹴立《けた》てて広い海を行く夢を見ました。その唐船には実朝様とともに、わたしも乗っていたのです」

「実朝様が言われたように、宋の国に渡りたかったのですか」

弥源太が訊くと鞠子はいいえ、と頭《かぶり》を振って不思議な微笑を浮かべた。

「実朝様もわたしも、この国には居場所がありませんでした。だから、どこでもいいから海の外の国に行きたかった」

「居場所がないなどと申されますな。前《さきの》将軍の姫様ではありませんか」

弥源太は悲しくなった。鞠子が、なぜ、このようなことを言わねばならないのだろう。

「将軍の子であるということは、命を狙われるということなのです。それは、実朝様も同じこと。いえ、実朝様は本当に命を奪われてしまいました。わたしの兄が殺したのです」

鞠子は物憂げに言った。

弥源太は、自分も公暁に弄《もてあそ》ばれた屈辱に耐えて生きているのだと言おうとして止めた。鞠子にとって公暁が兄である以上、さらに苦しみを与えることでしかないからだ。

弥源太は、鞠子が唐船に乗って遠く海の外へ行ける日が来ればいいと思った。それが実朝も望んだことだった。しかし、鞠子には、東下してきた親王の正室となる話が進んでいるらしい。そうなれば、鞠子は生涯、鎌倉を出ることなく生きねばならないだろう。

（もしかすると、親王が東下しないことが鞠子様の幸せなのかもしれない）

弥源太はそう思いながら、鞠子が手にしている赤紫の花を見つめた。

鞠子が苦しみ出したのは、その夜のことだった。

熱が出て体が震え、呼吸が苦しげで何度か吐いた。弥源太たちは起き出して鞠子の枕元に集まった。加賀の話では、鞠子は夜になって熱が出たため薬湯を飲んだところ、急に苦しみ出したという。うろたえる加賀に常晴が指示した。

「ぬるい湯を沸かし、お飲ませください。それから汗をおふきして御体が冷えぬように」

さらに医術の心得がある僧を近くの寺へ呼びにやった。侍女たちがあわただしく動く間に、三人は話し合った。常晴はため息をついて言った。

「鞠子様は自ら薬湯を作ってお飲みになっていた。薬草の中には使い方しだいで毒になるものもある。鞠子様が飲まれた薬湯が何かはわからんが、おそらく、わざと毒になるようにした者がいるのだ」

「そやつは、この邸《やしき》の者ですか」

弥源太は青ざめて訊いた。

「わからぬが、おそらくそうだろう。毒のことは医僧にまかせるしかないが、あるいは、このような時にこそ敵が襲ってくるかもしれぬ」

常晴が言うと七郎はうなずいた。

「薬草を毒に変えたぐらいでは殺せるとも思うておるまいからな。さらに襲ってくると覚悟せねばなるまい」

「それでは今夜にでも襲ってくるかもしれぬではありませんか。しかも、邸の中に敵に通じている者がいるとすれば、襲うのもたやすいことだ」

弥源太は膝《ひざ》の上で拳《こぶし》を握り締めた。せっかく護衛に来ていながら、鞠子を死なせるのかと思うと悔しかった。常晴は腕を組んで考えた。

「医僧が来て手当てがすんだら、いっそのこと鞠子様を輿《こし》にてお運びするという手もあるが」

七郎が首をかしげた。

「どこへだ、まさか波多野にお連れするわけにもいかぬぞ」

「尼御台《あまみだい》がいる大倉御所――」

「大倉御所？」

七郎は困惑した顔になった。

「それは大丈夫なのか。大倉御所にこそ、鞠子様を殺そうという者どもがいる。まして、大倉御所への道筋には三浦や北条の館《やかた》があるではないか」

「しかし、鎌倉で鞠子様を護《まも》る力があるのは尼御台だけだ。尼御台のもとに駆け込むしかない。毒を盛った者たちは毒の効き目を見るため、今夜は手出しを控えるかもしれん。その間に大倉御所まで駆けるのだ」

常晴はどうする、というように弥源太の顔を見た。弥源太はうなだれて考えたが、遠い海の外の国へ行きたいと言った鞠子の顔が浮かんだ。弥源太は顔をあげた。

「大倉御所へ参りましょう。鞠子様の命運はまだ尽きていないと思います」

弥源太が言うと、七郎はため息をついた。

「虎と狼のそばを抜けて、獅子《しし》のところに駆け込むようなものだ。鞠子様はともかく、わしらの命運は尽きるぞ」

常晴は苦笑したが、そのまま立ち上がると下僕に輿の用意を命じに行った。間も無く医僧が来たが、毒消しの薬湯を飲ませるぐらいしか治療の手段はなかった。医僧は、

「春に花をつける翁草《おきなぐさ》の根は、煎じれば熱が出た時の解熱に効く薬になりますが、

使い方を誤ると心ノ臓の障りになります。おそらくそれではないでしょうか」

と首をかしげるだけだった。それでも薬湯を飲むと、苦しんでいた鞠子の頬にわずかに赤みが差した。常晴はその様子を見て母屋の中まで輿を持って来させると、鞠子を抱え上げて乗せた。

「ここにいては、いつ襲われるかわかりません。ただいまより、大倉御所にお連れいたします。ご辛抱ください」

常晴の言葉に鞠子はかすかにうなずいたようである。

四人の下僕が輿をかつぎあげ、門を開いて、ゆっくりと外に出た。加賀たちが心配そうに見送った。弥源太が松明《たいまつ》を持って先導し、弓を持った常晴と七郎が輿の両脇についた。稲村ヶ崎路に出て若宮大路を通り、大倉御所まで行くつもりである。

「鞠子様の御体を思えば、あまり急いで輿を揺らすわけにもいかぬ。どうせならば堂々と大路を参ろう」

常晴が言うと、弥源太と七郎は無言でうなずいた。

松明から火の粉が散り、三人の顔を赤く照らした。月には薄く雲がかかっていた。

輿が稲村ヶ崎路から若宮大路にかかろうとしたころ、三浦館に駆け込んだ女がいた。

鞠子の侍女の一人で小藤《こふじ》という若い女だった。

鞠子の薬湯に細工をしたのは小藤の仕業だった。小藤は輿が邸を出るとすぐに抜け出して、闇に紛れて夜道を走ってきたのだ。息も切れ切れな小藤は、鞠子を乗せた輿が大倉御所に向かっていることを告げた。

寝所から出てきて、この報告を聞いた義村は笑った。

「わざわざ、夜中に殺されに来るようなものではないか。すぐに討手を差し向けよ。御所には近づけるな」

義村の命によって雑賀次郎たちが若宮大路へと走った。

さすがに三浦館の前で乱闘騒ぎを起こすわけにはいかないからだ。雑賀次郎とともに走ったのはおよそ十人の郎党である。

月明かりを頼りに松明は持たなかった。少しでも人目につくのを避けるためだ。やがて若宮大路に出たところで、輿をかついだ一行が来るのが見えた。次郎たちは駆け寄って輿の行き先をふさいだ。

「待て、この夜中にどこへ行く」

声をかけた次郎は、はっとした。すでに輿のそばにいる常晴が弓に矢をつがえ、引き絞っていたからだ。

「貴様――」

次郎がうめいた時には常晴はためらわずに矢を射ていた。常晴は夜目が利くのか、矢は次郎の胸に突き立った。次郎が倒れると、他の郎党たちが、わめきながら太刀を抜いて斬りかかった。

「おのれ」

「逃すな」

常晴は距離をとって矢をつがえながら、弥源太に早く行けと叫んだ。

「ここはわれらが食い止める、御所に急ぎ、駆け込め」

すでに七郎は他の郎党と斬り結んでいた。二人の郎党がうめいて膝をつくのが見えた。

弥源太は下僕たちを急がせ、走り出した。松明の火が遠ざかるのを見定めた常晴と七郎は月明かりの下、黒い影となって三浦の郎党との争闘を繰り広げるのだった。

弥源太は松明を振りかざし輿を急がせながら、実朝が殺された夜、実朝の首を抱えて、若宮大路を走ったことを思い出していた。

(実朝様の御霊《みたま》よ、鞠子様をお護りください)

と念じながら走った。実朝の首を抱えて走った自分の願いを、実朝の霊が聞き届けてくれるだろうか。そう思いつつ走っていると、しだいに北条館が近づいてきた。

広大な北条館の門前に篝火《かがりび》が焚《た》かれ、数人の人影がいるのを見て弥源太は絶望的な気持になった。おそらく三浦から伊賀の方に報《しら》せがあったのだろう。

北条は門前を通って御所に行こうとする者を止めようとするに違いなかった。

弥源太は太刀を抜くと下僕たちに命じた。

「わしに構わず、御所へ走れ。もし輿を止めたりすれば、その場で斬り捨てるぞ」

月明かりに弥源太の必死の顔が浮かび、下僕たちは間違いなく御所まで走ります、と応じた。やがて北条館の門前にさしかかった時、弥源太は松明を振り回しながら斬り込んでいった。北条の郎党たちは、この無法な斬り込みに驚いた。輿に誰が乗っているかを確かめたうえで止めようとしていたからである。

「狼藉者《ろうぜきもの》だ」

「こやつ、物《もの》の怪《け》にでも憑《つ》かれておるのか」

「召し捕れ」

とわめきながらも退《ひ》いた。その隙に弥源太は輿とともに前方へ進んだ。そこへ松明をかかげ、腹巻をつけた武者の一隊が三浦館の門から出てくるのに出くわした。先頭に立つ武者の顔が松明に浮かび上がるのを見て、弥源太は絶望した。長尾定景だったからだ。

定景は雑賀次郎たちが捕らえた鞠子を護送するよう、義村に命じられたのだ。しかし、北条館門前での騒ぎに目をこらしていると、近づいた輿を先導しているのは弥源太だった。

弥源太はすでに三浦と北条の郎党に取り囲まれた形になっていた。

定景はずいと前に出てくると弥源太を嘲った。

「これは弥源太殿、ひさしいのう。いずこへ参られる」

すでに太刀の柄に手をかけていた。弥源太がここで斬って波多野で受けた屈辱をはらすつもりだった。定景が波多野で受けた矢傷は今も右頰に醜く残っている。

弥源太は蒼白になりながらも太刀を構えた。

斬り死にするしかない、と覚悟していた。実朝が殺された夜に、公暁とともに斬られる運命だったのかもしれない、と思った。

だとすれば、実朝の首とともに鎌倉から逃げ出し、人並みの気持が味わえただけ幸せだったという気がした。その時、足音とともに闇の中を炎が揺れた。松明をかかげた者たちが二列になって北側から駆けてきたのである。定景は、はっとして身を避けた。たちまち道に松明の列が並び、その間を白い頭巾をつけた尼僧が一人の武士を従えてやってきた。

尼御台の政子だった。

三浦と北条の郎党は皆、武具を隠し地面に片膝をついて頭を下げた。弥源太も思わず太刀を鞘に納めた。そこへ常晴と七郎が駆け寄ってきた。二人は三浦の郎党を斬り破って弥源太を追ってきたのである。返り血を浴びて狩衣や顔が赤く染まっていた。

政子は悠然と弥源太に近づいた。

「病の孫がわたしに会いたがっておると聞いて、出迎えに参りました」

さらに政子はあたりを見回して叱責《しっせき》した。

「この夜中にたいそう人を繰り出して何事ですか。孫はわたしが引き取るゆえ、用なき者は立ち去りなさい」

政子の言葉に定景たちは不承不承、引き揚げた。政子の傍らには新三郎が立っている。新三郎が鞠子の邸《やしき》での異変に気づいて政子に報せたのだろう。

政子は北条と三浦の郎党たちが門内に引き揚げるのを見定めて、弥源太たちに向かい合った。

「鞠子はこれより御所で手厚く看病いたしますから、そなたたちは、ここより引き揚げてもらいたい。そなたたちの名は訊《き》きませぬ。鞠子を助けてくれたことに礼を申しますが、御所に入れるわけにはいきません」

「もったいのうございます」

三人は地面に平伏して頭を下げた。輿はそのまま新三郎に付き添われて、御所へと向かった。政子はそれを見送って弥源太たちを振り向いた。

「そなたたちの主人に伝えてもらいたいことがあります。実朝に忠節を尽くしてくれる者がいたことは、まことにありがたい。されど、鎌倉には鎌倉の進まねばならぬ道があるのです。たとえ、それが修羅《しゅら》の道であったとしても進み始めたうえは退くことはできません。その道を邪魔する者は、たとえ忠義の者でも、わたしは許しません」

政子の言葉は厳然として弥源太たちの肺腑《はいふ》を貫いた。弥源太は冷や汗が背筋を流れるのを感じた。

（まこと、この御方は尼将軍だ）

そう思いながらも、御所に入った鞠子とは二度と会うことはないだろうと思うと、せつない思いがこみ上げてくるのだった。

薄雲が切れて月は煌々《こうこう》と輝き、路上に政子と弥源太たちの影を落としていた。

第十章　新将軍東下

親王東下問題に結論が出たのは六月に入ってからだった。

京から時房が送ってきた使いによると、後鳥羽上皇はあくまで親王東下を認めず、代わって決まったのは摂関家、左大臣九条道家《みちいえ》の子、三寅《みとら》の派遣だった。

三寅は前年、建保六年正月に生まれたばかりである。寅年の正月寅ノ日、寅ノ刻に生まれたので「三寅」と名づけられたという。

三寅は、かつて親鎌倉派だった関白九条兼実《かねざね》の曾孫《そうそん》である。

祖母は一条能保と頼朝の妹の間にできた娘だった。しかも、もう一人の能保の娘が西園寺公経《きんつね》に嫁して産んだ娘が三寅の母である。

つまり、三寅は父方と母方の双方で頼朝の妹と血がつながっていることになる。

この縁によって鎌倉側から三寅を将軍職に迎えることを望んだのだ。あるいは、一条実雅を将軍に迎えようという伊賀局たちの思惑が反映したのかもしれない。

いずれにせよ、全国の武家を束ねる征夷《せいい》大将軍に幼児を迎えることになったのである。このため、おむつをしたままの、

──襁褓《むつき》将軍

などと冷笑されることになった。しかし、政子は三寅を迎えることになっても平然としていた。このころ、御所で健康を回復した鞠子に政子は三寅のことを話した。

鞠子はすずやかな目で政子を見た。何かを覚悟している目だった。

政子は満足気にうなずいた。

「そなたは、将軍家が元服されたおり、御台所《みだいどころ》になってもらいます」

いきなり将軍の妻になれと言われたのだが、鞠子は驚いた様子もなく、

「十五も年下──」

とつぶやいただけだった。政子は苦笑した。

「そうですが、やってもらわねばなりません。これから将軍は京から迎えていきます。その代わり、その正室は源家の女として血筋を伝えていくのです。将軍が若くして政事《まつりごと》を聴けない間は、わたしと同じように、そなたが代わって聴きなさい」

「尼御台様と同じことを？」

「そうです、将軍の座をめぐっての血腥《ちなまぐさ》い争いを断つためにはそれしかありません」

政権を女系によって伝えるというのが、政子が考えてきたことだった。

将軍の座をめぐって野心を持つ男たちは争いを繰り返す。それならば将軍は一代

ごとに京から呼び、源家の女を正室とすればよいというのだ。さらに新将軍が年少の間は、女が政事を聴くという考えだった。

鞠子は利発そうな目で政子を見つめていたが、やがて静かにうなずいた。


鎌倉が三寅を迎えることを意外とした者は京にいた。

大内《おおうち》守護の源頼茂である。頼茂はある夜、藤原忠綱の邸を訪れると詰問した。

「実朝亡き後の将軍職には、源氏のそれがしをというお話ではございませんでしたか」

燭台《しょくだい》の灯《あか》りに黄色く浮かび上がった頼茂は、氷のような視線を忠綱に向けた。頼茂と忠綱の間ではかねてから、そんな話があったのだろう。忠綱は顔をしかめて、

「上皇様はそのおつもりで親王様の御東下を御許しにならなかったのだ。まさか鎌倉が、生まれたばかりの赤子でもよいと言ってくるとは思わなかったからな」

「二歳の幼児が将軍では、坂東の武家が治まるはずはございますまい」

「だからこそ、朝廷にとっては都合がよいのだ」

忠綱は臆面《おくめん》もなく、にやりと笑った。

「なるほど、源氏の将軍よりは御《ぎょ》しやすい赤子の将軍の方がよいということですな」

頼茂はひややかに言ったが、目には憎悪が浮かんでいて忠綱をおびえさせた。

「いや、上皇様には和歌が上手であった実朝に惻隠《そくいん》の情がおありのようなのだ」

後鳥羽上皇が実朝を哀れんでいるのだという。だとすると、実朝を公暁に殺させた頼茂は不興を被《こうむ》っているということになる。

「騙《だま》されたか」

頼茂はうめくように言った。顔が青ざめていた。忠綱はあわてた。頼茂が怒るのが怖かった。

「待て、待て、早まるなよ。三寅を鎌倉に送り、治まらなかった頃合を見て、そなたを将軍とするということもあるではないか」

「それはまた、都合のよい。それがしは傀儡《くぐつ》の人形ではござらぬぞ」

頼茂は立ち上がると右手を上げて燭台を指差した。よく見ると頼茂の指先に小さく蠢《うごめ》くものがある。蚤《のみ》ほどの大きさの小さな蜘蛛《くも》だった。その蜘蛛が、糸を伸ばして頼茂の指先から床へと降りた。

蜘蛛はさらに床を這《は》って燭台までたどりつくと上っていった。

油をいれた皿にまでよじのぼると、皿の中に落ちた。

蜘蛛は燭台の火で燃えた。

その瞬間、忠綱の目を白光が射抜いた。燃えた蜘蛛が白い光と白煙を発したのだ。

忠綱がはっとした時、体の上に巨大な蜘蛛がのしかかっていた。

広間中を覆うほどの大きさの蜘蛛が八本の脚をくねらせ、不気味な胴体の下に忠綱を押しつぶそうとしながら白い糸を吐きかけてくる。

悲鳴をあげて忠綱は起き上がった。すると、忠綱は寝所で寝ていた自分に気づいた。汗まみれになり、ひどく頭が痛んでいた。

今夜、訪ねてきたはずの頼茂がいつの間に帰ったのか記憶になかった。

(酒でも飲んで夢を見たのか)

と思ったが、摂津源氏の頼茂は鬼を使うことができる、という噂があることを思い出した。あるいは頼茂が何かの術を使ったのだろうか。しかし、それより気になったのは頼茂が後鳥羽上皇に憤ったということだった。

(上皇様は逆らう者を決してお許しにならない)

頼茂が後鳥羽上皇への不満から何かを企《たくら》むようなことがあれば、間に立った自分も後鳥羽上皇の不興を買うかもしれなかった。忠綱は身震いした。

三寅に鎌倉に下ることが正式に宣下《せんげ》されたのは、六月三日のことである。

三寅は九日には春日《かすが》社に牛車《ぎっしゃ》で参拝した。

春日社は藤原氏の氏神《うじがみ》である。殿上人《てんじょうびと》一人、諸大夫《しょだいぶ》三人、侍十人が供奉《ぐぶ》した。この時、春日社で行列をひそかにうかがう二人の僧侶《そうりょ》がいた。

網代笠《あじろがさ》をかぶった旅の僧である。

朝盛と安念坊だった。朝盛は親王東下が無くなったと聞いて京に情勢を探りに来ていた。場合によっては頼茂を討つ機会もあるだろうと思っていたのだ。ところが、意外なことに春日社の境内で朝盛に声をかけてきた者がいた。

源頼茂だった。

長烏帽子《ながえぼし》、狩衣《かりぎぬ》姿の頼茂は徒歩《かち》で、供の者も遠ざけていた。

「波多野の謀反人《むほんにん》が京に現れるとは大胆なことだな」

頼茂は笑った。朝盛は網代笠をわずかにあげて頼茂を見た。僧侶の身なりだけに身に帯びているのは錫杖《しやくじよう》だけである。頼茂が郎党を呼べば逃げるしかなかった。とっさに朝盛が考えたのは頼茂と刺し違えることである。しかし、頼茂はその隙を与えず、

「ちと、話したいことがある」

と朝盛を境内の大楠《おおくすのき》の下に誘った。朝盛は黙然として頼茂についていった。いずれにしても、ここで騒ぎを起こすのは得策ではない、と思ったのである。安念坊はやや離れた場所に控えた。頼茂は楠の下でいきなり思いがけぬことを口にした。

「その方ら、新将軍を奪ってみぬか？」

「新将軍を奪う？」

「そうだ、三寅は間も無く京を発《た》ち、鎌倉へ向かう。その方らが立て籠《こ》もる足柄道は通るまいから、必ず箱根を越える。箱根峠にて待ち伏せし、お主らが得意の火攻めにかければ二歳の赤子を奪うことはできよう」

「奪って、どうするというのだ」

「新将軍を擁して北条義時を討てばよい。北条に不満を抱く者たちは、そなたたちにつくのではないか」

「そして鎌倉に入ったわたしたちを、摂津源氏が討って自ら将軍になろうというおつもりであろう」

　朝盛の言葉に頼茂はにやりと笑った。

「そうなれば、わしとしてもありがたい。しかし、北条を討つことができれば、まずは和田党の怨《うら》みは、はらせるのではないか。断っておくが、ここでわしを討つことはできぬぞ。わしが逃げればすむことだからな。それより北条を倒して鎌倉を握れば、兵を発してわしを討つなど容易なことだ」

「なぜ、そのようなことを勧めるのだ」

「わしは公暁に実朝を殺させ、将軍となるつもりでおった。しかし、どうやらわしの思惑通りには動かぬようだ。されば鎌倉に乱が起きて欲しいのだ」

頼茂は目を光らせて言った。朝盛は頼茂の執念に無気味なものを感じた。

(この男は、まだ将軍になることを諦《あきら》めていないのか)

三寅が将軍となってしまえば頼茂の野望も潰《つい》えるだけに必死なのだろう。しかし、言われてみれば北条を討つにはそれしか方法がないかもしれない、と朝盛は思った。北条が源氏ではなく京から公家《くげ》を将軍に迎えようとしていることに不満を持つ豪族は多いはずだ。三寅を奪えば鎌倉が混乱するのは間違いなかった。

頼茂は朝盛の顔を見ていたが、不意に離れると、

「もし、わしの言うことがわかったのなら、あの者を京に残して、わしとの間の使い役にしろ」

と安念坊を指差した。頼茂はそのまま背を向けて去り、安念坊が近づいてきた。安念坊には話は聞こえていなかったようだ。

「あやつ、何を言っておったのですか」

朝盛はすぐには答えることができなかった。

(やはり、頼茂の狙ったように動くことになるのか)

朝盛は頼茂から奇怪な術をかけられたような気がした。思いはすべて、そこへ行くのである。箱根峠で赤子の将軍を奪うということに。

三寅は十七日には後鳥羽上皇にお目見えして御馬、御剣等を賜わった。鎌倉へと出立したのは二十五日のことである。

三寅の一行は一条邸から六波羅に移って進発した。その行列は輿《こし》に乗った女房、乳母《めのと》、女官が先行し、護衛の武者に取り巻かれた三寅の輿が続いた。輿には一条実雅が付き添い、後陣では北条時房が一千騎を率いた。幼児の行列とは思えない物々しさだった。

そのころ、朝盛は京に安念坊を残して波多野に戻っていた。三寅を箱根で奪うという話は、さすがに義秀たちも驚かせた。

「新将軍とは言っても、将軍宣下を受けるのは鎌倉に入ってからのことであろう。とすれば、箱根峠で奪うのは、ただの赤子ではないか。仮に奪えたとしても、そのまま兵を集めて鎌倉を攻めることになるとも思えぬ。赤子を抱えて、どこぞの山中に逃げ隠れすることになるだけだぞ」

義秀は憮然《ぶぜん》とした。しかし親衡は頭をなでて、

「その間に京でなんぞの動きがあれば別かもしれぬぞ」

と言った。義秀はじろりと親衡を睨《にら》んで、吠《ほ》えるように言った。

「なんぞの動きとはなんじゃ。頼茂が兵を挙げるとでも言うのか」

「そのあたりのことだ」

親衡は平然として朝盛を見た。

「頼茂はそれぐらいのことは考えておるのだろう」

「おそらくそうでしょう。われらが新将軍を奪った混乱に乗じるつもりかと」

朝盛はうなずいた。春日社で会って以降、朝盛は京を去る前に一度、頼茂の邸《やしき》を訪ねた。その時、頼茂が約束したのは、新将軍を奪われるという不祥事が起きたら、北条義時追討の院宣《いんぜん》を願い出る、ということだった。

「義時追討の院宣だと」

義秀がうなり声をあげた。朝盛は落ち着いた声で言った。

「さよう、それが、われらも望むものでござる」

親衡も膝《ひざ》を進めて賛同した。

「新将軍が鎌倉に着きさえしなければ、もはや北条のために動く者はおるまい。北条を討って積年の怨みをはらすことができよう」

七郎も賛成するようにうなずいたが、常晴は、

——あいや、お待ちくだされ
と手を上げた。

「坂東の武家は北条についておるのではござらん。京の公家に苦労して切り開いた荘園《しょうえん》を献じ、犬のごとく追い使われるのが嫌で鎌倉に集まっておるのです。北条を

討ったあげく京の力が強まることを望む者はおりませんぞ」

常晴が言うと、義秀は膝を叩《たた》いた。

「わしも院宣に振り回されるのは好きではないぞ」

朝盛は皆を見渡して苦笑し、

「これは困った。意見が割れましたな」

とつぶやくと弥源太を見た。

「弥源太殿は、どう思われる」

弥源太はごくりとつばを飲み込んだ。

「わたしは鞠子様のことが気にかかります」

「鞠子様のことが？」

「はい、尼御台《あまみだい》は親王を迎えて鞠子様を正室にするつもりでした。だとすれば、たとえ、二歳の赤子でも同じことではありますまいか。鞠子様は十五も年下の子供と婚姻せねばならぬことになります。わたしはそのようなことはさせたくないのです」

弥源太の言葉に義秀は大きくうなずいた。

「なるほど、それでよいのではないか。院宣のことなど頼茂の戯言《ざれごと》よ。わしらは新将軍が鎌倉に入るのを黙って見過ごすかどうかだけだ」

「わしもそう思うな」

親衡が、かっか、と笑った。常晴も首をかしげてつぶやいた。

「たしかに赤子を将軍にするのはおかしいですな」

朝盛はしばらく考えた後に言い切った。

「されば決するといたそう。われらは箱根にて三寅君を奪い奉る――」

三寅の行列が箱根にさしかかるのは十数日後である。

このころ、鎌倉では義時が北条館内の南郭に三寅のための新屋を建てる工事を急がせていた。鎌倉に入った三寅の後見は義時である。さらに、京から三寅に付き添ってくる一条実雅を義時の女婿とすることが決まっていた。

いずれにしても三寅が鎌倉に入った時、義時の力は今にも増して強くなるのである。

(今までは将軍生母として姉上を立てねばならなかったが、これからは将軍の後見は、このわしだ)

母屋の簀子縁《すのこえん》で新屋を建てる職人たちの作業を見ながら、義時の頰は自然に緩むのだった。だが、義時の傍らで伊賀の方はいらだたしい思いにとらわれていた。

義時は三寅の後見役として、これまで以上の力を振るえるつもりでいるらしいが、伊賀の方にはそうは思えないのだ。

（あの尼御台が、そのような甘い考えでいるはずがない）

政子は鞠子を三寅の正室にするつもりだ。そうなれば、政事《まつりごと》の実権は尼御台から鞠子へと移っていくのである。さらに鞠子に男子が生まれれば、その子が名実ともに鎌倉の将軍となるのではないか。

北条一族はその新将軍に仕えていくことになる。しかも、鞠子の子は頼家の血を引くことになるから、頼家を暗殺した北条に好感を持つことはないだろう。

（だから、あの晩、強引にでも鞠子を殺しておけばよかったのだ）

伊賀の方は三浦義村の不甲斐《ふがい》無さが腹立たしかった。ともあれ伊賀の方としては、しばらくは様子を見るしかなかった。頃合を見て実雅を将軍にするには、どうすればよいのか。

そんなことを考えていると、京からの長旅で、幼い三寅が無事に着くとは限らないという考えが頭に浮かんだ。

この時代、宿駅も少ないだけに京から鎌倉への旅は過酷である。旅の疲れで人が病んだり、死ぬことも珍しくはなかった。

（まだ、何が起こるかわからない）

伊賀の方は、そう思いながら西の空を眺めるのである。

同じころ、政子は大江広元邸にいた。京から三寅が下向《げこう》することになったことについて、あらためて話しておきたかったからだ。広元は以前よりも視力が落ちたようで、政子へのあいさつも頼りなげだったが、三寅の話では、

「まずは祝着《しゅうちゃく》」

と政子を安心させるようなことを言った。広元によれば幼児の方が朝廷から介入されることが少ないだろう、という。

「親王様であれば後鳥羽上皇様の意を受けて動かれるようなことがあったかもしれません。それに比べれば――」

と広元は笑った。

「しかし、世間では襁褓《むつき》将軍などと申しておるそうじゃ」

「案じられますな。鎌倉に入りさえすれば十万騎に護《まも》られるのです。たとえ襁褓将軍であろうとも、天下に逆らえる者はおりますまい」

「なるほど、そうであった」

と言いながら、政子は何か引っかかるものを感じた。

――鎌倉に入りさえすれば

広元の言った言葉を胸の中で繰り返していた。ということは、鎌倉に入る前の三寅は幼児にすぎない、ということである。

（もし、鎌倉への途次で何事かあったらどうなるのだ）

政子の胸に不安がわいた。北条時房が一千騎で護衛するのだから万全のはずだが、その一千騎さえ打ち破った男たちがいるではないか。

まさか、あの者たちがと思うが、政子は気持が落ち着かなかった。

かつて、木曾義仲は寡勢でありながら倶利伽羅峠で平家を打ち破り、源義経は鵯越《ひよどりごえ》の奇襲で平家の軍勢を粉砕した。

武門の男たちは時には、ありえない奇跡を起こして見せるのである。

（これは老婆心というものだ。案ずることはない）

政子は自分に言い聞かせたが、気配には乱れが生じた。広元はそれを感じ取って、わずかに眉《まゆ》をひそめるのだった。

朝盛たちは箱根路で、どのように襲撃するか準備を急いでいた。攻め方は、
——火攻め
がよい、と親衡が主張した。親衡の作戦は巧緻《こうち》だった。箱根峠の狭い道筋に伐《き》り出した大木を転がして行列の前後を一気に塞《ふさ》ぎ、その途中に積み上げた枯れ木や柴《しば》に火を放って道を封じる。さらに、道脇の樹上から矢を射掛けて護衛の武士たちをすくませ、その間に三寅の輿《こし》を襲って奪い取るのだ。

「行列の最初は女輿であろう。これと後陣の馬に火矢を射掛ければ混乱しよう。たとえどれだけ武者がいても峠道ゆえ、長蛇になっておる。前方に出てくる前に三寅君を奪えば、後は逃げるだけだ」

親衡が地図を指し示しながら説明した。

「木の伐り出しやらで何やらで人数がいるのう」

義秀があごをなでながら言った。

「わしが信濃から連れてこよう。それとも頼茂に言うて、足柄峠の者たちを使うという手もあろう」

親衡は朝盛をちらりと見た。朝盛はうなずいた。そのことは安念坊を通じて頼茂が言ってきていることではあった。おそらく足柄峠の坂田党に頼茂の書状は届いているだろう。

「なるほどな」

義秀は、頼茂と組むことは気に入らないらしく苦い顔をしたが、腕を組んで、

「そのあたりは行列がいつごろ箱根に来るかによるな」

とつぶやいた。京から鎌倉までは十五、六日だが、行列になればそれだけ遅くなる。二十四、五日かかるとして、箱根を通るのは七月十六、七日かもしれない。

「その前に箱根に潜まねばならぬが、ここに誰もいなくなってはまずかろう。御使《おんし》

雑色《ぞうしき》あたりが探りに参ろうほどにな」

　義秀が言うと、親衡は地図を巻きながら、

「わしと七郎は人を集めてから参るゆえ、先に発《た》つ。その前に常晴殿に箱根を見張っていてもらおうか。朝盛殿と義秀殿は、安念坊から何か言ってくるかもしれぬから、できるだけ、ここで待っておられたがよかろう」

　と言った。名前を言われなかった弥源太は不満をもらした。

「わたしは、お役目はないのですか」

　親衡はにやにやと笑った。

「いや、弥源太殿には鎌倉へ行ってもらおうか」

「鎌倉ですか？」

「鎌倉が警戒すれば出迎えの兵を出そう。どのような動きをするか探っておかねばならぬ」

「なるほど――」

「それに弥源太殿なれば探りやすい手立てもあろうからな」

「手立てでございますか？」

「それ、鞠子様という姫御前《ひめごぜ》がおろうが」

　親衡は、わっと笑った。弥源太は不機嫌になった。

「鞠子様は御所におられます。わたしは近づくこともできませぬ」

まあ、そこをなんとかすることだ、と親衡は言って話を終えた。弥源太は気づかなかったが、他の者には親衡が弥源太を鎌倉に行かせることで、できれば箱根での戦いには加えたくないのだ、とわかった。

仮にも摂関家の血を引き、鎌倉の新将軍になろうとする三寅を奪おうというのである。成功しても、その後の逃走は困難を極めるに違いなかった。特に三浦の一族でもある弥源太にとって苦しいものとなるだろう。

もともと弥源太は三浦義村の命によって公暁についていただけで、そこまでしなければならない義理はないのだ、と皆が知っていた。しかし、そんなことを言えば弥源太は鎌倉に行こうとしないだろう。だから義秀は大仰に言った。

「やれ、弥源太は鎌倉へ姫御前に会いに行くのか。わしは、近ごろこのあたりの猪ぐらいしか会うておらんぞ。うらやましいのう」

義秀にしてみれば、それが弥源太への別れの言葉なのである。

三寅の一行が発った後、後鳥羽上皇は水無瀬離宮にて遊興にふけられた。

愛妾《あいしょう》の亀菊、側近の藤原忠綱や白拍子《しらびょうし》がそろった席で話題になった男がいる。近ごろ、大番役で上洛《じょうらく》した三浦胤義である。後鳥羽上皇の側近の一人、藤原秀康《ひでやす》が、しきりに胤義を推奨した。

「まことに武勇に長《た》け、廉恥の武将です。おそばに置かれれば、必ずお役にたちましょう」

「三浦とは、どのような武家であったかな」

後鳥羽上皇はゆったりと盃《さかずき》を口にされた。

「されば三浦は坂東の大族にて、北条にとって代わるのは必ず三浦でありましょう。三浦の当主は義村でございますが、胤義はその弟ながら一族を率いる器があると存じます」

「たいそうに惚《ほ》れ込んだものよ」

後鳥羽上皇はうなずいて微笑された。秀康の推奨をよしとされたのである。これを受けて秀康は胤義を後鳥羽上皇の側近に加えるべく動くことになるのだ。

亀菊はそんな様子を見ていて、ふと、

「そう言えば近ごろ頼茂は姿を見せませぬなあ」

と言った。頼茂は最近、病と届けて出仕を休みがちで、まして水無瀬離宮にまで来ることはなかった。忠綱が遠慮がちに、

「なにやら病であるそうで」

と弁明した。頼茂が後鳥羽上皇の機嫌をそこねることは忠綱にとっても困るので

ある。

「病と言っても気の病であろう」

後鳥羽上皇がひややかに言われた。忠綱は額に冷や汗が出るのを感じた。後鳥羽上皇は頼茂の心を見抜いているのだ、と思った。亀菊は艶然《えんぜん》と後鳥羽上皇に笑いかけた。

「気の病なら、景色のよい水無瀬に参れば治りますものを」

「水無瀬では治らぬ。頼茂の心は羽が生えて鎌倉に飛んでおろう」

「鎌倉へ？」

「三寅を追い越して鎌倉へ行きたいのであろうよ」

後鳥羽上皇が笑われた時、忠綱は青ざめていた。

(頼茂めは、もはや命運がつきたぞ。わしまで巻き込まれぬよう、用心せねばならぬ)

と思ったのである。一方、亀菊は、

(鎌倉へ旅したのが、あの男の見納めになったような。思えば浅い縁《えにし》であった)

とすでに頼茂のことは脳裏から薄れかかっていた。それよりも後鳥羽上皇の目が、どの白拍子に注がれるのかが気になった。

亀菊にとっては、それこそが戦だったからだ。月は出ているものの、夜空は墨を刷《は》いたように暗く沈み、明日の雨を告げるかのようであった。

第十一章　箱根峠

弥源太が鎌倉に入って五日たった。この日、弥源太は稲村ヶ崎路の鞠子の邸に行ってみたが、やはり誰もいなかった。女房の加賀たちも大倉御所に行ったのであろう。そう思って門から出ようとした時、目の前に男が立っていた。

御使雑色《おんしぞうしき》の安達新三郎だったが、弥源太はよく顔を知らない。頭を下げて通りすぎようとした時、新三郎はいきなり弥源太の右手をつかんだ。軽くひねられただけで激痛が走って弥源太はもんどり打って倒れた。

「なにをする」

弥源太があえぐと新三郎は笑った。

「お前がここに来るのを待っていた甲斐《かい》があった」

「なんだと」

「尼御台《あまみだい》様が、お主たち波多野の者に会いたいと仰せである」

弥源太はどきりとした。尼御台は、朝盛たちの企てを察したのだろうか。それとともに大倉御所に連れて行かれれば鞠子にも会えるかもしれない、とも思った。

新三郎はそのまま弥源太を大倉御所へと引き立てて行った。門をくぐり弥源太が座らされたのは南庭《なんてい》である。御所に出仕している侍や侍女たちが物珍しげに弥源太を見て通り過ぎていった。やがて、政子が御所の階《きざはし》に女房たちを従えて出てきた。しかし、弥源太が期待した鞠子は、そこにはいなかった。

「そなたに訊《き》きたいことがあります」

政子は落ち着いた声で言った。弥源太は顔をあげたが、鋭い目で見つめられると口の中が渇くのを感じた。

「そなたらは三寅君が東下されるにあたって、なんぞ不穏なことを企《たくら》んでいるのではありませんか」

「めっそうもございません。なぜ、そのようなことを」

弥源太はあわてて言った。

「ならば、なぜそなたは鎌倉に入ったのです。言ったはずです、わたしの道を邪魔する者は許さぬと」

政子の声は穏やかだったが、目は厳しかった。弥源太が黙っていると、

「話さぬのなら、痛い思いをしてもらわねばなりません」

政子の言葉に応じて新三郎が棒を持ってきた。その棒を弥源太の目の前に突きつける。話さなければ拷問するというのであろう。

「話しませぬ――」

弥源太はかすれた声で言った。その言葉が終わらぬうちに新三郎の棒が肩を打ち据えていた。弥源太は前につんのめった。新三郎はなおも十数度、弥源太の背中を打った。

弥源太は痛みに耐えようとしたが、息が詰まって目の前が薄暗くなった。

新三郎は膝《ひざ》をつくと棒の先端で弥源太のあごを持ち上げ、顔をのぞき込んだ。

「さっさと話さねば、自慢の顔も傷だらけになるぞ」

とつめたく言った。

「かまわぬ。顔など自慢してはおらぬ」

弥源太はあえぎながら言った。美男であることなど枷《かせ》でしかなかった。弥源太は公暁に弄《もてあそ》ばれたことを恥じていた。

(わしは真《まこと》の男になりたかったのだ)

たとえば常晴のような、と弥源太は思った。すでに背中は血がにじみ、痛みでしびれていた。新三郎は嘲笑《ちょうしょう》した。

「後で悔いても知らぬぞ」

新三郎はこぶしで弥源太の顔をなぐった。弥源太が横倒しになると、引き起こしてさらに顔をなぐる。唇が切れ、鼻血が出て、顔が血みどろになった。

凄惨《せいさん》な光景に政子の侍女たちの間からかすかに悲鳴がもれた。しかし、政子は冷然としたまま、

「しぶといのう。話す気になるまで続けるがよい」

というと背を向けて奥へと戻っていった。弥源太は政子の背に向かって、

「わたしは裏切らぬ——」

と叫んだ。さらに新三郎からなぐられると、

(三浦義村とは違うのだ)

と胸の中でつぶやきながら弥源太は気を失った。


朝盛たちが箱根峠に集まったのは七日のことである。

箱根道へは杣《そま》の道をたどって上がり、箱根の水海《みずうみ》(蘆《あし》ノ湖《こ》)を目印に集まった。まわりは二子山《ふたごやま》、駒ヶ岳《こまがたけ》、神山《かみやま》、屏風山《びょうぶやま》などの山容が連なっている。

湖畔には箱根権現がある。

箱根権現は、奈良時代の天平宝字《てんぴょうほうじ》元年(七五七)、万巻《まんがん》上人が神託により一社を創建したことに始まる。

平安時代末期の箱根山別当は源為義《ためよし》、義朝父子と親交があったので、義朝の子頼朝が伊豆に流されてくると、頼朝のためにしばしば祈禱《きとう》を行ったという。

特に治承四年（一一八〇）、石橋山の合戦の直後、箱根山山中において別当行実《ぎょうじつ》は頼朝主従を援助した。

鎌倉に入った頼朝は箱根権現には特別の保護を加え、伊豆山権現とともに「二所権現」と称せられた。将軍自らの箱根、伊豆両所権現への参詣《さんけい》は「二所詣《にしょもうで》」と呼ばれ、頼朝から六代宗尊《むねたか》親王まで将軍家行事として続けられるのである。

このころの箱根路は湯坂道《ゆさかみち》である。湯坂道は延暦《えんりゃく》二十一年（八〇二）の富士山の大噴火で足柄道の官道が通行不能となった際に、代わって官道として使われたのが始まりだといわれる。

足柄道が復旧すると官道としては廃止されたが、頼朝が権現詣の道として盛んに使ったことから「鎌倉道」とも呼ばれた。鷹巣山《たかのすやま》、浅間山《せんげんやま》と箱根湯本《ゆもと》を結ぶ尾根道で急峻《きゅうしゅん》だった。このため道を塞《ふさ》ぐことはそれほど難しくなかった。

朝盛たちは箱根権現の末社を根城にして用意を整えた。親衛が信濃から連れてきた三十人の手勢で杉、ヒノキを伐《き》り出した。

襲撃する場所は湯坂道でも谷地《やち》で両側が斜面となっているあたりを選んだ。両側から木を転がし、行列を足留めするとともに、後陣の騎馬武者と分断する作戦だった。

十日になって、朝盛たち五人は仕掛けの出来具合を検分した。斜面にたくわえられた大木には縄をかけ、上を枝葉でおおっている。さらに柴《しば》をまとめて転がす準備もしていた。斜面の両側から火矢を射掛ければ護衛の兵たちも混乱するだろう。

「これなら、なんとかなりましょうか」

朝盛が言うと親衡は笑った。

「まあ、やってみねばどうなるか、わからんが、後は運次第じゃ」

「さようですな」

うなずいた朝盛はあらためてあたりを見回した。この谷地は火の海になるのだと思うと、ひどく残酷なことをしているような気がした。

「今ごろ、弥源太は、どうしておるかな」

義秀は朝盛の顔色を読んだのか、違う話をした。

「鎌倉を探って、十日余りになりますか。なかなか動きがつかめぬのでしょう」

常晴がさりげなく言った。

「おう、そうなるか。あ奴め、行列がここを通る日に間に合うであろうか」

「さて、なんとしてでも駆けつけるでありましょう」

常晴は遠くに霞《かす》む山容を見ながら言った。弥源太がここに駆けつけることがよいことだとは思えなかった。親衡が鎌倉に弥源太を潜入させたのは、弥源太を今回の企てから遠ざけるためだろうと思うのだ。朝盛はちらりと常晴の顔を見た。

「わたしは、弥源太殿が箱根に来る前にすべてが終わっていればよいと思います」

弥源太には襲撃の日を報《しら》せず、すべてが終わった後、そのことだけを伝えればよい、と朝盛は思っていた。義秀が哄笑《こうしょう》した。

「弥源太め、置いてけぼりとなるか」

親衡と七郎も笑ったところを見ると、同じ考えのようだ。朝盛は、さらに言葉を続けた。

「わたしや叔父上《おじうえ》、泉殿はもとから鎌倉から追われる身です。三寅君を奪って追われることになっても同じことですが、弥源太殿は違いますから。それに――」

と言いかけて朝盛は常晴の顔を見た。常晴も実朝の首を奪ったということはあっても、もともとは鎌倉から追われる身ではなかった。できるなら、今からでも一党から抜けたほうがよいのではないか、と言いたかったのだ。

常晴は頭に手をやって苦笑した。

「これは、弱りましたな。それがしは、今度のことをしとげたら、その後は実朝様の首塚をお護《まも》りして世を過ごそうかと思うております。これが最後、ということで仲間に置いてやってくだされ」

屈託無げな常晴の言葉は、男たちの笑い声を誘い、そのまま杉木立の間を吹きぬける風に乗っていった。

同じ頃、京の源頼茂は苛立《いらだ》っていた。数日前に京都守護の伊賀光季《みつすえ》から、

――謀反《むほん》の疑いあり
として六波羅への呼び出しがかかっていた。頼茂が自ら将軍になろうとしたという疑いをかけられたのだ。これに対して頼茂は、

「笑止な」

と黙殺して行こうとはしなかった。

大内守護《おおうち》の頼茂は内裏の昭陽舎《しょうようしゃ》に居住していた。昭陽舎は内裏の北東部にあって、淑景舎《しげいしゃ》の南に位置する。淑景舎は庭に桐が植えられたことから「桐壺《きりつぼ》」と呼ばれた。これに対し、昭陽舎は梨を植えたことから「梨壺《なしつぼ》」と称した。建物は東西五間、南北二間の四方に庇《ひさし》があり、北にはさらに孫庇がある。

梨のほかに紅梅、藤、桜、菊等も植えられており、天皇の御在所《おましどころ》にもなった。

頼茂は内裏で忠綱に会うと詰問した。

「伊賀光季がかようなことを申してくるとはいかなるわけでござろうか。それがしに将軍になる望みがあるなど伊賀は知らぬはず。誰ぞが密告をしたとしか思えませぬ」

「誰ぞ、とはわしのことか」

忠綱は迷惑そうな顔をした。

「違うのでございますか」

「ああ、違うな。そなたに謀反の疑いがかけられれば、わしもただではすむまい。そのようなことをすると思うか」

忠綱は苦々しげに言った。

「それでは誰なのでございますか」

「伊賀局であろう」

「伊賀局？」

頼茂は、はっとした。伊賀局、亀菊は後鳥羽上皇の愛妾《あいしょう》とはいえ、何度か抱いた女である。自家薬籠《じかやくろう》中のものにしたつもりだったが、抱いた腕の間からするりと抜けて笑っている亀菊の顔が浮かんだ。

「そなたは上皇様の怖さを知らんなあ」

忠綱は哀れむように頼茂を見た。後鳥羽上皇は頼茂と亀菊のことも知っているのかもしれない。それでも役に立つ間は、素知らぬふりをされたのだろう。

（もはや用済みということかもしれんが、そうはいかんぞ）

頼茂は三寅の行列が箱根で朝盛たちに襲われるのを待とうと思った。

もし、そうなれば鎌倉の後継者はいなくなり事態は混乱する。源氏の一人である

ず）

頼茂の出る場が用意されるはずだった。

（早ければ十五、六日には行列が襲われよう。二十日にはその報せが京に届くは

それまでの辛抱だ、と思う頼茂は市中にひそむ安念坊にも使いをやって、

「あるいは、三寅の行列を襲う企《たくら》みがもれたのかもしれぬ。用心してかかれ」

と事態を見守るように伝えた。さらに一族郎党をひそかに集めた。もし京都守護

が強引に頼茂を引き立てようとした時に抵抗するためだった。

（事と次第によっては園城寺に走ろう）

頼茂はそう思っていたのだが、

——十三日未《ひつじ》ノ刻（午後二時）

突然、六波羅の手勢、二百騎が内裏に押し寄せてきた。頼茂を六波羅へ引き立て

るためである。伊賀光季からの使者の口上を聞いた頼茂は、

「もう来たか」

と舌打ちした。そして使者に鋭い声を浴びせた。

「わしは大内守護である。みだりに内裏を離れることはできぬ。どうしてもという

のであれば力ずくで連れていくがよい」

頼茂はすぐに内裏の門を承明門だけ残して閉じさせた。承明門で防戦するためで

ある。頼茂とともに立て籠《こ》もったのは右近将監《うこんのしょうげん》藤近仲《ちかなか》、前刑部丞《さきのぎょうぶのじょう》平頼国たちだった。二百騎の六波羅勢に対して、頼茂の手勢は三十人ほどである。押し寄せた六波羅勢と激闘になったが、承明門はたちまち打ち破られ、頼茂は仁寿殿《じじゅうでん》に籠もった。

このうえはどこまでも抵抗したうえで京の町を焼いてやろうと思っていた。頼茂は手に松明《たいまつ》を持っていた。火の粉がパチパチとはぜた。その時、仁寿殿の隅に人影が立っているのが見えた。小柄な武士である。

「六波羅の手の者か」

頼茂が訝《いぶか》しげに言うと、進み出てきたのは左目のまわりに赤痣《あかあざ》がある武士だった。

「交野八郎か」

頼茂は苦笑いした。八郎は腰に吊《つ》った太刀をすらりと抜いた。かつて後鳥羽上皇から頂戴《ちょうだい》した菊作りの太刀である。頼茂も応じて太刀を抜いた。摂津源氏に伝わる獅子王の太刀が青白い光を放った。

「源頼茂、大内守護でありながら、上皇様の命に叛《そむ》くとは見苦しかろう」

八郎が静かに言うと頼茂は笑った。

「盗賊あがりが忠臣面《づら》をするではないか」

頼茂は床に松明を投げ捨てた。

「もはや、これまで。すべては燃えるがよいわ」

「狂ったか」

八郎が斬りつけてきた。頼茂はこれを太刀で弾《はじ》き返すと、大きく振り上げて真っ向から斬り下げた。しかし、太刀は空を切った。

八郎は後ろへ飛び下がるとともに頼茂のまわりを回り始めた。その間にも床を炎が這《は》い、黒煙が立ち始めた。やがて柱から天井にまで炎が上っていく。

頼茂は太刀を構えたまま、

「交野八郎よ、お前も所詮《しょせん》はわしと同じ目にあうのだぞ」

「なんのことだ」

「そのように忠義を尽くしても上皇様から捨てられるということよ」

「何を馬鹿なことを」

「わしを見てみろ。わしが公暁を唆《そそのか》し、実朝を殺したのは藤原忠綱を通じて後鳥羽上皇様の御命令があったからじゃ」

「何だと」

八郎は愕然《がくぜん》とした。実朝暗殺が後鳥羽上皇の命によるものだとは夢にも思わなかったからだ。後鳥羽上皇は八郎に実朝暗殺を指示した者を探れとお命じになったではないか。

「お前が鎌倉に下るよう命じられたのは、わしが上皇様の命によって動いたことを覆い隠すためだ。思えば上皇様は恐ろしき御方よ」

「言うな」

八郎が斬りつけた時、頼茂の姿が消えた。あっと思った時、頼茂は八郎の背後に立っていた。黒煙が二人の間に立ち込めている。天井を炎が這っていた。

頼茂が斬りつけ、八郎は床に転がって避けた。その時、天井が音を立てて焼け落ちてきた。

八郎は燃え落ちた木片をはねのけて立ち上がったが、小袖《こそで》に火がついていた。

「死ね――」

頼茂が横殴りに斬りつけ、これをかわした八郎は飛び込み様、刀を頼茂の腹に突きたてた。頼茂は血を吐いたが、太刀を捨てると、そのまま八郎の体を抱きかかえた。

「交野八郎、冥土《めいど》への供を申しつけるぞ」

頼茂がうめくように言った。八郎はもがいたが、身動きできなかった。

「三寅の行列が襲われれば上皇への腹いせになるわ」

と頼茂は笑った。その時、梁《はり》が崩れ落ちてきた。八郎はとっさに頼茂の腕から逃れると床を転がり、そのまま階《きざはし》から外へと逃れた。仁寿殿の屋根が崩れ落ちたのはそれと同時だった。八郎は立ち上がると、仁寿殿が燃える様子を呆然《ぼうぜん》と見守りなが

ら、

（上皇様が言われた毒虫とは頼茂のことだったのか）

と思った。炎は燃え広がり、頼茂の執念が内裏を焼き尽くそうとするかのごとくだった。この火災により仁寿殿の観音像、応神天皇《おうじん》の御輿《みこし》、および大嘗会《だいじょうえ》御即位の蔵人《くろうど》方の装束、霊物等ことごとく灰燼《かいじん》となった。

この事件の後、後鳥羽上皇は藤原忠綱に対しても解官停止《げかんちょうじ》、追放という重い沙汰《さた》を下した。後鳥羽上皇は実朝暗殺に関わった二人を処分したのである。

人々は頼茂と忠綱がなぜ逆鱗《げきりん》にふれたのかわからないまま、後鳥羽上皇の峻烈《しゅんれつ》に震え上がった。伊賀光季は、このことを二十五日まで鎌倉に報《しら》せず、飛脚を立てなかった。三寅の行列が鎌倉に到着する時期であることを憚《はばか》ったためだ。

一方、弥源太は侍所《さむらいどころ》の牢《ろう》に入れられ、連日のように新三郎から拷問を受けていた。すでに十日余りが過ぎている。

棒で打たれ、なぐられた後、牢に入れられ、わずかばかりの飯と水を与えられる繰り返しだった。すでに弥源太は全身が傷だらけになり、顔もやつれて美少年の面影はなかった。それでも話そうとしない弥源太の強情さが、しだいに新三郎を苛立《いらだ》たせていた。

この日も牢から庭に引きずりだして、弥源太をなぐった新三郎は、

「ここまでしても口を割らぬのなら、死んでもらうしかないな」

と憎々しげに言った。

「そうしてくれれば、わしも楽になる」

あおむけに倒れた弥源太はかすれた声で言った。

「なぜ、それほどまでに強情をはるのだ」

「強情ではない。こうしたいのだ」

「なんだと」

「こうしていると気持がよい。人のために何かをしているなどと思えたのは、生まれて初めてのことだ」

弥源太はなぜか微笑を浮かべていた。新三郎はそんな弥源太が憎くなった。由比ヶ浜で静御前の子を海に沈めたことを思い出した。汚い仕事を押しつけ、自らは体面を保とうとする鎌倉の武士たちが憎かった。

弥源太にしても公暁の稚児《ちご》にすぎぬではないか。それなのに武門めいた口をきくのが許せなかった。

「たいそうな口をきくではないか。公暁の稚児がさほどに偉いか」

新三郎は嘲《あざけ》った。弥源太は呼吸が苦しげだった。いや、笑っているようだった。

「何を笑う」

新三郎は気味悪そうに弥源太を見た。

「忘れた」

「なに——」

「人は覚えていたいことだけを覚えていればよいのだ。忘れたいことは忘れればいいのだということが、ようやくわかった」

新三郎は鼻白んで、なおも蹴《け》ろうとした時、背後から、

「お待ちなさい」

と声がかかった。新三郎が振り向くと、侍女を連れた鞠子が立っていた。

「尼御台《あまみだい》様の名代として参りました」

鞠子は凜《りん》として言った。新三郎は思わず膝《ひざ》をついた。先ほどからの話を鞠子に聞かれたかと思うと恥ずかしかった。弥源太が言った、

——忘れたいことは忘れよ
という言葉が胸に響いていた。

「その者に話があります。お下がりなさい」

鞠子に言われて新三郎は戸惑ったが、やむなく頭を下げて庭から出ていった。鞠子は侍女たちも下がらせると、倒れている弥源太のそばにしゃがんだ。

「よくこらえましたね。立派な人だこと」

鞠子は弥源太の額を白い指でなでた。弥源太は首を振った。立派でなどない、と思った。公暁に汚され、亀菊に弄《もてあそ》ばれた身だ、と思った。

おのれの立身のために、実朝の首を持ち逃げした卑しい者なのだ。そう言おうとして涙があふれた。鞠子は弥源太の涙を指でぬぐった。

「わたしはあなたに話さねばならないことがあるのです」

鞠子の目にも涙がたまっていた。

三寅の行列が箱根にさしかかったのは十七日のことである。

朝盛たちは峠道でこれを待ち受けていた。朝盛は白い法師頭巾《ずきん》、紺の法衣《ほうえ》の下に腹巻を着けている。他の者たちも身軽に動けるように腹巻である。

義秀と親衡は薙刀《なぎなた》を手にしていた。常晴と七郎、安念坊は弓を構えている。鏑矢《かぶらや》の音を合図に火矢が一斉に射られるはずである。

すでに前日に安念坊は京から箱根まで駆けつけていた。安念坊は源頼茂の乱が起きたのを知ってわずか三日という速さで箱根まで馬を走らせたのである。京から鎌倉まで徒歩《かち》で十六日はかかる道中の各駅には早馬用の替え馬が用意されているが、これを利用しても七日、急いで五日はかかるのだ。安念坊はそれをしのぐ速さだった。

不眠不休で馬を駆けさせたのだろう。箱根に着いた安念坊は疲労困憊《こんぱい》していた。

安念坊は夜中も走って三寅の行列を追い抜き、箱根での落ち合い場所に駆けつけたのである。安念坊は頼茂が誅《ちゅう》されたことを告げて、

「頼茂が公暁を唆《そその》かしたのは、上皇様の命であったかもしれませぬ」

と言った。六人が話し合っているのは箱根権現の別当寺、金剛王院《こんごうおういん》の一室である。

朝盛たちは祈願のためとして参籠《さんろう》していた。義秀は安念坊の話に複雑な表情になった。

「なるほど頼茂め、上皇の院宣《いんぜん》を得るなどと大きなことを言っておったが、使われて捨てられたということか」

「されど、どういたす」

親衡は朝盛を困惑した顔で見た。ここまで準備した襲撃を取りやめることになるのか、と思ったのだ。皆が朝盛の決断を待った。しかし、朝盛は決意を変えなかった。

「上皇様が実朝様を討つようにしむけられたのであれば、わたしは臣下として上皇様に恨みをはらしたい。そのためにも三寅君を奪います」

義秀もうなずいた。そう言われれば安念坊も反対するほどの理由はなかった。こ

うして六人は信濃衆三十人を従えて行列を待ち受けたのである。

――午《うま》ノ刻（午後零時）

峠に華やかな女官の輿《こし》を前触れにした行列がさしかかった。しだいに近づいてくる輿の中に護衛の武士に護《まも》られた三寅の輿が見えた。

三寅の輿に続いているのは、京から随従してきた殿上人《てんじょうびと》の一条実雅、諸大夫《しょだいぶ》の甲《か》斐《い》右馬権助宗保《むねやす》、善式部大夫光衡《みつひら》、藤右馬助行光、侍の藤左衛門尉光経、主殿《とのも》左衛門尉行兼、四郎左衛門尉友景である。

さらに医師《くすし》の権侍医《ごんのじい》頼経、陰陽師《おんみようじ》の大学助晴吉、護持僧の大進僧都《だいしんそうず》寛喜が続いていた。北条時房は一千騎を率いて最後尾にいた。

尾根道で騎馬は一列に長くなった。幅一間、深さ三尺の堀道である。堀道とは道の両脇に掘った土を盛り上げ土居《どい》とした道のことだ。

これは、山賊に襲われた際、土塁の役目をすることと、早馬を走らせた場合、三尺の深さの堀道なら体高四尺八寸（約一四四センチ）の馬が走っても道を踏み外すことがないためだという。しかし、このあたりは谷地《やち》で堀道ではなかった。それだけに両脇から襲われれば騎馬は右往左往するだろう。

朝盛が手をあげて振り下ろした。縄が切られ木が斜面を転がりだした。土煙をあげて道に転がり、ぶつかりあって塞《ふさ》いだ。

「何事だ」

「山崩れか」

先導の武士たちがあわて、女官たちが悲鳴をあげた。

朝盛がさらに手を振ると、今度は三寅の輿の後ろに木が転がり落ちていった。先頭と同じ混乱が起こり、馬がおびえて暴れた。後陣の時房が先頭での混乱に気づき、前に出ようとしたが騎馬の列が乱れ、進めなかった。

「退《の》け、退かぬか」

時房は歯噛《はが》みをして怒鳴った。この時になって、あたりに柴《しば》の束が堆《うずたか》く積まれているのに気づいた。

(火攻めか)

時房の顔が青ざめた。

「いまぞ——」

朝盛が鏑矢を射ようとした時、峠道の東側から疾駆してくる三頭の騎馬があった。

「お待ちくだされ——」

騎馬の上から叫んだのは弥源太である。弥源太は道を塞いだ木のところまで馬を走らせると転げ落ちた。

「朝盛殿、お待ちください」

弥源太が悲鳴のような声を上げた。さらにもう一騎が駆け寄った。乗っているのは新三郎である。

「行列の者、静まれ。尼御台様御名代の鞠子様である」

新三郎が高らかに言うと騒然としていた行列の武士たちが動きを止めた。見ると三番目の馬に乗っているのは野袴《のばかま》をはいた鞠子である。

先頭に出てきた時房は鞠子と新三郎を見て、行列を振り返り、

「控えよ、三寅君をお護りせよ」

と命じた。時房は、すでに山中で火攻めをかけられるという罠《わな》にはまったことを覚っていた。鞠子は地獄で巡り会った仏なのかもしれない、と思った。

「朝盛殿、お話ししたいことがあります」

鞠子の澄んだ声が響いた。声に応じて朝盛は斜面を下った。病だった鞠子が騎馬で駆けつけるとは、ただごとではない、と思ったのだ。ほかの五人もこれに続く。

「申し訳ございませぬ。わたしは皆様を裏切りました」

朝盛たちの顔を見た弥源太は泣き伏した。顔も体もあざだらけのやつれた姿である。

義秀が薙刀を手に前に出て来ると、自分の胸を叩《たた》いて笑った。

「阿呆《あほう》なことを言うな。お前が裏切ったりせぬことは、皆が承知しておる。無事で

よかったと喜んでおるのだぞ。もっとも、その顔ではあまり無事でもなかったようだがな」

弥源太は義秀の温かい言葉に胸がつまった。義秀は鞠子の方を向いて、

「さて、どうやら姫御前《ひめごぜ》からお話があるようだ。われら一同、かしこまって聞こうではないか」

と言うと山道に片膝《かたひざ》をついた。朝盛もうなずいて膝をつき、鞠子にすずしい目を向けた。鞠子は新三郎に命じて行列を退かせたうえで話し出した。

「わたしがお伝えしたいのは実朝様の御遺言でございます」

「御遺言？」

朝盛は息を呑《の》んだ。

「はい、そのことを朝盛殿にお伝えしたいと思い、弥源太殿にここへ連れてきてくれるよう頼んだのです」

弥源太が傍らでうなずいた。鞠子の話は朝盛たちに伝えなければいけないと思ったのだ。

鞠子は静かに口を開いた。

「実朝様は鶴岡八幡宮でわたしの兄、公暁が襲うことをご存じでした。覚悟のうえで討たれたのです」

第十二章　人もをし

実朝が襲われる十日ほど前の昼過ぎである。稲村ヶ崎路の鞠子の邸《やしき》に僧形の男がやってきた。

公暁だった。鞠子は物心ついてから公暁と会うのは初めてだった。公暁はじろじろと鞠子を眺めたうえで、

——酒を飲ませろ
と意外なことを言った。

「僧房は窮屈でな、酒も飲めん」

と言う公暁はどこか荒《すさ》んだ目をしていた。この日は鶴岡八幡宮に参籠《さんろう》することになっていたが、不意に嫌気がさして出てきたのだ、という。だが、公暁は心に何かを抱えているようだった。そのはけ口を求めて、ほとんど顔も知らない妹のところに来たようだ。

鞠子が侍女を遠ざけて酒を出すと、公暁は立て続けに盃《さかずき》を飲み干して酔った。青白い顔をした公暁は酔った勢いなのか、あるいは唯一人の肉親に心を打ち明けたか

ったのか、

「わしは実朝を討つぞ」

と言った。それも鶴岡八幡宮で右大臣拝賀式が行われた日にだ、と目をすえて付け加えた。鞠子が悲しげに、

「実朝様に何の罪がございますか」

と訊《き》くと公暁は、くっくっ、と笑った。

「わしやそなたを生かしておいたことが罪だ」

「わたしたちを生かしておいたことが？」

「そうだ、実朝は将軍になった時にわしたちを殺しておくべきだった。そうしなかったから、わしが実朝を殺して将軍になるのだ」

「将軍になどなれるはずがありません」

「いや、なれるのだ。源頼茂がそう教えてくれた」

公暁はそう言うと何がおかしいのか狂ったように笑い、やがて寝てしまった。夕方になって目覚めた公暁は最初、自分がどこにいるのかもわからない様子だったが、鞠子に気づくと、

「わしは何か話したか」

とおびえたように訊いた。鞠子が目を伏せて、何もうかがっておりません、兄上

は酒《ささ》を飲まれてお休みになっただけです、と答えると安心したように帰っていった。

鞠子は公暁の気持がわかるような気がした。父の仇《かたき》を討つのだと妹に認めてもらいたかったのだろう。そして、妹から諫止《かんし》されることで実朝を殺すことをやめたかったのではないか。しかし、鞠子にはどうすることもできなかった。

鞠子にできたのは、大倉御所に行って実朝にひそかに会うことだけだった。鞠子は実朝を死なせたくなかった。そして実朝に打ち明けることで公暁も助かるのではないか、と思ったのだ。

三日後、大倉御所を訪ねた鞠子に実朝は持仏堂で会った。二人きりになると鞠子は実朝にそのことを話した。ところが実朝の反応は意外なものだった。

「そのことなら、わたしはすでに夢で見て知っている」

と実朝は微笑を浮かべて鞠子に言ったのである。かつて陳和卿が実朝を宋国の高僧の生まれ変わりだ、と言上《ごんじょう》した時と同じであった。

「どうか、鶴岡八幡宮にはお出でにならないでください」

鞠子が必死に頼んでも、実朝は微笑を浮かべるだけだった。この日も朝から雪が降っていた。実朝は持仏堂の扉を開けて雪景色を見ると、

「雪は雪《すす》ぐとも読む。汚れを洗い清めてくれるのだ。わたしが死ぬ日にふさわしい――」

とつぶやくのだった。

「実朝様は死ぬことは怖くない、わたしは死んだ方がよいのだ、とおっしゃったのです」

鞠子は涙をこらえて言った。

「なぜ実朝様は死ぬことを望まれたのですか」

朝盛は唇を嚙《か》んだ。

「御自身に子ができぬことを知っておられたからです。実朝様は女を抱くことのできない御方でした。朝盛殿はご存じだったでしょう。実朝様が恋慕されたのは、朝盛殿だけでしたから」

鞠子に言われて、朝盛は目を伏せた。鞠子の言う通りであったのだ。実朝は十三歳の時に正室を迎えたが、子ができないままに過ごした。

父の頼朝が頼家、実朝という二人の男子に恵まれ、兄の頼家に公暁を始め四人の男子があったことからみると、実朝に子が生まれなかったのは不思議である。

天然痘を患った後遺症だったのか、さらに別な理由があったのか。鞠子は話を続けた。

「実朝様にとって和田党は頼もしい御味方でした。しかし、執権殿はそんな和田党を目の仇にされ、三浦義村殿と組んで和田義盛殿が乱を起こすようしむけて亡ぼしたのです。実朝様は朝盛殿を失われて苦しまれ、やがて唐船《からふね》を造らせ、鎌倉からお逃げになることを考えられました。海の果てで死なれるつもりだったのかもしれません。和田党を亡ぼした執権が、いずれは実朝様を殺すつもりだとわかっていたからです。唐船が海に出ることなく朽ちた時、実朝様は官位を進め、源氏の将軍として栄耀《えいよう》を極めることを生きがいとされたのです。右大臣になられた実朝様には、もはや思い残すことはありませんでした」

「それで、死を望んだと言われるのか」

「それだけではなく、実朝様は兄を動かしているのは後鳥羽上皇様だと知られたのです」

公暁は酔った勢いで鞠子に、

「実朝を討つことは後鳥羽上皇様の命なのだ。成し遂げれば、必ず将軍になれるのだ」

と豪語したのだ。

公暁にとって実朝を討つことは院宣《いんぜん》によるものだ、という確信があったのだろう。

鞠子がこのことを話しても実朝は驚かなかった。

「さもあろう」

とつぶやいただけである。

「実朝様は、後鳥羽上皇様が神器《じんぎ》を欠いたまま天子として即位されたことで今も苦しんでおられる、そのお苦しみからお救いするのも臣下の務めなのだ、と言われました」

「それで、自ら死地に行かれたというのですか」

朝盛はうめいた。義秀たちは衝撃で声も出なかった。

「実朝様は、かねてから将軍の後継をめぐって血が流れることを無くそうと考えられていました。そのために親王様を将軍として迎えるということを思いつかれたのです。このことを尼御台《あまみだい》様に話され、尼御台様のお考えとして実現していただくことにされていました。実朝様は死後のこともすべて考えておられたのです」

鞠子はため息をついた。実朝の悲しい心を思ったからである。

実朝は湯殿で陰惨に殺された頼家とは違う、最もはなやかで美しい死に場所を得たのである。弥源太は鞠子の話を聞いて、あらためて、あの夜のことを思い出した。

実朝を殺し、闇の中を獣のように駆けた公暁、実朝の死をめぐって我欲をむき出しにした義村、実朝の首を抱えて彷徨《さまよ》った弥源太がいた。

(わしたちは実朝様に操られていたということになるのだろうか)

弥源太は腕に抱えていた実朝の首の重みがよみがえるのを感じていた。その時、義秀が身じろぎをした。

「だとすると、わしらが御首を奪ったことは実朝様の考えられたことを、邪魔立てしたことになるのか」

鞠子は義秀の言葉に頭《かぶり》を振った。

「いいえ、実朝様は御首が朝盛殿によって護《まも》られたことをお喜びだったと思います。鎌倉を逃れ、朝盛殿とともにあることが実朝様の望まれたことだったのですから」

鞠子が話し終えても、朝盛は目を閉じたままで何も言わなかった。

実朝を思えば、ただ悲嘆するしかなかった。

(実朝様のお苦しみをわたしはわかっていなかった)

朝盛の胸には自責の念が湧いていた。御所での観月会の夜、実朝が見せた笑顔ばかりが浮かんでくるのである。義秀がそんな朝盛の肩を叩《たた》いて、

「われらは実朝様の御遺志を妨げることはできまい」

と言った。義秀の言葉に親衡がうなずいて、七郎と安念坊を目でうながした。信濃から来た男たちとともに道を塞《ふさ》いだ木を取り除くのだ。

三寅の行列が動き出したのは間も無くであった。

鎌倉に三寅の行列が入ったのは、十九日、午ノ刻（午後零時）のことである。

二年がたった。

──承久三年（一二二一）二月

この時、後鳥羽上皇は熊野御幸《ごこう》を行った。後白河法皇は生涯に三十四回の熊野御幸を行ったといわれるが、後鳥羽上皇も二十三年の間に、二十八回の熊野御幸を行ったほど熊野信仰に熱心だった。

熊野御幸は往復で一月ほどかかる。道中は険峻《けんしゅん》な山道である。貴人は輿《こし》を使うが、供奉《ぐぶ》の者は歩かねばならず難渋した。藤原定家の「後鳥羽院熊野御幸記」によれば建仁元年（一二〇一）の熊野詣《もうで》は払暁の、まだ暗いころに京を出発した。松明《たいまつ》を灯《とも》して出立し、翌日には熊野神社末社の阿倍野王子《あべのおうじ》社に詣《まい》る。さらに境《さかい》、篠田《しのだ》、平松《ひらまつ》などの王子社を参り、夜は、萱葺《かやぶき》の仮屋で泊まった。

この間、歌会、里神楽《さとかぐら》、相撲、乱舞《らっぷ》などが奉納されるのだが、一日に八、九ヶ所の王子参りをして、それぞれに行事があるため見るだけでも疲れたという。

しかし、承久三年の熊野御幸は粛然とした気配に満ちていた。鎌倉討伐を祈願するための御幸だったからである。

この間、後鳥羽上皇の側近、藤原秀康は大番役で上洛《じょうらく》していた三浦胤義に接近した。

胤義の大番役期間は終わっていたが、なおも鎌倉に戻ろうとはしていなかったのだ。

秀康は酒宴にかこつけて胤義に後鳥羽上皇の決意をそれとなく打ち明けた。

胤義は初めのころは黙って聞くだけだったが、胸には鬱々《うつうつ》たるものがあるようだった。

和田合戦において三浦は和田義盛を裏切り、「三浦の犬は友を食らう」とまで坂東人に誹《そし》られるようになっていた。

さらに実朝の横死の際に、義村のとった不可解な行動は周囲の疑惑を呼んでいた。

義村は義時との結びつきを強めて、三浦の勢力拡大を図っているつもりのようだが、最近では義時の後妻の兄、伊賀光季が京都守護に任じられ、台頭しているのである。

（このままでは、三浦は義時に使い捨てにされるだけではないか）

と焦慮していた。そんな胤義に最後の決断をさせる事件が起きたのは、一年前、承久二年四月だった。頼家の遺児、禅暁が義時の命により殺されたのである。

公暁に加担したという名目だったが、冤罪《えんざい》であることは誰の目にも明らかだった。

これで頼家の男子四人はことごとく非業の死を遂げたことになる。

禅暁は胤義にとって妻の連れ子だった。禅暁横死の報に胤義は、

（執権殿は源家の血を根絶やしにするつもりだ）

と思い知った。胤義は憤激して、

「先夫と子を殺された妻のためにも」

と後鳥羽上皇に同心することを秀康に伝えた。こうして後鳥羽上皇にとっては鎌倉討伐の準備が整った。後鳥羽上皇は熊野御幸の途中、阿倍野王子社に詣った時、境内に一人の僧侶《そうりょ》が額《ぬか》ずいているのに目をとめられた。清げな風貌《ふうぼう》の若い僧だが、ひきしまった体軀《たいく》は武士であったことを告げていた。

「名を問え」

後鳥羽上皇に命じられて近侍が走り、訊《き》いてきたのは意外な名だった。

――和田朝盛

である。後鳥羽上皇は亀菊から聞いて朝盛のことを知っていた。すぐに傍《そば》に召し寄せ、御《おん》自ら、

「朝盛、わしに怨《うら》みを申しに参ったか」

と訊《き》かれた。後鳥羽上皇は深い目の色をして朝盛を御覧になった。

「いえ、実朝様の御心《みこころ》をお伝えいたしたく参上いたしました」

「実朝の心――」

「実朝様は公暁の企てをすべて知りながら自ら死地へと向かわれました。上皇様に怨みを抱かず、ただひたすら上皇様の御心を安んじんがために」

顔を伏せた朝盛は声を詰まらせて言った。涙が頰を伝っていた。後鳥羽上皇は黙ったまま何も言われなかった。しばらくして、ようやく慙愧《ざんき》の表情を浮かべられて、

「実朝が死んで、わしは心が通った者を無くした心地がしておったが、そのわけがいまわかったぞ」

とつぶやかれた。後鳥羽上皇はその後、御製《ぎょせい》の和歌を朝盛に示された。

人もをし人もうらめしあぢきなく世をおもふ故にもの思ふ身は

人もに続く「をし」は「愛し」の字をあてるのだろうか。後鳥羽上皇の胸に去来したのは実朝への愛惜の念であり、実朝が去った世の虚《むな》しさであったのかもしれない。

熊野詣の後、後鳥羽上皇は萌黄縅《もえぎおどし》の腹巻を金峯山寺《きんぶせんじ》に奉納し、勝利を祈願するとともに、伏見の城南寺《せいなんじ》で流鏑馬《やぶさめ》揃いを行うと称して、各地の武士を召集した。

応じたのは京周辺の十四ヶ国、千七百騎だったという。

これに本来は鎌倉方のはずの三浦胤義、京都守護、大江親広（大江広元の嫡男）までもがいることが鎌倉の分裂をうかがわせた。

また、一条、坊門家、頼朝生家の熱田大宮司家《あつただいぐうじ》、源氏の大内、比企氏の乱に連座して殺された相模の糟屋《かすや》など、北条によって鎌倉から排除された者たちが加わっていた。

和田朝盛もこの中の一人だった。

朝盛は、後鳥羽上皇への恨みよりも和田党を亡ぼした北条を討つ道を選んだのである。

五月十一日、高陽院において道助親王《どうじょ》、良快僧正《りようかい》に如法愛染法《あいぜん》を修《しゅ》せしめ、最勝寺では鎮護国家を灌頂《かんじよう》せしめられた。さらに院　評定《ひようじよう》により義時追討を最終決定した。

五月十五日、後鳥羽上皇は京都守護の伊賀光季を討つ事を藤原秀康に命じた。秀康は三浦胤義とともに八百騎で高辻京極《たかつじ》にある光季の宿舎を襲った。

光季は手勢三十人で二刻あまり持ちこたえて戦ったが、遂に力尽きると次男、光綱《みつつな》とともに宿舎に火を放って自決した。

同じころ、朝廷内での親鎌倉派、西園寺公経と実氏親子も召し籠《こ》められた。

かくして、承久の乱の火蓋《ひぶた》は切られたのである。

後鳥羽上皇は五畿七道諸国に北条義時追討の院宣《いんぜん》を発するとともに、鎌倉方の豪族にも使者を出すことにした。後鳥羽上皇が味方につけようと望んだ有力豪族は武《たけ》田信光《だのぶみつ》、小笠原長清《おがさわらながきよ》、小山朝政《おやまともまさ》、宇都宮頼綱《うつのみやよりつな》、足利義氏《あしかがよしうじ》、北条時房であり、中でも最大の標的は、三浦義村だった。このため義村には弟の胤義の手紙を使者に託すことにした。

後鳥羽上皇が院宣によって示したのは、あくまで義時の追討であった。京方から見れば北条一族は源氏の血筋を殺戮《さつりく》した鎌倉の簒奪《さんだつ》者である。幼児の三寅には北条を討伐する力が無いから、院宣によって討つのだ。

鎌倉方の有力豪族が北条を討てば、北条の地位に取って代わることも可能である。すでに三浦胤義、大江親広らが京方についたように、鎌倉の豪族がきびすを接して院宣に従うのは当然と見たのである。

しかし、そんな京方の「政略」は、政子の決断によって崩れていくのだった。政子は後鳥羽上皇挙兵の報《しら》せを受けて、すぐに三浦義村に使いを出した。

「京方にはつくな」

と念を押したのである。政子は義村に、

「もし京で動きがあって応じても、後鳥羽上皇が北条を亡ぼした後、用いるのは弟の胤義の方ですぞ」

と言った。これが効いたのか、義村は、胤義からの使者が着くと返報はせずに使者を追い返し、胤義の書状を持って義時のもとへ赴き、忠誠を誓った。

このことを大倉御所で政子に報告した義時が、

「どうやら三浦は裏切らぬようです」

とほっとした表情で言うと、政子が舌打ちした。

「なにを愚かなことを、義村はどちらに転んでもよいように様子を見ているのです。京方の勢いが強くなれば、わたしたちの背中から斬りつけてくるつもりでいるのです」

政子はひややかな目で義時を見ると、すぐに御家人《ごけにん》たちを集めることを命じた。京への反撃は一刻の猶予も許されなかった。政子は持仏堂に入ると経を誦《ず》して心を澄ませた。御家人たちをどう説得し、その心をつかむかに全てはかかっていると思っていた。

やがて御家人たちが御所に詰め掛けると、政子は御簾《みす》の前に安達景盛を控えさせ、述べたことを大声で伝えさせた。

政子が頼朝創業のころを話すと、年をとった御家人の中には平家追討、奥州攻めに馳《は》せまわった昔をしのんで涙ぐむ者もいた。

政子は御家人たちの顔を見ながら言葉を続けた。

「しかし、今その恩を忘れて帝《みかど》や上皇様を欺き奉り、わたしたちを亡ぼそうとしている者があらわれました。名を惜しむ者は藤原秀康、三浦胤義らを討ち取り、三代将軍の恩に報いよ」

政子は、義時への追討という個別な危機を御家人全ての危機であると訴えた。しかも敵としては朝廷ではなく同じ武家の藤原秀康と三浦胤義だけを名指ししたのである。

政子は京方に和田朝盛の名もあると聞いていた。

（実朝の寵臣《ちょうしん》だった朝盛が上皇様についてしもうたのは、われら北条の不徳じゃ）

とは思ったが、そのことは口にしなかった。

政子は立ち上がり、御簾の前に出ると御家人たちを見据えて叱咤《しった》した。

「もし、この中に朝廷側につこうと言う者がいるのなら、まずこのわたしを殺し、鎌倉中を焼きつくしてから京へ行くがよい」

政子の声が響き渡った時、御家人たちの中には感激のあまり肩を震わせて泣く者もいた。かつて天下を制していた平家に対して、立ち上がった坂東武者の雄叫《おたけ》びが身の内から湧いてきていた。

御所は、やがて御家人たちが出陣の呼びかけに応じる、おう、おう、おう、という声で満ちていった。

二十一日に改めて軍議が行われた。この時、箱根で京方が押し寄せるのを待つと

いう消極策も出されたが、意外にも文官の大江広元が、

「待てば御家人の内には変心する者も出ましょう。それより北条泰時殿一人でも京へ向かわれれば東国勢は雲霞《うんか》の如く従いましょう」

と主張した。あるいは広元は長男の親広が京方についていることから強気の意見を述べざるを得なかったのかもしれない。広元の意見は政子の支持するところでもあった。

政子もまた、

(この戦は、京まで行かねば決着がつくまい)

と思っていたのである。二十二日から二十五日にかけて鎌倉から軍勢が出発していった。

——総勢十九万騎
保元、平治の乱から源平の争乱までこれほどの大軍が動員されたことはなかった。あまりの軍勢に進路は東海道、東山道、北陸道の三手に分けられた。

東国勢、西進の報が京に伝わったのは二十六日のことだった。

すでに京方では美濃《みの》にまで軍勢を配置していたが、この中から駆け戻った一人が、東国勢は予想を超える大軍であることを報せた。その数、十九万騎と聞いて院の人々は顔色を失った。それでも後鳥羽上皇は戦意を失わず藤原秀康に迎撃を指示し

た。

六月五日には東国勢の東海道軍は尾張一宮《いちのみや》に達し、木曾川、長良川《ながら》などの渡河地点で京勢と戦闘に入り、たちまち退けた。

朝盛は兵を率い奮戦したが、あまりの大軍に為《な》す術《すべ》もなかった。

（これほどの大軍が集まるとは北条の運のよさよ）

朝盛は歯嚙《はが》みしながらも退くしかなかった。波多野では、寡勢で大軍を破ることができたのに、今はそれができなかった。

京勢は一万二千の兵をさらに十数ヶ所の防衛拠点に分散したため、各個撃破された。

さらに美濃、尾張の河川を利用した防衛線を突き崩された京勢は総崩れとなり、逆に東国勢は東山道、東海道軍が合流し、京に迫った。

京勢は宇治から勢多《せた》、三穂崎《みほざき》、真木嶋《まきしま》、芋洗《いもあらい》、淀《よど》に布陣して待ち受けた。ここが最後の防衛線となることは誰の目にも明らかだった。

戦闘が始まった十三日は朝からの雨だった。この時、京勢は奮闘し、特に宇治では東国勢を寄せつけなかった。胤義と朝盛はここぞとばかりに攻めた。

宇治川を渡ろうとして朝盛の矢に射られ落馬した武者は数知れなかった。

翌日まで降り続いた雨で宇治川は増水して東国勢の進撃を阻んだ。こうなると遠征してきた東国勢は糧秣《りょうまつ》不足とともに、寄合所帯である弱みさえ見せ始めた。京方につくかどうか去就に迷う者もいたのである。

朝盛たちは勢いづいた。ここで踏ん張れば鎌倉方から脱落者が相次ぐだろう。坂東武者は退くと決めたら素早いことを朝盛は知っていた。

大軍が崩壊する危うい瞬間だった。しかし、東国勢の一部の兵が渡河に成功すると堰《せき》を切ったように軍勢が続き、京勢は潰走《かいそう》するしかなかった。敗報に接した後鳥羽上皇は御所の門を閉ざし、駆け戻った将たちに、

「早々にいずこかへ立ち去れ」

と命じただけだった。この仕打ちに胤義は、

「かような君の仰せで謀反《むほん》したことこそ不覚であった」

と恨み、木島《このしま》で自害して果てた。秀康は落ち延びたが、後に捜し出され処刑されることになる。京勢は無残に壊滅した。

泰時が京を制圧し六波羅に入ったのは十五日のことである。この時、御所に向かった鎌倉勢の前に一人の武者が立ちはだかった。

ただ一人、鎌倉勢に斬り込んだ武者は獅子《しし》奮迅の働きをしたが、雨のように矢を射られ御所前で壮絶な最期を遂げた。

鎌倉勢の兵たちが恐る恐る近寄って見ると、武者の顔には赤痣《あかあざ》があった。鎌倉勢

の中に武者の顔に見覚えがある者がいて、

——交野八郎、忠義ノ者ナリ

と感嘆したという。

乱の後、鎌倉方が行った処分は、後鳥羽上皇を隠岐《おき》、土御門上皇を土佐《とさ》、順徳上皇を佐渡《さど》へ配流するという酷烈なものだった。
公家《くげ》では「張本公卿《ちょうほんくぎょう》」として藤原光親《みつちか》ら後鳥羽上皇側近がことごとく死罪か流罪となり、後藤基清《もときよ》、佐々木広綱ら武家たちは梟首《きょうしゅ》に処せられた。

七月十三日、後鳥羽上皇は鳥羽殿から「逆輿《さかごし》」によって隠岐へと送られた。「逆輿」とは送られる方向に向かって逆に座る罪人のあつかいである。供は西御方、伊賀局、出羽の前司《ぜんじ》重房、内蔵頭《くらのかみ》清範、女房一人、僧一人、医師《くすし》一人というわびしさだった。

和田朝盛は濃尾《のうび》に出陣して奮戦したが、敗れるといったん阿波《あわ》へ落ち延びた。和田党の武士、十六人が従っていた。しかし、後鳥羽上皇の配流が決まったと知って、京に出てきたところを捕まり、六波羅の牢《ろう》に入れられた。

鎌倉方は朝盛を捕まえたことを喜んだ。朝盛は当然、斬首《ざんしゅ》の運命である。

牢の中で朝盛は処刑の日を待った。

実朝のところに行くのだと思えば、朝盛にとって死は苦痛ではなかった。そんな朝盛の処刑を翌日に控えた夜のことである。

朝盛がいる牢の格子を通して月光が差し込んでいた。朝盛がふと格子の外に目をやったのは、月光の中を蝙蝠《こうもり》が飛ぶのを見たような気がしたからだ。蝙蝠が一匹、二匹と数えた朝盛は異様なことに気づいた。

数匹の蝙蝠は地面に降り立ち、牢に向かって歩いてくるのである。やがて牢の前に大きな影がのそりと立った。

「やれ、棟梁《とうりょう》殿は面倒をかけなさるのう。はるばる京まで出てこねばならなかったぞ」

義秀の声だった。

その後ろに立っているのは親衡、七郎、安念坊、常晴、弥源太だった。

「皆、来てくれたのか」

朝盛は信じられなかった。夢を見ているような気がした。皆、笑顔で朝盛を見ていた。

「ああ、その通りだが、話している暇などないぞ」

義秀は言うなり、手にしていた大鉞《おおまさかり》で牢の扉に斬りつけた。一閃《いっせん》、二閃すると扉が、がらりと外れた。七郎と安念坊が朝盛を抱えた。その時、邸《やしき》の方から物音が響いた。

「義秀様——、気づかれました」

弥源太が叫んだ。すでに親衡と常晴は弓を構えていた。手早く、火をつけた火矢である。

「そうこなくては、面白くないわ」

義秀が大鉞を手にゆっくりと敵に向かって歩いていく。親衡と常晴のきりきりと引き絞った弓から、夜空へ炎の矢が放たれるのだった。

承久の乱に敗れた和田朝盛はその後、旧領の相州三浦郡初声《はっせ》村に戻り、父祖の霊を祀《まつ》った。付き従っていた武士たちも帰農し、朝盛は寺を構え、高円坊と称して山野を拓いたという。波多野では、実朝の三十三回忌に波多野忠綱が金剛寺に阿弥陀堂を建立し、実朝の首塚の五輪木塔を石塔に代えて移した。武常晴は首塚の近くに住んで世を過ごしたという。弥源太も、ともにいたかもしれない。
元仁《げんにん》元年（一二二四）六月に北条義時は急死した。義時が死ぬと、伊賀の方は光宗と謀って一条実雅を将軍、政村を執権にしようとする陰謀を企てた。世に、
——伊賀氏の変
と呼ばれる騒動である。義時の急死は伊賀の方による毒殺ではないか、とささや

かれた。この際に、政子は伊賀の方に加担すると見られた三浦義村を深夜、一人で訪れて説得し事件を鎮圧した。

政子は最晩年まで尼将軍としての気概と手腕を失わなかったのである。政子はこの事件の翌年、嘉禄《かろく》元年（一二二五）七月、六十九歳で没した。

政子から後事を託された鞠子は政子の死後、一年の服忌に従った。将軍家正統としての行為だった。さらに、政子の三回忌や追善のために建てられた寺の供養に出席するなど、将軍家の神事、仏事を管掌した。

このころ鞠子は鎌倉の人々の尊崇を受け、

――竹御所《たけのごしょ》
と呼ばれた。寛喜《かんぎ》二年（一二三〇）、竹御所は元服して頼経《よりつね》とあらためた三寅と結婚した。この時、頼経十三歳、竹御所二十八歳である。

実質的には竹御所鞠子が政子の後を継いだ鎌倉殿であったのかもしれない。

四年後、文暦《ぶんりやく》元年（一二三四）、七月二十七日、もともと体が弱かった鞠子は死産の後、世を去った。鎌倉幕府を女系で継承するという政子の意図は頓挫《とんざ》したかに見えた。

しかし、北条氏は頼経の子で将軍となった頼嗣《よりつぐ》に泰時の孫、檜皮姫《ひわだひめ》を嫁がせる。さらにその後、将軍として京から迎えた宗尊親王の正室、近衛兼経《かねつね》の娘を北条時《とき》頼《より》の猶子《ゆうし》とした。かろうじて女系の形式をとったのである。

鎌倉は滅亡にいたるまで、武家政権でありながら、京から皇族将軍を迎え続ける。将軍の座をめぐっての争乱を無くしたいという、実朝の夢がかなったということになるのかもしれない。

文庫版あとがき

——御首の在所を知らず

右大臣拝賀式の夜、甥《おい》の公暁によって殺された源実朝の首は忽然《こつぜん》として消えた。少なくとも「吾妻鏡《あずまかがみ》」によると、そういうことになる。実朝が公暁によって暗殺され、奪われた首が見つかったという記述はどこにもない。そして、

——御鬢《ごびん》をもって御頭《みぐし》に用ひ、棺《ひつぎ》に入れたてまつる

葬儀では、首のかわりに実朝が残していた髪が棺に入れられたという。比叡山《ひえいざん》の天台座主《ざす》、慈円《じえん》の「愚管抄」には「実朝の首が雪の中から見つかった」と記されているが、葬儀の際に見つかっていないことから考えると、京にはこのように伝えられただけではないだろうか。

では、消えた実朝の首はどこへ行ったかというと、武常晴という武士によって相模国の波多野（現秦野市《はだの》）に運ばれ、波多野氏によって葬られて首塚が建てられたという伝承がある。

これが本当だとしても、なぜ首が持ち去られなければならなかったのかはわからない。

公暁に実朝暗殺を唆《そその》した黒幕としては北条義時、三浦義村が疑わしいのだが、だとすると首を持ち去ったのは義時と義村に恨みを持つ者ではないか。

また、実朝が暗殺される二日前、源頼茂が鶴岡八幡宮で小童が鳩を殺す夢を見たところ、翌朝、死んだ鳩が見つかったという怪異譚《たん》が事件を予告するように、「吾妻鏡」に記録されている意味は何なのか。こんなことを考えたところから小説の構想は始まった。

興味深いのは、この時代、源実朝と後鳥羽上皇というともに才能あふれた人物が東西の権力者の地位にいたことだ。さらに、

――女人入眼《じゆげん》
といわれたほど、北条政子、卿局《きようのつぼね》ら女性が政治に力を振るっていた。鎌倉幕府

はなぜ、公家《くげ》、親王を将軍として戴《いただ》き続けたのだろうか。

後鳥羽上皇という比類のない個性については、承久の変で敗北したためか、武家側からも、さらには朝廷側からさえも必ずしも評判がよくない。しかし、古代を別にすれば後醍醐《ごだいご》天皇とともに最も強烈なカリスマ性を持った「治天の君」だったことは否定できない。

頼朝の死後、頼家、実朝と息子を殺され、血で血を洗う骨肉の惨劇の中で権力を握り続けた女性政治家、北条政子とともに、時代にくっきりとした影を落としている。

この時代は魅力的な人間が多彩であり、かつ不思議なことが多い。

その謎の中心にいるのが、実は失われた「実朝の首」なのではないか。

実朝には予知能力があった、と思わせる記述が「吾妻鏡」にしばしば出てくる。たとえ首になったとしても、実朝にはすべてが見えていたのではないだろうか。

古来、死体の首には怨念《おんねん》がこもるとされるが、首となって彷徨《さまよ》うのが、必ずしも怨《うら》みの思いだけとは限らない。実朝には、こんな和歌もある。

もの言はぬ四方《よも》のけだものすらだにもあはれなるかなや親の子を思ふ

実朝には母、北条政子への複雑な思いがあっただろう。「実朝の首」が求めたのは「愛」だった、そんな気がしている。

単行本の出版にあたりましては、新人物往来社の田中満儀氏より的確なアドバイスをいただきました。文庫化にあたりましては、角川書店の山根隆徳氏にお世話になりました。ありがとうございました。

平成二十二年四月

葉　室　麟

参考文献

『全譯吾妻鏡』第三巻（貴志正造訳注・新人物往来社）
『愚管抄』（岡見正雄、赤松俊秀校注・岩波書店）
『日本の時代史8　京・鎌倉の王権』（五味文彦編・吉川弘文館）
『日本の歴史9　頼朝の天下草創』（山本幸司・講談社）
『騎兵と歩兵の中世史』（近藤好和・吉川弘文館）
『史伝後鳥羽院』（目崎徳衛・吉川弘文館）
『後鳥羽院』（丸谷才一・筑摩書房）

解説

細谷正充

武家の棟梁《とうりょう》であり、鎌倉幕府の三代将軍・源実朝が殺されたのは、鎌倉の鶴岡八幡宮であった。実行犯は実朝の甥《おい》の公暁。銀杏《いちょう》の樹の陰に隠れて待ち構えていた公暁が、八幡宮の参拝から帰ろうとした実朝に斬りつけ、その命を奪ったという。このため公暁が隠れていたといわれる大銀杏は〝隠れ銀杏〟とも呼ばれ、鶴岡八幡宮のシンボルとして親しまれてきたのだ。

ところが二〇一〇年三月十日に、驚くべきニュースが飛び込んできた。大銀杏が根本から倒れたというのだ。無惨に倒れた大銀杏の写真をご覧になった人も多いことだろう。万物流転。形あるものはすべて滅びるとはいえ、これほどの歴史を刻んだ神木が倒れたのは、やはり悲しいことである。とかいいながら、このニュースに接して私が真っ先に想起したのは、ああ、葉室麟の『実朝の首』の冒頭で公暁が隠れていた銀杏かということであった。まったく歴史小説ファンとは度しがたいものだと苦笑しつつ、一番に本書を思い出したのは、それだけ優れた内容だからだと、変なところで作品の魅力を実感してしまったのである。

　本書の内容に触れる前に、まずは作者の経歴を紹介しよう。葉室麟は、一九五一年、福岡県北九州市の小倉で生まれた。松本清張賞を受賞したときの「受賞の言葉」に〝わたしは小倉で育ち、松本清張という大作家の作品にふれたのは「或る『小倉日記』伝」が最初だった。森鷗外の小倉時代を追うというテーマが身近な興味をそそった。小倉を媒介に鷗外の歴史、史伝小説の世界にふれることになったとも思う〟と述べている。西南学院大学文学部卒。新聞記者、ラジオのニュースデスクを経て、二〇〇五年、「乾山晩愁」で、第二十九回歴史文学賞を受賞。二〇〇七年に『銀漢の賦』で第十四回松本清張賞を受賞して、本格的な作家活動に入る。

　以後、黒田官兵衛と日本人修道士のジョアンを主人公にした戦国ロマン『風渡る』及び姉妹篇の『風の王国　官兵衛異聞』。権謀術数を背景に、武士道と純愛を見事に結合させた『いのちなりけり』。その『いのちなりけり』の主人公たちを登場させながら、忠臣蔵を新解釈で捉《とら》えた『花や散るらん』。筑前《ちくぜん》の小藩に生きる、ひとりの男の矜持《きょうじ》に満ちた人生を綴《つづ》った『秋月記』。オランダ使節団の泊まる〈長崎屋〉の娘が事件に巻き込まれる時代ミステリー『オランダ宿の娘』と、堅実なペースで多彩な作品を発表しているのである。

　本書『実朝の首』は、そんな作者の初期長篇だ。二〇〇七年五月に新人物往来社から刊行された、書き下ろし作品である。松本清張賞に応募した『銀漢の賦』の受賞が決定したのが同年の四月十九日だが、単行本の刊行は七月であった。したがって刊行順番からいえば、本書が第一長篇となる。

建保《けんぽう》七（一二一九）年一月二十七日、公暁は源実朝を暗殺し、その首を持ち去った。暗殺の裏には、豪族の三浦義村や、幕府執権の北条義時の姿があった。しょせんは駒にすぎなかった公暁は、義村によって殺される。しかし、そのどさくさの中で、公暁に仕える弥源太が、実朝の首を持ち逃げした。とある理由で、公暁と義村に恨みを抱いていたからである。ところが隠した首を、武常晴という武士に取られたことから、弥源太の人生は激変する。常晴に連れられて行った波多野忠綱の廃れ屋敷にいたのは、先の和田合戦で、和田方として大暴れした朝夷名三郎であった。弥源太やがて謀反人として幕府に討たれた和田義盛の嫡孫・和田朝盛たちも現れ、弥源太は和田党の一員に組み込まれてしまう。

一方、行方不明になった将軍の首を巡り、幕府は震撼《しんかん》した。母親としての愛情を封じ込め、修羅の道を歩もうとする北条政子を始め、三浦義村・北条義時・源頼茂たちが、さまざまな思惑を錯綜《さくそう》させる。そこに鎌倉幕府を割ろうとする後鳥羽上皇の意を受けた弔問使が東下し、さらに混乱に拍車がかかるのだった……。

源実朝が暗殺されたとき、その首が持ち去られたといわれているのは、歴史ファンには周知の事実であろう。また、暗殺事件の黒幕として、三浦義村や北条義時の名前が、よく挙げられている。作者はこうした事柄を踏まえながら、いままでにない歴史ドラマを創り上げた。和田合戦で滅亡したはずの和田一族の残党。鎌倉幕府。京の朝廷。実朝の首を巡る三勢力の駆け引きと戦いから、時代の流れが見えてくる。本書の最大の読みどころであろう。

これに関連して注目したいのが、作者の歴史の捉え方だ。本書を読めば一目瞭然《いちもくりようぜん》だが、作者の歴史に対する視点は鋭い。それは歴史上の有名な事実やエピソードを、一度、きちんと咀嚼《そしやく》した上で吐きだしているからだ。一例を挙げよう。北条政子に関するエピソードを取り上げた部分だ。そこで作者は、

「頼家が乳母の一族の比企能員と謀って政子の父、北条時政を討とうと密議した時、政子が障子を隔て、潜かにこの密事を窺い聞いて時政に報せたというのだ。

しかし、政子が障子を隔てて密談を盗み聞くなどという軽々しい振る舞いをしただろうか。この話は政子の目となり耳となる者がいたことを示しているのではないか」

と書いている。正史が権力者の恣意《しい》による歴史なら、稗史《はいし》は名もなき人々の願望

の歴史である。どちらも正しい部分と間違った部分が含まれている。それをきちんと考察し、自分なりの歴史を構築する。優れた歴史作家に求められる能力である。それを作者が備えていることは、先の引用を見れば明白であり、だからこそ重厚な歴史小説となるのは当然のことなのである。

また、実朝暗殺の真相もいい。三浦義村と北条義時黒幕説を踏襲しながら、新たな真相を提示するのだ。ネタばれになってしまうので、これ以上詳しくは書かないが、もしかしたらこれが真実ではないかと思わせるだけの、説得力のある説といっておく。さらに真相が明らかになった後、もうひとつの意外な真相が明らかになる構成もお見事。これにより物語の背後（なにしろ登場した瞬間に殺されてしまうのだから）にいた源実朝の姿が、紙幅に浮かび上がってくるのである。

さらに、実朝の首を持ち去ったことから、思いもかけぬ人生を歩む、弥源太の成長も見逃せない。三浦義村の一族で、公暁の乳母子《めのとご》である弥源太は、十五、六歳の美少年。しかし、その美貌《びぼう》が災いして、無理やり公暁の稚児《ちご》にされてしまっている。また、義村の裏切りにより、和田合戦の折に許嫁《いいなずけ》であった和田一族の姫を失っていたのである。公暁と義村に恨みを抱く弥源太は、公暁が殺されるどさくさの中で実朝の首を奪取。だが隠した首を、和田党の武常晴に奪われたことから、なし崩しに和田党に加わることになるのだ。もっとも、これが弥源太の大きな転機となった。

爽《さわ》やかな漢気《おとこぎ》を見せる豪傑たちに囲まれ、しだいに変わっていく。また、一連の騒動に絡んで、公暁の妹の鞠子と知り合ったこともよかった。どこか死んだ許嫁に似ている鞠子に密《ひそ》かな慕情を抱くようになった弥源太は、人間として成長していくのだ。

そうした弥源太の想いが爆発するのが、御使雑色《おんしぞうしき》の安達新三郎に拷問を受ける場面である。和田党のことについて、一切口をつぐむ弥源太。「なぜ、それほどまでに強情をはるのだ」と問われ、

「こうしていると気持がよい。人のために何かをしているなどと思えたのは、生まれて初めてのことだ」
「人は覚えていたいことだけを覚えていればよいのだ。忘れたいことは忘れればいいのだということが、ようやくわかった」

という。これこそが弥源太の人間としての叫びなのである。愛する人も男の誇りも失っていた少年は、幾つもの出会いと体験を経て、確固たる人間性を獲得したのだ。時代を動かすのは権力者かもしれない。だけど、その時代の中で、名もなき人々が精一杯に生きている。弥源太の存在は、そんなことを読者に教えてくれるの

だ。

二〇〇五年十月に刊行された第二著書『乾山晩愁』（単行本版）の「あとがき」で、作者は花田清輝の歴史小説『鳥獣戯話』の中で使われた〝もう一つの修羅〟という言葉を引用しながら、

「そして同時に、口舌の徒の修羅ということについても、あらためて考えさせられた。

一冊の本を上梓することができて、さらに小説を書いていきたいという思いに突き動かされるとき、彼方に修羅の像を思い浮かべずにはいられないからだ」

と記している。これは作者の、作家としての宣言といっていいだろう。そして、その宣言を実行すべく書かれたのが本書だったのだ。作家を語る上で、欠かせない一冊がある。本書はまさに、そのような作品なのである。

本書は二〇〇七年五月、新人物往来社より刊行された単行本を文庫化したものです。

実朝《さねとも》の首《くび》

葉室《はむろ》 麟《りん》

平成22年 5月25日　初版発行
令和3年 4月30日　31版発行

発行者●堀内大示

発行●株式会社KADOKAWA
〒102-8177　東京都千代田区富士見2-13-3
電話　0570-002-301(ナビダイヤル)

角川文庫 16278

印刷所●株式会社KADOKAWA
製本所●株式会社KADOKAWA

表紙画●和田三造

ISBN978-4-04-393002-9　C0193

角川文庫発刊に際して

角 川 源 義

第二次世界大戦の敗北は、軍事力の敗北であった以上に、私たちの若い文化力の敗退であった。私たちの文化が戦争に対して如何に無力であり、単なるあだ花に過ぎなかったかを、私たちは身を以て体験し痛感した。西洋近代文化の摂取にとって、明治以後八十年の歳月は決して短かすぎたとは言えない。にもかかわらず、近代文化の伝統を確立し、自由な批判と柔軟な良識に富む文化層として自らを形成することに私たちは失敗して来た。そしてこれは、各層への文化の普及滲透を任務とする出版人の責任でもあった。

一九四五年以来、私たちは再び振出しに戻り、第一歩から踏み出すことを余儀なくされた。これは大きな不幸ではあるが、反面、これまでの混沌・未熟・歪曲の中にあった我が国の文化に秩序と確たる基礎を齎らすためには絶好の機会でもある。角川書店は、このような祖国の文化的危機にあたり、微力をも顧みず再建の礎石たるべき抱負と決意とをもって出発したが、ここに創立以来の念願を果すべく角川文庫を発刊する。これまで刊行されたあらゆる全集叢書文庫類の長所と短所とを検討し、古今東西の不朽の典籍を、良心的編集のもとに、廉価に、そして書架にふさわしい美本として、多くのひとびとに提供しようとする。しかし私たちは徒らに百科全書的な知識のジレッタントを作ることを目的とせず、あくまで祖国の文化に秩序と再建への道を示し、この文庫を角川書店の栄ある事業として、今後永久に継続発展せしめ、学芸と教養との殿堂として大成せんことを期したい。多くの読書子の愛情ある忠言と支持とによって、この希望と抱負とを完遂せしめられんことを願う。

一九四九年五月三日